Franz Josef Wetz

**Das Fest der gewöhnlichen Dinge**

Franz Josef Wetz

# Das Fest der gewöhnlichen Dinge

## Lesekompass durch Rilkes Duineser Elegien

**Alibri Verlag**
Aschaffenburg

2021

Franz Josef Wetz, geboren 1958, Professor für Philosophie und Ethik in Schwäbisch Gmünd; Mitglied im Wissenschaftlichen Beirat der *Giordano-Bruno-Stiftung*. Zahlreiche Publikationen, u.a. *Illusion Menschenwürde* (2005), *Baustelle Körper* (2009), *Lob der Untreue* (2011). Bei Alibri erschienen 2014 *Rebellion der Selbstachtung* (2. Auflage 2018), 2016 *Exzesse*, 2018 *Tot ohne Gott* (3. Auflage 2021) und 2020 *Keine Liebe ohne Lüge*.

Die Wiedergabe der Elegien folgt der im Insel Verlag, Leipzig, erschienenen Ausgabe von 1923 (Aus dem Besitz der Fürstin Marie von Thurn und Taxis-Hohenlohe).

**Alibri Verlag**
www.alibri.de
Aschaffenburg
Mitglied in der Assoziation Linker Verlage (aLiVe)

Erste Auflage 2021



Umschlaggestaltung: Claus Sterneck
unter Verwendung einer Abbildung © tada / Adobe Stock
Druck und Verarbeitung: Dardedze Holografija, Riga

**ISBN 978-3-86569-350-1**

# Inhalt

# Einleitung

*Was ist förderlicher: – fragte ich mich – dass man die Welt klein oder dass man sie groß sehe?*

Thomas Mann

*Nicht in den Ozean der Welten alle*
*Will ich mich stürzen,*
*Um die Erde nur will ich schweben.*

Klopstock

*Wir wollen weniger erhoben*
*und fleißiger gelesen sein.*

Lessing

## Das Privileg der Sorge

Das Leben geht seinen gewohnten Gang. Alles scheint normal zu sein. Beneidenswert, wer ein von quälenden Sorgen unangefochtenes Leben führen darf. Wir Menschen streben nach einem behaglichen Zuhause, von dem wir uns Geborgenheit erhoffen. Doch täuschen unsere vertrauten Schutzbehausungen häufig über unsere hintergründige Unbehaustheit hinweg. Jede noch so stabile Ordnung bleibt brüchig. Aufgrund der Unbeständigkeit alles Menschlichen ist sie stets gefährdet. Die Gefahr eines Absturzes besteht unentwegt. Dies darf nicht verwundern, ist doch das Leben eine riskante Angelegenheit. Der Unsicherheit können wir niemals gänzlich entrinnen, mag auch die Bodenlosigkeit unseres mühsam befestigten Lebensweges kaum spürbar sein. Doch die Abgründe, über denen unsere Behütetheit schwebt, existieren nichtsdestoweniger. Selbst im robusten, strapazierfähigen Alltag lässt eine Reihe von Bruchstellen sie erahnen. Ungewissheit gehört zur existenziellen Grundsituation des Menschen, der sie nur zu gerne vor sich selbst verheimlicht, obgleich sie ihn unterschwellig ständig begleitet. Ein ins existenzielle Erdreich herabgelassenes Senkblei würde nirgends auf felsenfesten Granit stoßen, auf dem sich ein unerschütterliches Heim errichten ließe. Aber gerade weil menschliches Dasein von Grund auf schutz- und heimatlos ist, dreht sich im alltäglichen Leben fast alles um Existenzsicherung, Beheimatung und Sinnorientierung. Allerdings erkennt der Einzelne die Fragilität seines scheinbar stabilen Lebensgebäudes zumeist erst dann, wenn es bereits Risse bekommen hat. Der Boden wankt. Alles Gelingen ist befristet!

Nun geht mit unserem starken Sicherheitsstreben und der damit verbundenen Angst, die bewährte Ordnung könnte durcheinander gewirbelt, die Grenzsteine versetzt und das Unterste zuoberst gekehrt werden, eine grobe Fehleinschätzung einher. In der Sorge, nirgends mehr Halt zu finden oder ins Haltlose zu stürzen, übersehen wir allzu leicht die Chancen, die in unserer angeborenen Unbehaustheit liegen. Meistens nehmen wir lediglich die damit verknüpften Gefährdungen wahr, die sich nur schwer aushalten lassen. Kultur im weitesten Sinne heißt die menschliche Antwort auf solche Herausforderungen. Dabei verkennen wir mit Vorliebe die positive Bedeutung unserer Ungesichertheit. Deren ideeller Wert bleibt angesichts ihrer reellen Bedrohlichkeit undeutlich. Er geht fast vollständig unter unseren Bekümmernissen verschüttet. Deshalb bedarf es eines feinen Gespürs, um hinter der beunruhigenden Schutzlosigkeit auch deren hohe Wertigkeit erblicken zu können. Rainer Maria Rilke besaß dieses Gespür. Er ergriff die Chancen unserer Unbehaustheit und erhob sie dadurch in einen existenziellen Adelsstand.

Nicht die vertraute Enge eingespielter Routinen, sondern die mit der Ungesichertheit verknüpfte Weltoffenheit schließt uns Menschen die Wirklichkeit *als solche* auf. Freilich zeichnet unsere ursprüngliche Unbehaustheit, der wir schonungslos ausgesetzt sind, dafür verantwortlich, dass wir oft in zu großen Sorgen stecken, um noch mit ehrfürchtigem Staunen und stiller Gelassenheit über die Dinge ringsum nachdenken zu können. Dennoch lässt seine schutzlose Weltoffenheit den Menschen nicht nur die Wirklichkeit als bedrohliche Übermacht empfinden. Sie vermag ihn gleichfalls so über sein gedankenloses Dahinleben zu erheben, dass er der Welt sogar mit äußerster Hingabe innewerden möchte. Hierauf gründet die Nobilität der menschlichen Not, schutzlos aufgeschlossen für Leben und Welt sein Dasein ganz alleine führen zu müssen. Die gleiche Unbehaustheit, die den Menschen mit Blindheit schlägt, sofern sie seinen Blick mit Sorgen und Ängsten vernebelt, reißt dem Menschen die Binden von seinen Augen, damit er der Dinge ringsum verblüfft und andächtig gewahr werden kann.

Rainer Maria Rilke verleiht dieser Wachheit ein starkes Gepräge. In seiner Dichtkunst spitzt der Lyriker unsere abgestumpfte Wahrnehmungsfähigkeit aufs schärfste zu. Vom Überfluss des Sichtbaren berührt, erweist er sich als ein wahrer Augenöffner. Voller Ergriffenheit lässt er seine Blicke im sanften Mittagsblau des Frühlings über winzige Grashalme zu weiten Landschaften schweifen, bis der letzte Sonnenstrahl verschwindet und sich ein leichter Nebel in der aufziehenden Dämmerung ausbreitet. Seine Poesie plädiert eher für ein kontemplatives denn für ein aktives Leben. Doch bleibt selbst einem Schauen, das sich aller nützlichen Zwecke begibt, der Zugang zu den Dingen verschlossen, solange es nicht auch von tiefen Gemütsregungen bewegt wird. Aber erst wenn sich der distanzierte Bezug zu den Dingen überdies in einen reflektierten Vollzug ihrer Gegenwärtigkeit verwandelt, vermag die in Augenschein genommene Wirklichkeit als Sensation aufzugehen.

Jedoch weit davon entfernt, mit solcher Aufgeschlossenheit zum Sehen und Verstehen das geplagte Dasein von seiner Schutzlosigkeit heilen zu wollen, lässt Rilke gerade umgekehrt die Möglichkeit zum interessefreien Schauen überhaupt erst an der menschlichen Unbehaustheit hervortreten. Aus alltäglicher Benommenheit erwacht, der Dinge neu ansichtig zu werden, als ob man sie nie zuvor gesehen hätte, ist der erste Schritt zu einem Lobpreis der sichtbaren Erde, der Rilkes ganze Sympathie gilt.

Werde, der du nicht bist! Lerne von dir abzusehen, um in der Betrachtung der Dinge gänzlich aufzugehen! Unverhohlene Bewunderung ist das größte Kompliment, das du der sichtbaren Welt machen kannst. Wie kann man nur angesichts ihres ungeheuren Reichtums nicht in entzücktes Staunen verfallen!

## Stellenwert

Zwischen Mitte Januar 1912 und Mitte Februar 1922 entstand Rilkes Hauptwerk: *Die Duineser Elegien.* Im selben Jahr erschienen *Ulysses* von James Joyce, *The Waste Land* von T.S. Eliot und Paul Valérys *Charmes*. Die Arbeit an den Elegien begann Rilke auf Schloss Duino bei Triest. Abgeschlossen wurde sie im Chateau de Muzot im Wallis. Als Rilkes Hauptwerk haben die zehn Elegien den Stellenwert von Schopenhauers *Welt als Wille und Vorstellung,* Heideggers *Sein und Zeit* oder Goethes *Faust*, Thomas Manns *Buddenbrooks* und der *Sinfonien* Beethovens oder Gustav Mahlers. In Rilkes Elegien verschmelzen Poesie und Philosophie. Sie sind Gedankenlyrik, mehr noch: Programmlyrik, in der sich philosophische Reflexion mit existenzieller Erfahrung auf einmalige Weise vermischt.

## Missverhältnis

Zum kulturellen Erbe der Menschheit gehört eine große Anzahl von Kunstwerken, deren Bedeutsamkeit von aller Welt konventionell nachgebetet wird, ohne dass die meisten Bewunderer triftige Gründe für ihre Bekanntheit nennen können. Auch Rilkes *Duineser Elegien* umgibt eine solche Aura. Zahllose Ausgaben stehen seit rund hundert Jahren in privaten wie öffentlichen Bücherregalen: ungelesen bewundert und unverstanden bestaunt. Wirklich studiert haben die Elegien die allerwenigsten. Den einen oder anderen Vers zitiert man zwar gerne daraus; meist werden die Zeilen aber aus dem Zusammenhang gerissen. Worum es in den Elegien geht, wissen trotz ihrer Popularität nach wie vor lediglich einige Experten. Dies ist kein Zufall. Denn wer sich den Elegien nähert, den überkommt leicht das Gefühl, hermetisch abgeriegeltes Gelände betreten zu haben. Die Lektüre gerät sofort ins Stocken, so dass man sogleich geneigt ist, sie wieder abzubrechen. Aufgrund ihrer extremen Verdichtung bereiten die *Duineser Elegien* große Verständnisschwierigkeiten. Allerdings gründet ihre Schwerverständlichkeit weniger auf ihren gedanklichen Höhenflügen als auf ihrer bis zum Äußersten verfeinerten Sprache. Nicht der Stoff macht die Elegien so schwer, sondern deren Form. Die Satzstruktur der gleichsam pointilistisch hingetupften Worte ist an vielen Stellen nicht auf Anhieb zu erkennen. Die Syntax wird häufig gesprengt, oft stockt der Sprachfluss, der dann auf einmal so in Bewegung gerät, dass die Leser regelrecht mitgerissen werden. Hinzu kommt ein dichtes Geflecht hochgespannter Metaphern, die sich über die Niederungen unserer konfektionierten Alltagssprache hinwegsetzen, so dass sich ihr Sinn erst nach drittem oder viertem Lesen erschließt. Nicht selten ächzen Rilkes Wörter unter dem Gewicht der Aussagen, das ihnen der feinsinnige Poet aufgeladen und beigemessen hat.

Die *Duineser Elegien* stellen ihre Leser auf eine harte Probe. Es genügt nicht, sie einfach nur zu lesen, um sie zu verstehen. Dafür sind sie schlicht zu anspruchsvoll. Sie fordern von ihren Rezipienten wiederholtes Lesen, große Ausdauer und hohe Konzentration. Zeile für Zeile müssen sie erarbeitet werden. Ist das bloße Lesen schon aufgrund des kryptischen Schreibstils mühsam, so ist es erst recht ihr Verständnis. Es erfordert Zeit und Geduld. Die Elegien gehören zum Schwierigsten, was die deutsche Geistesgeschichte an Literatur hervorgebracht hat.

## Klarstellung

Beim ersten Lesen erregen die Elegien den Verdacht, aus sinnleeren Sprachexperimenten zu bestehen. Unsinniges Geschwafel scheint sich hinter hochtrabenden Phrasen und schillernden Bildern zu verstecken. In diesem konturenlosen Ungefähr scheint die Hauptsache zu fehlen: der klare Gedanke. Sind die Elegien – mit Robert Gernhardt gefragt – bloßer „Wortschwall“ oder – wie Paul Celan sagen würde – „Metapherngestöber“? Vom Wunderbaren zum Wunderlichen ist es nicht weit. Aber weit von aller lyrischen Vagheit entfernt, hat Rilke seine Metaphern, Wortfolgen und Satzstellungen alle mit Bedacht gewählt, so bizarr und grotesk sie zuweilen anmuten. Der Leser dieses Buches wird am Ende bass erstaunt sein über die Genauigkeit von Rilkes Beschreibungen, die Präzision seiner Sprache und die Subtilität seines Empfindens.

Obwohl seine Sprachfiguren nicht selten den Eindruck erwecken, rein artistische Gebilde darzustellen, aus denen die Wirklichkeit fast gänzlich entwichen ist, beanspruchen sie mit Recht, das blanke Gegenteil zu sein. Darum eignen sich die Elegien auch nicht als Tummelplatz für freie Assoziationen oder wilde Spekulationen esoterischer Schwärmer. Allem Anschein zum Trotz sind sie weder besonders undeutlich noch ausgesprochen vieldeutig, sondern vielmehr überraschend klar und prägnant. Obgleich sich die Elegien nicht geradewegs erschließen, ja undurchdringlich zu sein scheinen, bleiben sie mitnichten verschlossen. Sie bestehen weder aus tiefsinniger Geheimniskrämerei noch aus hochtönender Spielerei. Ihre Botschaften sind sehr gut nachvollziehbar. Darum darf Rilkes Chiffrierung seiner Elegien keineswegs mit mangelnder Präzision verwechselt werden. Rilke geht sehr sorgfältig mit der Sprache um. Er arbeitet extrem genau. In atemberaubender Verdichtung entfaltet der Poet auf wenigen Seiten, was leicht mehrere Bücher füllen könnte.

Aber warum ist die von Rilke kultivierte Form so unübersichtlich, schwer zugänglich, umständlich? Was verbirgt sich hinter dem pedantischen Pathos seiner Stücke, die beschwerliche Umwege bequemen Abkürzungen vorziehen? Mit Thomas Mann gesprochen hat Rilke einen ausgeprägten „Willen zum Schweren", der natürlich die Wege zum Publikum erheblich verlängert und erschwert. Rilke scheut die Trivialität des Selbstverständlichen. Wie aus Abscheu vor der konventionellen Sprache scheint er die Schwerverständlichkeit zu wählen, als ob seine Sache schlecht gemacht wäre, ließen sich die Elegien auf Anhieb verstehen. Nur wenige Passagen klingen wie Musik, die – statt mit Noten – aus Wörtern komponiert wurde. Obschon Rilke hie und da Töne anschlägt, die sofort zu Herzen gehen und nachdenklich stimmen, bleibt die Frage: Warum komponiert der begabte Dichter in solch verdichteter Komplexität seine zehn Elegien, deren Faszination bis heute ungebrochen, deren Gehalt aber vielen Menschen nach wie vor unverständlich bleibt?

In dieser Frage macht man es sich zu einfach, wenn man die Erklärung hierfür in einer Art göttlichen Sendung des Dichters sucht, in dem übermächtige Kräfte am Werke gewesen seien, die sich seiner als eines ohnmächtigen Mediums oder Werkzeugs bedient hätten. Von Platon bis Hölderlin und darüber hinaus waren Künstler und Gelehrte vom Auftreten solcher unverfügbaren Heimsuchungen überzeugt. Im Dichter wohne ein Genius, der ihm seine Werke eingebe. Rilke selbst nährte solche Gerüchte und Legenden, die sich bis heute um große Künstler ranken. Denn auch er machte viel Aufhebens von seinen Inspirationen, indem er sich als unverfügbares Mundstück einer großen Botschaft fühlte. In *Ecce homo* charakterisiert Friedrich Nietzsche solche schöpferischen Widerfahrnisse als Offenbarungen, in denen „plötzlich, mit unsäglicher Sicherheit und Feinheit, Etwas sichtbar, hörbar wird, Etwas, das Einen im Tiefsten erschüttert und umwirft".

Dementsprechend notierte Rilke im Jahre 1912, dass eine gewaltige Stimme ihm den Anfang der *Ersten Elegie* im Brausen eines Sturmes über den Fluten der Adria bei Schloss Duino zugerufen hätte. Dieser Sturm habe ihn mit einer derart starken Wucht ergriffen, dass noch am selben Tag ohne weitere Anstrengung eine Reihe weiterer Verse folgte, so dass bereits am Abend die *Erste Elegie* vollendet war. Offenbar hatte sich die Poesie seiner gleichsam dämonisch bemächtigt, um durch ihn zu dichten. Ähnlich kommentierte Rilke die Fertigstellung seiner Elegien im Februar 1922 als namenlosen Sturm, einen Geistesorkan wie damals auf Schloss Duino. Alles, was in ihm Faser und Gewebe gewesen sei, habe in höchstem Grade gekracht.

Die Kulturgeschichte ist voller überwältigender Schlüssel- und Offenbarungserlebnisse. Man denke an den Apostel Paulus, den Kirchenvater Augustinus, den Humanisten Francesco Petrarca, den Philosophen und Mathematiker Blaise Pascal oder an Friedrich Nietzsche 1881 in Sils Maria im Oberengadin. Wie die großen Mystiker wurden sie alle von plötzlichen Einfällen, Eingebungen oder Einsichten erleuchtet.

Rilkes verblasener Überschwang, in dem so getan wird, als ob sein Werk jäh wie eine Nachtlandschaft im Wetterleuchten aus dem Dunkeln aufgetaucht wäre, lassen sich zwar überspannte Gemüter gerne gefallen, nüchterne Personen aber verlassen sich nicht bedenkenlos darauf. Obzwar wir nicht mit letzter Bestimmtheit sagen können, was in Rilke bei der Abfassung seiner Elegien vorging, steht doch fest: Auch sie verdanken sich nicht bloß extraordinären Illuminationen, sondern langen Denkprozessen, die ihnen vorausgingen. Die Elegien sind das Werk eines schöpferischen Menschen, der bei Auguste Rodin und von Paul Cezanne sowie dem japanischen Holzschneider Hokusai das differenzierte Sehen lernte. Jedes produktive Genie besteht aus Inspiration und Konzentration, einer außergewöhnlichen Begabung, gewiss, aber meist auch aus harter Arbeit.

Inspiration ist nichts Geheimnisvolles. Geistesblitze wirken zwar irrational, überraschend, unberechenbar. Sie kommen aber nicht aus jenseitigen Sphären. Neurophysiologisch betrachtet gründen sie auf speziellen Verschaltungen von Nervenbahnen. Jedoch ist ein Talent nichts Fertiges. Hinzu muss ein Wille zum Können, die Vorstellung eines Ideals und eine Unzufriedenheit über die eigene Ungenügsamkeit kommen, damit sich die Begabung entwickeln kann. Genie und Arbeit gehören zusammen. „Der Mühelose wird nicht groß", vermerkt Thomas Mann. Nur bei Stümpern und Dilettanten, die nicht unter dem Druck eines Talents lebten, sprudele es. Außerdem müssen Set wie Setting, innere Verfassung und äußere Umgebung, stimmen und zueinander passen. Ort und Zeit müssen dem Schaffenden gewogen sein, soll sein Werk gelingen. Doch wenn sich ein starkes Talent mit langjähriger Vorarbeit und günstigen Umständen verbindet, dann kann tatsächlich etwas Großartiges in kürzester Zeit glücken. In solchen Situationen kommt es begreiflicherweise schnell zu der voreiligen Vermutung, ein genialischer Dämon sei am Werke gewesen. Dabei verfügte das Genie oftmals nur über ein spezielles unbewusstes Vorwissen, das seinen Schaffensprozess rasant beschleunigte.

Jeder Mensch pflegt seinen Stil. Nach Lage der Dinge folgte aus Rilkes natürlicher Konstitution und biografischer Konstellation, dass seine Elegien gerade diese und keine andere Gestalt annahmen. Ein Vorteil ihrer scheinbar undurchlässigen Mitteilungsform liegt darin, dass sie die Leser zwingt, sich ernsthaft damit zu befassen, wenn sie auch bloß ansatzweise etwas davon begreifen möchten. Die Elegien bremsen jedes rasche Lesetempo aus, um eine Bedachtsamkeit zu ermöglichen, deren natürliche Feinde nervöse Hast und Zeitdruck heißen. An ein Lesepublikum, das auf schnelllebige Unterhaltung und kurzweilige Gemütlichkeit aus ist, hat Rilke jedenfalls bei der Abfassung seiner Elegien nicht gedacht. Nur wer bereit ist, bekannte Küsten hinter sich zu lassen, wird neue Länder entdecken können! Aber wer niemals solchen Drang verspürt, wird nur wenig Verständnis für anderer Leute Gefallen an derartigen Abenteuern haben.

Eine zügige, oberflächliche Lektüre der Elegien ist praktisch unmöglich, deren langsame, tiefe Aneignung dagegen unvermeidlich. Zweifellos verdienen sie eine solch intensive Decodierung. Allerdings führt der durch Rilkes Darstellungsweise erweckte Anschein schikanöser Verschlüsselung leider dazu, dass viele Menschen die *Duineser Elegien* zwar vom Hörensagen kennen, aber nicht wissen, wovon diese Stücke genau handeln, was darin vorgeht oder warum Rilke diese hermetische Verdichtung vorgenommen haben könnte. Die irritierende Unzugänglichkeit der Elegien schreckt viele Leser ab. Darum legen sie diese häufig schon zur Seite, noch bevor sie mit dem Lesen überhaupt richtig begonnen haben. Deren komplexen Verästelungen und ihr scheinbar dunkler Gehalt erschließen sich jedoch nur solchen Lesern, denen es nicht an Beharrungsvermögen und Konzentration fehlt. Ihnen allen möchte dieses Buch eine willkommene Hilfestellung sein: *ein gut lesbarer Kompass, der detailgenau und verständlich durch die Elegien navigiert.*

## Stand und Originalität

Obwohl es eine kaum überschaubare Anzahl unterschiedlicher Deutungen von Rilkes Elegien gibt, fehlt immer noch ein Buch, das die Inhalte der Elegien verständlich, einleuchtend, überschaubar und ästhetisch angemessen darstellt. Die verfügbare Sekundärliteratur liefert entweder Paraphrasen, die meistens ebenso dunkel bleiben wie die Elegien selbst, oder sie versteigt sich so weit ins Esoterische, dass zwischen den Elegien und diesen wirklichkeitsfernen Ausführungen nicht einmal zufällige Ähnlichkeiten bestehen. Streng akademische Studien verzetteln sich dagegen oft in Details, Querbezügen, Synopsen, Nebenschauplätzen, Zitaten und Ähnlichem mehr. Sie sind wertvoll und hilfreich, aber ihre vielschichtige Ausführlichkeit geht zulasten der Lesbarkeit.

Im vorliegenden Buch wird dagegen Rilkes sperrige Gedankenlyrik entsprechend der Reihenfolge ihrer miteinander verwobenen Ideen schrittweise narrativ erschlossen: *Die zehn Elegien werden detailgenau und verständlich nacherzählt.* Um Missverständnisse zu vermeiden: Hier wird kein „Rilke light" geboten. Die Elegien werden literarisch entschlüsselt, aber auch prosaisch und episch, kurzum in ihrer ganzen ästhetischen Fülle entfaltet. Bei diesem Vorgehen wird das literarische Niveau der Elegien beibehalten. Das erstrebte Ziel wäre erreicht, wenn nach Lektüre der poetischen Rekonstruktionen die Leser bei erneuter Lesung der Elegien diese besser oder leichter verstünden und sie für sich gewinnen könnten.

Der hermeneutischen Probleme jeder Übertragung eines Textes in eine andere Sprache bewusst, werden im Buch dichterische Worte nicht durch philosophische Begriffe ersetzt. Lyrische Poesie wird behutsam in narrative Prosa umgeschrieben, ohne den philosophisch-poetischen Sinn zu verfälschen. Hierbei ist größte Vorsicht geboten. Die *literarische Nacherzählung der Elegien* verzichtet auf fast alle Verweise im Text. Das Buch ist keine wissenschaftliche Abhandlung mit großem Apparat, sondern will vielmehr selbst ein Stück Literatur sein – aber auf Grundlage des verfügbaren wissenschaftlichen Wissens, das berücksichtigt wird und unmerklich in die Nachzeichnungen einfließen soll, jedoch ohne den Lesefluss zu stören.

Dies schließt freilich nicht aus, dass einige Anmerkungen gemacht werden, die spezielle Begriffe wie etwa Lebensphilosophie oder bestimmte Ideen als Anspielungen erläutern. Da alle zehn Elegien, von denen einige Hymnen gleichen, einen thematischen Schwerpunkt haben, wird jede von ihnen mit einer Überschrift versehen. Doch scheinen die zehn Elegien insgesamt einer gedanklichen Ausrichtung auf eine größere Einheit zu entbehren. Deshalb könnte man leicht den Eindruck gewinnen, dass sie in alle Richtungen zerflattern. Aber der Eindruck täuscht. Die zehn Fäden, die lose nebeneinander liegen, lassen sich stimmig miteinander verknüpfen. Sie haben nicht den Charakter einer bloßen Ansammlung, einer Aggregation. Obwohl die Elegien wie zehn Perlen auf einer Schnur wahllos aufgereiht zu sein scheinen, wird im Laufe der Ausführungen deutlich, dass ihnen keineswegs die Anlage zum Zyklus fehlt. So anmaßend es klingt: Am Ende des Buches wird eine Zusammenfassung der Elegien gegeben. Jedoch dürfen bei aller Wertschätzung nicht auch die Grenzen der Elegien übersehen werden, die gleichfalls am Schluss des Buches im Rahmen einer kritischen Würdigung aufgezeigt seien.

Das Besondere, ja das Alleinstellungsmerkmal dieses Buches liegt in seiner die Elegien erschließenden Verständlichkeit mit literarischer Qualität. Um die Wertigkeit der *Duineser Elegien* zu erkennen, sollten die Leser sie unbedingt vor und nach Lektüre ihrer literarischen Nacherzählung lesen; deshalb werden die Originaltexte mit veröffentlicht.

Im Februar 2022 jährt sich die Fertigstellung der *Duineser Elegien* zum 100. Mal. Rilke kann auch heute noch als einer der bedeutendsten Lyriker deutscher Sprache gelten. Sein Hauptwerk hat eine erneute Auseinandersetzung verdient.

## Zur Entstehung

Warum heißen die *Duineser Elegien* überhaupt Elegien? Formal und inhaltlich erfüllen sie doch nur teilweise die Anforderungen, die herkömmlicherweise an Elegien gestellt werden. In der Antike werden Gedichte *formal* dann als Elegien bezeichnet, wenn sie einem bestimmten Versschema entsprechen. Griechische Elegien sind aus „Distichen" zusammengesetzt. Ein „Distichon" ist ein „Zweizeiler", dessen Worte nach einem bestimmten Rhythmus gesprochen werden, auf den hier nicht näher eingegangen sei. Dieser speziellen Anforderung genügen Rilkes Elegien nur stellenweise.

Das Gleiche gilt für die *inhaltliche* Ausrichtung der Elegien. Normalerweise bestehen Elegien aus dunklen Klageliedern. Es sind Gedichte in melancholischem Ton, die sich mit traurigen Themen befassen und von einer schwermütigen, sehnsuchtsvollen Grundstimmung getragen werden. Man denke an die römischen Liebeselegien von Properz, Tibull und Ovid, die Goethes *Römische Elegien* insofern fortschreiben, als auch sie von Liebesdingen handeln. Statt wehmütig klingen Rilkes Elegien aber zuweilen recht frohgemut. Weit davon entfernt, ausschließlich Klagelieder anzustimmen, nehmen einige Teile der Elegien vielmehr die hohe Gestalt von Lobgesängen an. Die *Duineser Elegien* sind gleichermaßen Elegien und Hymnen.

Woher kommt der Name *Duineser Elegien*? Die ersten beiden sowie einige Fragmente späterer Elegien, insbesondere Bruchstücke der Dritten, Sechsten und Neunten sowie der gewaltige Anfang der Zehnten wurden im Januar 1912 auf Schloss Duino verfasst. Das alte Castello liegt hoch oben auf einem Felsen der adriatischen Nordküste in der Nähe von Triest. Hier auf den rauen Klippen wurden die ersten sprühenden Funken geschlagen, die sogleich ein poetisches Feuerwerk lichterloh entfachten. Die auf Schloss Duino begonnene Dritte Elegie wurde 1913 in Paris abgeschlossen. An der Sechsten Elegie arbeitete Rilke 1912 während seiner Spanienreise vor allem in Toledo und Ronda. Im Jahre 1914 setzte er die Arbeit an der Sechsten in Paris fort. Doch vervollständigt wurde sie erst am 26. Februar 1922 und bildet so den Abschluss des gesamten Zyklus. Dagegen entstand die Vierte während des Ersten Weltkriegs am 22. und 23. November 1915 in München. Anschließend stockte die schöpferische Arbeit an den Elegien bis Ende 1921.

Lange Zeit glaubte Rilke nicht mehr an die Vollendung seines Hauptwerks. Erst nach seiner Übersiedlung in das Chateau de Muzot im Wallis 1921 gelang es ihm, seine Sprachnot zu beheben und den Zyklus fertigzustellen. Das Schloss, das eher einem Turmhaus gleicht, liegt oberhalb von Sierre im französischsprachigen Rhonetal der Schweiz. Hier schrieb und vollendete Rilke zwischen dem 7. Februar und 14. Februar die Fünfte, Siebte, Achte, Neunte und Zehnte Elegie. In acht Tagen hatte er fünf Elegien zu Papier gebracht; die Sechste wurde, wie bereits angedeutet, auch hier – aber erst am 26. Februar vervollständigt.

Ein Großteil der Elegien entstand auf Duino und in Muzot, wo Rilke das Leben eines poetischen Einsiedlers, gleichsam eines Anachoreten führte. Da mit dem Castello Duino hauptsächlich nur zwei Elegien, mit dem Chateau Muzot hingegen sechs Elegien verbunden sind, drängt sich zwangsläufig die Frage auf, warum der Zyklus nicht nach dem Schweizer Chateau Muzot, sondern stattdessen nach dem italienischen Felsenschloss an der Adriaküste benannt wurde. Die meisten Elegien sind doch gar nicht dort entstanden.

Genauer betrachtet hat die Namensgebung weniger etwas mit ihrer Entstehung als vielmehr mit einer Person zu tun, die Rilkes Leben und Schaffen über viele Jahre als zuverlässige Freundin unterstützte und förderte: Fürstin Marie von Thurn und Taxis-Hohenlohe. Rilke hatte die Fürstin, die ihn am liebsten Dottor Serafico nannte, bereits 1909 in Paris kennengelernt. Diese lud ihn daraufhin erstmals für die Zeit vom 20. bis 27. April 1910 auf ihr Schloss Duino ein. Als Herrin des Schlosses ermöglichte sie ihm 1911/12 einen zweiten Aufenthalt an der Adriaküste. Dieser begann im Oktober 1911 und ging mit zwei kurzen Unterbrechungen bis zum 8. Mai 1912. Die Fürstin begleitete Rilkes dichterisches Schaffen bis zuletzt. In Schloss Duino begann seine Arbeit am Zyklus. Mit dem Namen dieses Ortes sollte das Ganze verbunden bleiben, hinter dem sich allerdings der Name der Fürstin verbirgt. In einem Brief an die Fürstin sofort nach Abschluss der Elegien übereignet Rilke ihr das ganze Werk. Mit verschraubtem Pathos schreibt der Dichter, dass er der Freundin den in hohem Stil verfassten Zyklus gar nicht widmen könne, weil er ihr bereits gehöre. Darum wähle er lieber zur Bezeichnung der Elegien den Ort eines ihrer Besitztümer, zu denen nun auch die Zehn Elegien zählen würden. Hiernach ist die Überschrift seines berühmten Meisterwerks eine als Ortsbezeichnung getarnte Hommage an die Fürstin, gleichsam das Pseudonym einer persönlichen Würdigung.

## Erste Elegie

Wer, wenn ich schriee, hörte mich denn aus der Engel
Ordnungen? und gesetzt selbst, es nähme
einer mich plötzlich ans Herz: ich verginge von seinem
stärkeren Dasein. Denn das Schöne ist nichts
als des Schrecklichen Anfang, den wir noch grade ertragen,
und wir bewundern es so, weil es gelassen verschmäht,
uns zu zerstören. Ein jeder Engel ist schrecklich.
Und so verhalt ich mich denn und verschlucke den Lockruf
dunkelen Schluchzens. Ach, wen vermögen
wir denn zu brauchen? Engel nicht, Menschen nicht,
und die findigen Tiere merken es schon,
daß wir nicht sehr verläßlich zu Haus sind
in der gedeuteten Welt. Es bleibt uns vielleicht
irgend ein Baum an dem Abhang, daß wir ihn täglich
wiedersähen; es bleibt uns die Straße von gestern
und das verzogene Treusein einer Gewohnheit,
der es bei uns gefiel, und so blieb sie und ging nicht.
O und die Nacht, die Nacht, wenn der Wind voller Weltraum
uns am Angesicht zehrt –, wem bliebe sie nicht, die ersehnte,
sanft enttäuschende, welche dem einzelnen Herzen
mühsam bevorsteht. Ist sie den Liebenden leichter?
Ach, sie verdecken sich nur mit einander ihr Los.
Weißt du's *noch* nicht? Wirf aus den Armen die Leere
zu den Räumen hinzu, die wir atmen; vielleicht daß die Vögel
die erweiterte Luft fühlen mit innigerm Flug.

Ja, die Frühlinge brauchten dich wohl. Es muteten manche

Sterne dir zu, daß du sie spürtest. Es hob
sich eine Woge heran im Vergangenen, oder
da du vorüberkamst am geöffneten Fenster,
gab eine Geige sich hin. Das alles war Auftrag.
Aber bewältigtest du's? Warst du nicht immer
noch von Erwartung zerstreut, als kündigte alles
eine Geliebte dir an? (Wo willst du sie bergen,
da doch die großen fremden Gedanken bei dir
aus und ein gehn und öfters bleiben bei Nacht.)
Sehnt es dich aber, so singe die Liebenden; lange
noch nicht unsterblich genug ist ihr berühmtes Gefühl.
Jene, du neidest sie fast, Verlassenen, die du
so viel liebender fandst als die Gestillten. Beginn
immer von neuem die nie zu erreichende Preisung;
denk: es erhält sich der Held, selbst der Untergang war ihm
nur ein Vorwand, zu sein: seine letzte Geburt.
Aber die Liebenden nimmt die erschöpfte Natur
in sich zurück, als wären nicht zweimal die Kräfte,
dieses zu leisten. Hast du der Gaspara Stampa
denn genügend gedacht, daß irgend ein Mädchen,
dem der Geliebte entging, am gesteigerten Beispiel
dieser Liebenden fühlt: daß ich würde wie sie?
Sollen nicht endlich uns diese ältesten Schmerzen
fruchtbarer werden? Ist es nicht Zeit, daß wir liebend
uns vom Geliebten befrein und es bebend bestehn:
wie der Pfeil die Sehne besteht, um gesammelt im Absprung
*mehr* zu sein als er selbst. Denn Bleiben ist nirgends.

Stimmen, Stimmen. Höre, mein Herz, wie sonst nur
Heilige hörten: daß sie der riesige Ruf
aufhob vom Boden; sie aber knieten,
Unmögliche, weiter und achtetens nicht:
*So* waren sie hörend. Nicht, daß du *Gottes* ertrügest

die Stimme, bei weitem. Aber das Wehende höre,
die ununterbrochene Nachricht, die aus Stille sich bildet.
Es rauscht jetzt von jenen jungen Toten zu dir.
Wo immer du eintratst, redete nicht in Kirchen
zu Rom und Neapel ruhig ihr Schicksal dich an?
Oder es trug eine Inschrift sich erhaben dir auf,
wie neulich die Tafel in Santa Maria Formosa.
Was sie mir wollen? leise soll ich des Unrechts
Anschein abtun, der ihrer Geister
reine Bewegung manchmal ein wenig behindert.

Freilich ist es seltsam, die Erde nicht mehr zu bewohnen,
kaum erlernte Gebräuche nicht mehr zu üben,
Rosen, und andern eigens versprechenden Dingen
nicht die Bedeutung menschlicher Zukunft zu geben;
das, was man war in unendlich ängstlichen Händen,
nicht mehr zu sein, und selbst den eigenen Namen
wegzulassen wie ein zerbrochenes Spielzeug.
Seltsam, die Wünsche nicht weiter zu wünschen. Seltsam,
alles, was sich bezog, so lose im Raume
flattern zu sehen. Und das Totsein ist mühsam
und voller Nachholn, daß man allmählich ein wenig
Ewigkeit spürt. – Aber Lebendige machen
alle den Fehler, daß sie zu stark unterscheiden.
Engel (sagt man) wüßten oft nicht, ob sie unter
Lebenden gehn oder Toten. Die ewige Strömung
reißt durch beide Bereiche alle Alter
immer mit sich und übertönt sie in beiden.
Schließlich brauchen sie uns nicht mehr, die Früheentrückten,
man entwöhnt sich des Irdischen sanft, wie man den Brüsten
milde der Mutter entwächst. Aber wir, die so große
Geheimnisse brauchen, denen aus Trauer so oft
seliger Fortschritt entspringt –: *könnten* wir sein ohne sie?

Ist die Sage umsonst, daß einst in der Klage um Linos
wagende erste Musik dürre Erstarrung durchdrang;
daß erst im erschrockenen Raum, dem ein beinah göttlicher
Jüngling
plötzlich für immer enttrat, das Leere in jene
Schwingung geriet, die uns jetzt hinreißt und tröstet und hilft.

# Der Auftrag

## Zum Sterben schön

Das alles ist so schön, dass ich es kaum ertrage: die Landschaft, das Musikstück, dein Körper, mein Gefühl. Es ist zum Sterben schön. Eine pralle Intensität überwältigt mich. Der Augenblick ist fast vollkommen. Zerspringen könnte ich vor Begeisterung. Ich bin ganz außer mir. Es reißt mich fort, so stark hat mich das Schöne ergriffen. Allein von dessen bloßem Dasein geht ein Reiz aus, der die Grenze des Erträglichen übersteigt. Mein Entzücken droht mich zu zerstören. Wie schrecklich schön ist das alles: die Landschaft, das Musikstück, dein Körper, mein Gefühl.

Obwohl das Schöne kaum auszuhalten ist, verlange ich in Momenten bedrängter Einsamkeit nach dieser selbstgenügsamen Vollkommenheit, um mit jeder Faser meiner Existenz ihrem Zauber erliegen zu können. Ich rufe in meiner Verlassenheit nach einem *Engel*, der meine Schreie erhören und sich meiner Not annehmen möge: Ich sehne mich nach absoluter Lebens- und Sinnfülle, derer ich entbehre. Doch sollte ich einmal an etwas vollkommen Schönem teilhaben dürfen, ginge ich hieran sicherlich zugrunde wie der Falter an der Flamme, der er zu nahe kommt. Niemand kann in der Nähe absoluter Schönheit dauerhaft leben. Darum ist es gut, dass sie sich uns entzieht, der Engel sich uns verweigert, sich fernhält, so sehr es uns auch zur totalen Sinn- und Lebensfülle hinzieht. Ich halte ja schon die schönen Augenblicke kaum aus, die mir das Leben schenkt, sobald sie sich mit ganzer Wucht entladen. Allein diese können so gewaltig sein, dass sie mein Fassungsvermögen übersteigen und meine Lebenskraft überfordern. Bereits der Abglanz vollkommener Schönheit kann deren Intensität über die Grenzen des Zuträglichen hinauswachsen lassen. Wie sollte ich da die vollkommene Schönheit selbst ertragen können? Das Schöne ist der *Anfang des Schrecklichen*.

Darum halte ich mich jetzt zurück und rufe nicht mehr nach einem Engel. Ich unterdrücke, ja *verschlucke* gewissermaßen *mein schluchzendes Flehen* nach seiner Anwesenheit, damit er mich nicht hört: Ich widerstehe der Versuchung, mein Leben allein an der absoluten Schönheit auszurichten. Ich verzichte hierauf, obgleich es mir schwer fällt. Denn meine bedürftige Einsamkeit ist groß. Größer aber noch ist die schmerzhafte Einsicht, dass für uns Menschen dauerhafte Lebens- und Sinnfülle weder möglich noch wünschenswert ist. Mag unser Bedürfnis hiernach unausrottbar bleiben, grundsätzlich sollten wir die Wonne absoluter Schönheit nicht wollen, weil wir zu schwach hierfür sind. Das Risiko ist hoch, mit ihrer verschwenderischen Fülle in einen Strudel des Verlangens gerissen zu werden, der an unserem Ruin arbeiten würde. Die Schönheit würde uns überfluten und wegschwemmen. Dies könnten wir nicht überstehen. Es würde uns vernichten.

## Was brauchen wir?

Aber was brauchen wir dann zum Leben? Worauf kommt es an? Woran sollen wir uns orientieren? Was vertreibt unsere innere Leere und Einsamkeit? Was gibt uns Halt, Geborgenheit und Sinn in der kurzen Spanne zwischen Geburt und Tod? Die absolute Schönheit, zu der uns ein Engel den Weg weisen könnte, ist es jedenfalls nicht. Doch *Menschen* sind es auch nicht. In letzter Beziehung steht jeder auf sich allein. Im Vergleich zu den *Tieren* müssen wir unser Leben selbst führen und unseren Standort in der Welt aus uns heraus bestimmen. Tiere wissen Bescheid. Sie wissen, wo es lang geht. Sie sind instinktsicher. Wir dagegen nicht. Ursprünglich schutz- und hilflos der übermächtigen Wirklichkeit preisgegeben, müssen wir uns in der Welt einrichten und eine vertraute Alltagswelt schaffen. Für solch *gedeutete Welt*, die Lebenswelt, ist eine gewisse Unauffälligkeit und Fraglosigkeit charakteristisch. Aber unser Vertrauen in ihre Tragfähigkeit ist keineswegs selbstverständlich. Denn verlässlich ist unsere Alltagswelt nicht. Jederzeit können unvorhergesehene Ereignisse die Regeln des Selbstverständlichen außer Kraft setzen. Sie können unser Gefühl erschüttern, in der Welt zu Hause zu sein. Zumeist jedoch tragen uns bewährte Routinen gut durch den Alltag. Oft sind es kleine, fast unmerkliche Dinge, die uns Halt und Struktur geben: ein *Baum* an einem Abhang, dem wir Tag für Tag begegnen, der morgendliche Weg zur Arbeit auf der bekannten *Straße*. Mechanisierte Verrichtungen, standardisierte Handlungsrituale, die immer gleichen Wiederholungen stiften Vertrauen und schaffen Vertrautheit. Sie zerstreuen das Gefühl, fremd in der Welt zu sein. Hinzu kommen andere liebgewonnene *Gewohnheiten*, die wir seit Jahren praktizieren und die uns vielfältig Entlastung schenken. Dennoch ist die angestrebte Sicherheit und Geborgenheit aufgrund unserer wesenhaften Schutz- und Haltlosigkeit nie endgültig erreicht. Deshalb bleibt in nachdenklichen Gemütern eine letzte Einsamkeit, eine unbestimmte Sehnsucht und damit verbunden die bohrende Frage, worauf es im Leben denn nun eigentlich ankommt.

Vielleicht weiß es ja die ruhige *Nacht*. Unter Umständen schenkt sie uns die ersehnte Erfüllung und gesuchte Heimat. Doch ganz im Gegenteil facht sie unser Heimweh erst richtig an, wenn wir vom Fenster aus in den weiten Sternenhimmel blicken und dabei das leise Wehen des Windes im Gesicht verspüren. Die Nacht zehrt an schlaflosen Grüblern mehr, als dass sie diese beglückt. In den Stunden der Stille steht zwar innerer Frieden zu erwarten. Doch enttäuscht auch die Nacht. Wohl lässt sie den Einsamen nicht gleich verzweifeln, stimmt ihn aber traurig und schwermütig, weil er in ihr nicht zur Ruhe kommt. So wird die Nacht sogar mühsam, weil sie den Ruhelosen vom Einschlafen abhält.

Da haben es *Liebende* womöglich einfacher. Sie sind nicht allein. Doch selbst sie finden nicht endgültig zueinander. In Liebesbeziehungen fühlen sich zwar beide als unersetzlich. Sie erleben sich als füreinander erschaffen, wodurch ihr Dasein einen starken Sinn erhält. Doch auch das ist eine Illusion. Noch in der intimsten Annäherung an den anderen bleibt jeder für sich allein. Trotz aller Gemeinsamkeiten sind sie in ihrer Zweisamkeit einsam. Ihre Nähe verdeckt ihre Ferne. Jeder kann dem anderen bestenfalls den Anschein von Heimat und Geborgenheit geben. Wirkliche Verschmelzung ist unmöglich.

## Was braucht uns?

Wenn weder die *Schönheit* noch die *Menschen*, auch nicht die *Gewohnheiten des Alltags*, die *Nacht* oder eine *Liebschaft* uns die quälende Frage beantworten kann, woran wir unser Leben ausrichten sollen, wo lässt sich dann eine Antwort finden? In dieser Angelegenheit muss ein *Richtungswechsel* vorgenommen werden. Eine Verschiebung der Perspektive, ja eine *Umkehrung der Blickrichtung* ist erforderlich. Bislang fragten wir, was die Welt uns bieten kann, um unserem Dasein Halt, Sinn und Geborgenheit zu geben. Nach eifriger Suche stehen wir aber immer noch mit leeren Händen da. Deshalb vollziehen wir jetzt eine *Achsendrehung* und werfen unsere Leere mit ausgestreckten Armen in den Weltraum hinaus, offen für eine Begegnung mit den Dingen ringsum. Selbst die Vögel sollen zu spüren bekommen, dass sich die Luft mit unserer Empfänglichkeit für die sichtbare Natur füllt. So öffnen wir uns für die Wirklichkeit, die wir in uns hereinlassen, indem wir uns auf sie einlassen. Statt also unsere Erwartungen an die Erde heranzutragen, lassen wir nun vielmehr umgekehrt die Erde an uns herantreten.

So seltsam es klingt: *Die sichtbaren Dinge ringsum möchten von uns verstanden werden.* Sie brauchen uns. Der milde Frühling und die übrigen Jahreszeiten, die Sterne am funkelnden Nachthimmel, vergangene Geschehnisse, selbst geringfügige Ereignisse wie eine Geigenmelodie, die aus einem geöffneten Fenster zu uns herübertönt – dies alles möchte von uns bewusst vergegenwärtigt werden. Darin besteht das wahre Leben, das den Menschen aus seinem Alltag heraushebt: allem, was um ihn herum ist, im eigenen Inneren eine hohe Gegenwärtigkeit zu verleihen. Dies ist sein *Auftrag*: sich von einem Anliegen, das seinen unbedingten Einsatz fordert, ergreifen zu lassen. Solches Anliegen ist weder religiöser noch moralischer Art. Es bleibt aber auch nicht unbestimmt. Denn es bezieht sich auf die Phänomene ringsum, die nicht unbeteiligt in den Blick genommen werden sollen. Stattdessen sollen wir an ihnen teilhaben und die Intensitäten der jeweiligen Situation in unser Dasein eintragen. Seien es verspürte Frühlingsdüfte, wahrgenommene Sterne oder vernommene Geigentöne – behutsam sollen wir uns an die Phänomene der Erde herantasten, anschmiegen, sie uns innerlich anverwandeln, in unser Gemüt hineinnehmen. Wir sollen sie in neuem Licht erstrahlen lassen, damit ihre Fülle des Festlichen besser hervortreten kann. Das wahre Dasein ist nicht das tätige, aktive, sondern das betrachtende, kontemplative Leben.

## Sind wir der Aufgabe gewachsen?

Aber bewältigst du diese Aufgabe, ja erreicht dich ihre Botschaft überhaupt? Erkennst du, wie stark sie dich betrifft? Doch wie kann die Erde dem Menschen einen Auftrag erteilen? Haftet dieser poetischen Idee nicht etwas Überschwängliches an, das erst in einer Art Ausnüchterungszelle zur Klarheit gebracht werden müsste? In sachlicher Nüchternheit: Wir Menschen verfügen über die einzigartige Begabung, die Phänomene von Natur und Kultur als solche interesselos wahrnehmen und reflektieren zu können. Dieses Privileg ist eine wunderbare Chance, die wir deshalb ergreifen sollten, weil sie zu intensiven Begegnungen mit der Wirklichkeit führen kann. Doch zahlen wir hierfür einen hohen Preis. Denn nur ein ungesichertes, heimatloses Wesen wie der Mensch ist aufgrund seiner Schutzlosigkeit, Weltoffenheit und Reflexionskraft imstande, die Dinge ringsum als solche zu betrachten. Seine Sorgen und Nöte sind gewissermaßen der Preis für seine Fähigkeit, über das Alltägliche sich erheben und sich von der Natur in Staunen versetzen lassen zu können. Die mit seiner prekären Ausgangslage verbundene Weltoffenheit ist somit nicht bloß Privileg und Auszeichnung, sondern ebenso Last und Bürde.

Aber noch einmal: *Bewältigst du den Auftrag?* Bist du gesammelt genug, um die Intensität flüchtiger Augenblicke in deinem Inneren schockgefrieren zu können? Bist du ausreichend vorbereitet, um dich den Dingen mit ganzem Ernst hingeben zu können? Freilich, sind wir erst einmal aus dem Alltag herausgeglitten, in dem das meiste nur unter dem Gesichtspunkt seiner Nützlichkeit in Betracht gezogen wird, kann selbst das Einfache die Schwelle der Aufmerksamkeit überschreiten. Unsere Wahrnehmung wird selbst für die Finessen von Petitessen sensibel. Doch im Allgemeinen fällt es eher schwer, sich von kleineren Dingen genauso verblüffen zu lassen wie von Naturdingen größeren Formats, etwa Jahreszeiten und Sternen. Hauptsächlich sind wir oft zu abgelenkt, zerstreut, rastlos, nicht hinreichend fokussiert. Die Alltagssorgen beschäftigen uns so stark, dass wir den Auftrag der Wirklichkeit an unsere Merkfähigkeit meistens überhören.

Wie viele sind auf der Suche nach Liebe und projizieren auf alles um sie herum ihre Erwartungen an die künftige Geliebte. Die Landschaft wird zum Ausdrucksmittel ihrer persönlichen Empfindungen, einem Medium der Selbsterfahrung, das lediglich ihre sehnsuchtsvollen Stimmungen widerspiegelt. Aber wo alles im Lichte ruheloser Liebessehnsucht wahrgenommen wird, dort verschwinden die sichtbaren Dinge leicht hinter bloßen Gefühlszuständen. Man spürt nicht mehr den Wunsch der Natur, von ihrer Unauffälligkeit und Selbstverständlichkeit befreit zu werden. Die Gefahr ist groß, die einzigartige Chance zum faszinierten Staunen zu versäumen. Wer sich dagegen dieser Aufgabe voller Hingabe widmet, für den hat die Suche nach einer Geliebten, ja nach Menschen überhaupt jeden Sinn verloren.

Allerdings gibt es Existenzformen, die uns stimulieren, über das Alltägliche hinaus zu fragen, so dass wir den Auftrag leichter vernehmen können. Spezielle Menschentypen können uns helfen, unsere singuläre Begabung zu nutzen, dem bis dahin als normal empfundenen Leben und Kosmos eine starke Präsenz im eigenen Inneren zu verleihen. Nur welche Personentypen eignen sich besonders hierfür? Möglicherweise doch die *Liebenden*? Vielleicht auch *Helden* und *Heilige* oder sogar *Tote*?

## Liebende und Helden

Verspürst du zuweilen eine diffuse Sehnsucht in dir, so besinge das Leben der unsterblichen Liebe. Dieses berühmte Gefühl, mit dem sich viele Mythen und Romane befassen, ist noch lange nicht zu Ende erzählt. Aber noch faszinierender als alle *glücklich Verliebten* sind seit jeher *unglücklich Liebende*, wenn sie sich zu einer Person hingezogen fühlen, die ihr Werben unerwidert lässt. Natürlich sollten sie sich in diesem Falle besser wieder abwenden. Aber ganz so einfach fällt uns Menschen das Verzichten und Loslassen nicht, wenn erst einmal der Duft des Ersehnten uns verheißungsschwer umschwebt. Das größere Lieben vollzieht sich im Sehnen unerfüllter Leidenschaft. Unglücklich Liebende fühlen tiefer als glücklich Verliebte. Sie verbrauchen sich für das Unerreichbare. Eine solche Lebensform verdient höchste Achtung. Sie soll immer wieder aufs Neue gepriesen werden. Denn gerade unglücklich Verliebte können uns so aus dem Alltagstrott bringen, dass wir für Leben und Welt sensibler werden, über die wir sonst eher gedankenlos hinweggleiten. Von platter Gemütlichkeit abgeschnitten, können wir nun den Auftrag deutlicher vernehmen. Das erreichen glücklich Verliebte nicht. Sie lassen uns zwar wach träumen, schwärmen, in den Wolken schweben, nur erschüttern und wachrütteln können sie uns nicht.

Hierzu taugt auch der *Held* nicht, obwohl er sich wie unglücklich Verliebte für eine aussichtslose Sache opfert und dem Untergang geweiht ist. Aber statt sich bedingungslos für seine Leidenschaften hinzugeben, verfolgt er das aristokratische Ideal eines triumphalen Ruhms. Seine Aufopferung erweist sich bei näherem Hinsehen als eine verkappte Form egoistischer Selbstbehauptung. Seine Opferbereitschaft ist nur ein *Vorwand*, um sich besser und länger erhalten zu können. In seinem Untergang erstrebt er eine Neugeburt – als Held, dessen herausragende Taten in die Geschichte eingehen mögen, damit sein Nachruhm die Zeiten überdauert. So bedeutet sein Tod nicht das Ende, sondern den Übergang seines Lebens in die dauerhafte Gestalt des Ruhms. Wer aber so fixiert auf sich bleibt, ist nicht empfänglich für den Auftrag, dem Wunderbaren vor unseren Füßen die nötige Beachtung zu schenken und die Würde des Besonderen zu geben. Er verpasst die einzigartige

Chance, der sichtbaren Welt besinnlich innezuwerden, weil er nicht zu selbstvergessener Hingabe fähig ist.

Dagegen verzehren die *ungestillt Liebenden* fast alle Lebenskräfte für ihre Leidenschaft bis zur totalen Erschöpfung. Nicht entschlossene Selbstbehauptung, sondern ekstatische Selbstverschwendung ist für sie charakteristisch. Am Ende hat ihr Einsatz beinahe alle Energie verbraucht, so dass es fraglich ist, ob sie noch ein zweites Mal zur bedingungslosen Liebe fähig wären. In diesem Zusammenhang denke man bloß an die im 16. Jahrhundert in Padua geborene Renaissance-Dichterin Gaspara Stampa, die bereits mit 31 Jahren 1554 in Venedig starb. Ihre Liebe zu Graf Collaltino di Collalto endete tragisch. Schon nach kurzer Zweisamkeit verließ er sie, worüber sie nicht hinwegkam. Wie so häufig in der Literatur entstand aber gerade aus ihrem tiefen Schmerz eine großartige Liebeslyrik.

Hieran sollten jedoch nicht nur junge Frauen, denen es ähnlich ergeht, Maß nehmen – der uralte Schmerz verlassener Liebe soll vor allem für die Erfüllung des Auftrags, die Wirklichkeit mit großem Staunen zu erfassen, fruchtbar gemacht werden. Dazu scheint es allerdings notwendig zu sein, sich wieder von den großen Liebesgeschichten zu distanzieren, aber an dem durch sie ausgelösten inneren Aufruhr, an der Erschütterung, weiter festzuhalten. In diesem Sinne sollten die unglücklich Liebenden uns aus dem Gleichgewicht bringen, nachdenklich machen und unseren Blick auf die Wirklichkeit verändern. Sie taugen als existenzielle Steigbügel, Werkzeuge, die sich in den Dienst des Auftrags stellen lassen, Leben und Natur bewusst zu vergegenwärtigen. Die glücklich Liebenden und Helden sind hierzu nicht geeignet. Erst die Verwirrungen, welche die unglücklich Liebenden stiften, lassen sich dazu einsetzen, der sichtbaren Natur voller Bewunderung zu begegnen und sich damit dem Auftrag zu widmen. Das Leben fordert von uns stets, offen für den Wandel zu sein. *Bleiben ist nirgends*. Dementsprechend sollten wir – innerlich aufgewühlt und bebend – wie ein *Pfeil* auf einer gespannten Wurfsehne sitzen, wie ein Pfeil im Absprung, ja ein abgeschossener Pfeil, der – auf seiner Flugbahn – in die sichtbare Welt fliegt, um diese genauer erfahren zu können.

## Heilige und Frühverstorbene

Wer nur richtig hinhört, wird überall Stimmen vernehmen. Wir sollten wieder hören lernen, allerdings nicht so sehr mit dem sinnlichen Ohr als vielmehr mit unserem Gemüt, dem eigenen Herzen. Am besten wäre es, wir könnten wie *Heilige* hören, die dem Ruf Gottes lauschten. Diese vollbrachten das *Unmögliche*: auf dem Boden zu knien und zugleich über dem Boden zu schweben. Indem sie sich zur Andacht auf den Boden warfen, wurden sie in die Höhe emporgehoben. Allerdings bemerkten sie dieses Paradox nicht, so stark waren sie ins Gebet vertieft und so gewaltig hatte sie Gott berührt. Ganz dem Hören hingegeben, hingen sie gleichsam über dem Boden, auf dem sie knieten. Doch anders als die Heiligen könnten wir Durchschnittsmenschen Gottes Stimme gar nicht ertragen. Wie die absolute Schönheit, der Engel, wäre Gottes Ruf bei weitem zu mächtig für uns. Seine Stimme würde unsere Lebenskraft überfordern und unsere Fassungskraft übersteigen. Darum taugen Heilige letztlich nicht als Vorbilder für uns bei der Erfüllung des Auftrags, eingefahrene Hörgewohnheiten zu verabschieden, um die Dinge andächtig belauschen zu können.

Das Auge ist ein Philosoph, das Ohr ein Theologe. Jenes bestaunt die Sehenswürdigkeit der sichtbaren Welt, dieses vertraut auf die Glaubwürdigkeit des göttlichen Worts. Aber die sichtbaren Dinge ringsum lassen sich auch vernehmen. Deshalb sollen wir ähnlich wie die Heiligen ganz Ohr werden, andächtig unsere inneren Ohren spitzen, damit der unfassbare Ruf der sichtbaren Wirklichkeit, ihr Auftrag, uns bei den Ohren packen kann, die wir in der geräuschvollen Hektik des Alltags zumeist auf Durchzug stehen haben. Unser Hören möge sich also mit dem Diesseits begnügen, dem Hiesigen, und die Gottesfrage auf sich beruhen lassen. Du sollst mehr auf die Stille hören, die im leichten Wehen des Windes, sanften Rascheln der Blätter, leisen Plätschern des Baches spricht, eine erfüllte Stille, die keineswegs lautlos sein muss. Du sollst auf den Ruf der sichtbaren Dinge ringsum achten, in dem sich dir der Auftrag als eine aus Stille gebildete Nachricht mitteilt.

Hieraus treten mit einem Male beklemmende Figuren hervor: *Frühverstorbene*. Gleich, welche Kirche du betratst in Rom und Neapel, überall wurdest du mit dem Schicksal junger Toter konfrontiert. Diese begegneten dir auch auf Inschriften wie neulich auf einer Grabtafel mit dem Namen Wilhelm Hellemans aus Antwerpen in Santa Maria Formosa, einer kleinen Kirche in Venedig. Aber was soll ich mit dieser Verwirrung anfangen, die nicht weichen will? Wenn Menschen alt und gebrechlich sind, findet man sich leichter mit deren Tod ab, wenngleich das Alter nicht allein über die Stärke der Verzweiflung und Trauer entscheidet, sondern vielmehr die gefühlte Nähe der Hinterbliebenen zu den Verstorbenen. Dennoch berührt uns der Tod älterer Zeitgenossen in der Regel weniger als das Ableben jüngerer Menschen. In diesem Falle verwandelt sich die traurige Klage schnell in eine bittere Anklage. Der Tod einer jüngeren Person erweckt den Anschein eines Unrechts. Aber so sollst du nicht denken. Du sollst dir überhaupt nicht so viele Gedanken um die Toten machen und dir stattdessen sagen, dass diese erst zur Ruhe kommen können, wenn deine Trauer auch zur Ruhe gekommen ist.

Natürlich fällt es schwer zu akzeptieren, dass sie nicht mehr bei uns auf der Erde weilen, alle erworbenen Sitten und erlernten Fertigkeiten nicht mehr ausüben können. Man findet sich auch nicht so leicht damit ab, dass *Rosen* und andere symbolische Gegenstände für den Frühverstorbenen nicht mehr auf eine schöne *Zukunft* hindeuten können. Nur schwer wird man damit fertig, dass der so jung Dahingegangene, um den man sich ängstlich sorgte und kümmerte, mit einem Male nicht mehr da ist. Der Tote trägt keinen *Namen* mehr. Er ist von einem Jemand zu einem Niemand, etwas Namenloses geworden, das so sinnlos ist wie ein kaputtes *Spielzeug*, mit dem sich nichts mehr anfangen lässt. Zudem ist es kaum auszuhalten, dass alles Sehnen und Wünschen des Frühverstorbenen plötzlich zu Ende sein soll. Es ist schon seltsam, wie sich auf einmal all seine Lebensbezüge und Sinnbeziehungen auflösten und die soeben noch miteinander verknüpften Bänder nunmehr lose im Raum *umherflattern*. Wer so denkt, stellt es sich beschwerlich vor, tot zu sein. Da das Leben der Frühverstorbenen fragmentarisch, unvollständig blieb, wird es aber vielleicht nach dem Tod zu einem einheitlichen Ganzen vervollständigt. Dort wird womöglich nachgeholt, was hier versäumt wurde, seine nicht realisierten Möglichkeiten eingelöst, bevor dann die ewige Ruhe eintreten kann. Aber selbst einen solchen Nachholprozess können wir uns nicht anders als mühsam vorstellen, was vor allem eines verrät, dass es uns noch nicht gelungen ist, die früh Dahingeschiedenen loszulassen.

Hierbei begehen wir für gewöhnlich den großen Fehler, zu streng zwischen dem Reich der Toten und der Lebenden zu unterscheiden. Wir sollten skeptisch gegenüber unseren Sprachgewohnheiten und Wissensformen bleiben, die sich bisweilen vor die Dinge schieben und diese so eher verdunkeln als erhellen. Nicht immer kommen unsere begrifflichen Einteilungen und Kategorien an die Wirklichkeit heran. Nicht selten verfehlen sie sogar die Realität. Wir sollten eine *lebensphilosophische Sichtweise* in Betracht ziehen, nach welcher der Tod lediglich die Kehrseite des Lebens ist. Darum hört man bisweilen, dass Engel gar nicht genau wüssten, ob sie unter Toten oder Lebenden wandelten, weil beide Sphären gar nicht so voneinander abgegrenzt seien, die Wirklichkeit eine All-Einheit darstelle. Für die Lebensphilosophie sind alle Lebewesen bloße Erscheinungen einer alles durchflutenden Lebenskraft, einer ewigen *Strömung*, aus der alles hervorgeht, die alles mit sich reißt, alles durchdringt. Diese All-Natur gibt den Ton an, *übertönt* alle Unterschiede, erklingt in allem – und das heißt: Sie verbindet alle Gegensätze, alle Altersstufen von der Kindheit bis ins Alter. Sie verknüpft das Vergangene, Gegenwärtige und Künftige. Sie ist eine alles umfassende Kraft, das All-Leben, in dem auch die Toten fortexistieren, nachdem sie von der Erdoberfläche wieder dorthin verschwanden, von wo sie einst kamen.

Genauer betrachtet laufen diese spekulativen Mutmaßungen alle auf die eine Mahnung hinaus: Hört auf, euch um die Toten zu sorgen! Lasst sie in Frieden ruhen! Es fehlt ihnen nichts. Nüchtern formuliert, ist niemand mehr da, dem noch etwas fehlen könnte. Selbst die früh Dahingerafften brauchen uns nicht mehr. Wie der Säugling den Brüsten der Mutter allmählich milde entwächst, lassen die Frühverstorbenen nach und nach ihr Leben auf der Erde hinter sich. Sie entwöhnen sich sanft alles Irdischen. Das bedeutet: Nachgerade gleiten sie aus den Köpfen der Lebenden hinaus, die dann ihren Tod nicht mehr so stark betrauern, weil der Schmerz über ihren Verlust nachgelassen hat, so dass wieder eine dem Leben zugewandte Normalität entstehen kann.

Aber so wenig uns die früh Dahingeschiedenen brauchen, so sehr benötigen wir umgekehrt sie in einem ganz speziellen Sinne. Wie die unglücklich Verliebten können auch die jung Dahingerafften uns zu einem verblüfften Dasein inspirieren und dadurch einen Resonanzraum öffnen, der uns empfänglich für den Auftrag macht. Wollen wir unsere einzigartige Chance zu einem bewussten und intensiven Leben ergreifen, so brauchen wir das Tiefe, Hohe, das Geheimnisvolle, ja Verstörende, das uns sogar zu kulturellen Höchstleistungen anzutreiben vermag. Gerade der Trauer über einen schweren Verlust kann ein seliger Fortschritt in der Gestalt großer Kunst entwachsen. Man denke bloß an die alte Sage über den Halbgott *Linos* aus Homers *Ilias*. Dieser beinahe göttliche Jüngling soll seiner Schönheit wegen von allen geliebt worden sein. Doch verstarb er bereits in jungen Jahren. Hierüber gerieten alle außer Fassung. Man erstarrte vor Schmerz, als der allseits bewunderte Jüngling für immer von der Erde verschwand. Eine große Leere machte sich breit. Doch erschütterte dieses furchtbare Ereignis den Raum so sehr, dass er zu vibrieren begann. In jene entsetzliche *Leere* wurde eine *Schwingung* gebracht, die sie mit besänftigenden Klängen ausfüllte: Es kam zur Erfindung der Musik, deren Kompositionen, nicht selten aus Schmerz geboren, uns bis heute *hinreißen, trösten und helfen.* Seit jeher provozieren tragische Liebschaften und ein tragischer Tod große Kunstwerke. Die Geburtsurkunde der gehobenen Kultur ist die menschliche Unzulänglichkeit und Gebrechlichkeit, die mit Recht größere Erbansprüche auf ihre glanzvollen Werke erhebt als alle menschliche Erhabenheit und Größe.

Weder die *Helden*, die zu nahe bei sich selbst bleiben, noch die *Heiligen*, die zu nahe bei Gott verweilen, aber auch nicht die *glücklich Verliebten* und *verstorbenen Alten*, sondern die *unglücklich Liebenden* und *jung Dahingeschiedenen* können uns helfen, den Auftrag zu erfüllen. Ihre Tragik besitzt eine eigentümliche Faszinationskraft, von der eine aufrüttelnde Wirkung, eine tiefe Betroffenheit ausgeht, die uns die ausgetretenen Wege der Gewohnheit verlassen lässt. Dem Ausdruckswillen der Not gehorchend, werden wir erst hierdurch fähig, künstlerisch tätig zu werden, und inspiriert, uns die vielfältigen Dinge ringsum mit fasziniertem Staunen innerlich anzuverwandeln. Dies sei unsere Art von Frömmigkeit. Alles in allem besteht sonach der Auftrag in der einzigartigen Chance, die sichtbare Welt mit nachdenklicher Besonnenheit intensiv vergegenwärtigen und staunend rühmen zu können. In poetischer Verdichtung: Der Mensch ist das große Auge der Natur, mit dem sie sich selbst schauen und bewundern möchte!

## Anregungen

- Zu das Schöne ist des Schrecklichen Anfang (S. 25 f.): Hölderlin *Brod und Wein*: „Denn nicht immer vermag ein schwaches Gefäß sie zu fassen, / Nur zu Zeiten erträgt göttliche Fülle der Mensch.“ August von Platen *Tristan*: „Wer die Schönheit angeschaut mit Augen, / Ist dem Tode schon anheimgegeben.“ Thomas Mann, *Buddenbrooks*: Hanno Buddenbrook nach dem Besuch von Richard Wagners Oper Lohengrin: „wie wehe die Schönheit tut“ (Frankfurt/M. 2002, S. 702)
- Zur wesenhaften Schutzlosigkeit und Orientierungslosigkeit des Menschen und der Notwendigkeit, sich eine Lebenswelt zu bilden, in der es sich einigermaßen aushalten lässt (S. 26 f.) vgl. *Existenzialphilosophie* und *Philosophische Anthropologie*.
- Zur Nacht als Ort der Ruhe und Unruhe (S. 27) vgl. Hölderlin *Brod und Wein*, Novalis *Hymnen an die Nacht,* Richard Wagner *Tristan und Isolde* und zahlreiche andere Dokumente.
- Zur ewigen Strömung des Lebens (S. 35): Namhafte Lebensphilosophen sind – von Friedrich Nietzsche beeinflusst – Wilhelm Dilthey, Georg Simmel, Henri Bergson, Ludwig Klages und andere.

## Zweite Elegie

Jeder Engel ist schrecklich. Und dennoch, weh mir,
ansing ich euch, fast tödliche Vögel der Seele,
wissend um euch. Wohin sind die Tage Tobiae,
da der Strahlendsten einer stand an der einfachen Haustür,
zur Reise ein wenig verkleidet und schon nicht mehr furchtbar;
(Jüngling dem Jüngling, wie er neugierig hinaussah).
Träte der Erzengel jetzt, der gefährliche, hinter den Sternen
eines Schrittes nur nieder und herwärts:
hochaufschlagend erschlüg uns das eigene Herz. Wer seid ihr?

Frühe Geglückte, ihr Verwöhnten der Schöpfung,
Höhenzüge, morgenrötliche Grate
aller Erschaffung, – Pollen der blühenden Gottheit,
Gelenke des Lichtes, Gänge, Treppen, Throne,
Räume aus Wesen, Schilde aus Wonne, Tumulte
stürmisch entzückten Gefühls und plötzlich, einzeln,
*Spiegel:* die die entströmte eigene Schönheit
wiederschöpfen zurück in das eigene Antlitz.

Denn wir, wo wir fühlen, verflüchtigen; ach wir
atmen uns aus und dahin; von Holzglut zu Holzglut
geben wir schwächern Geruch. Da sagt uns wohl einer:
ja, du gehst mir ins Blut, dieses Zimmer, der Frühling
füllt sich mit dir ... Was hilfts, er kann uns nicht halten,
wir schwinden in ihm und um ihn. Und jene, die schön sind,
o wer hält sie zurück? Unaufhörlich steht Anschein
auf in ihrem Gesicht und geht fort. Wie Tau von dem Frühgras

hebt sich das Unsre von uns, wie die Hitze von einem
heißen Gericht. O Lächeln, wohin? O Aufschaun:
neue, warme, entgehende Welle des Herzens –;
weh mir: wir *sinds* doch. Schmeckt denn der Weltraum,
in den wir uns lösen, nach uns? Fangen die Engel
wirklich nur Ihriges auf, ihnen Entströmtes,
oder ist manchmal, wie aus Versehen, ein wenig
unseres Wesens dabei? Sind wir in ihre
Züge soviel nur gemischt wie das Vage in die Gesichter
schwangerer Frauen? Sie merken es nicht in dem Wirbel
ihrer Rückkehr zu sich. (Wie sollten sie's merken.)

Liebende könnten, verstünden sie's, in der Nachtluft
wunderlich reden. Denn es scheint, daß uns alles
verheimlicht. Siehe, die Bäume *sind;* die Häuser,
die wir bewohnen, bestehn noch. Wir nur
ziehen allem vorbei wie ein luftiger Austausch.
Und alles ist einig, uns zu verschweigen, halb als
Schande vielleicht und halb als unsägliche Hoffnung.

Liebende, euch, ihr in einander Genügten,
frag ich nach uns. Ihr greift euch. Habt ihr Beweise?
Seht, mir geschiehts, daß meine Hände einander
inne werden oder daß mein gebrauchtes
Gesicht in ihnen sich schont. Das giebt mir ein wenig
Empfindung. Doch wer wagte darum schon zu *sein?*
Ihr aber, die ihr im Entzücken des anderen
zunehmt, bis er euch überwältigt
anfleht: nicht *mehr –;* die ihr unter den Händen
euch reichlicher werdet wie Traubenjahre;
die ihr manchmal vergeht, nur weil der andre
ganz überhand nimmt: euch frag ich nach uns. Ich weiß,
ihr berührt euch so selig, weil die Liebkosung verhält,

weil die Stelle nicht schwindet, die ihr, Zärtliche,
zudeckt; weil ihr darunter das reine
Dauern verspürt. So versprecht ihr euch Ewigkeit fast
von der Umarmung. Und doch, wenn ihr der ersten
Blicke Schrecken besteht und die Sehnsucht am Fenster,
und den ersten gemeinsamen Gang, *ein* Mal durch den Garten:
Liebende, *seid* ihrs dann noch? Wenn ihr einer dem andern
euch an den Mund hebt und ansetzt –: Getränk an Getränk:
o wie entgeht dann der Trinkende seltsam der Handlung.

Erstaunte euch nicht auf attischen Stelen die Vorsicht
menschlicher Geste? war nicht Liebe und Abschied
so leicht auf die Schultern gelegt, als wär es aus anderm
Stoffe gemacht als bei uns? Gedenkt euch der Hände,
wie sie drucklos beruhen, obwohl in den Torsen die Kraft steht.
Diese Beherrschten wußten damit: so weit sind wirs,
*dieses ist* unser, uns so zu berühren; stärker
stemmen die Götter uns an. Doch dies ist Sache der Götter.

Fänden auch wir ein reines, verhaltenes, schmales
Menschliches, einen unseren Streifen Fruchtlands
zwischen Strom und Gestein. Denn das eigene Herz übersteigt uns
noch immer wie jene. Und wir können ihm nicht mehr
nachschaun in Bilder, die es besänftigen, noch in
göttliche Körper, in denen es größer sich mäßigt.

# Alles ist vergänglich

## Wer seid ihr?

Das Vollkommene ist zu stark für mich. Es ist zu schön, ja zu gewaltig. Ich bin zu unvollkommen, um hiervon nicht erdrückt zu werden. Es ist so unerträglich wie Gluthitze, die mich verbrennen würde: *Alle Engel sind schrecklich*. Doch anders als in der *Ersten Elegie* verschlucke ich nun nicht mehr mein sehnsuchtsvolles Seufzen nach euch, sondern, weh mir: Jetzt rufe ich euch singend an. Obgleich das Vollkommene mein Leben gefährdet, suche ich dennoch seine Nähe: Es zieht mich zu den Engeln hin, wiewohl ich weiß, wie schnell sie für mich tödlich werden können. Hierzu genügt schon, dass ihre Flügel, derentwegen sie Vögeln gleichen, meine Seele leicht streifen.

Wohin sind die Zeiten, in denen wir mit dem Vollkommenen noch freundschaftlich Umgang pflegen konnten? Wohin die Tage von *Tobias*, Sohn des blinden Tobit, eine Figur aus dem gleichnamigen alttestamentarischen Buch Tobit, der ohne Schwierigkeiten dem *Erzengel Raphael* begegnen konnte? Beim Blick nach draußen stand mit einem Male der Engel hell erleuchtet an seiner Haustür, um in der Gestalt eines schönen Jünglings den Sohn Tobits, selbst ein Jüngling, auf einer Reise zu begleiten. Hierfür hatte sich der Engel ein wenig verkleidet, woraufhin er schon nicht mehr furchtbar wirkte. Das Vollkommene hatte menschliche Gestalt angenommen, um für Tobit überhaupt erfassbar zu sein. Es hatte sich seinem Fassungsvermögen angepasst. Erst die Verwandlung des Engels in einen Jüngling sowie dessen Kleidung machten ihn für Tobit erfahrbar wie ertragbar.

Doch träte der Erzengel heute hinter den Sternen hervor, um mit nur einem Schritt den unermesslichen Raum zu durchqueren und zu uns herabzusteigen: seine gewaltige Erscheinung würde unser rasendes Herz erschlagen, so sehr es ihn auch herbeisehnt und ansingt. So bleibt es dabei: Das Vollkommene ist zu gefährlich für uns. Wir halten seiner Schönheit, Macht und Fülle nicht stand. Nur wer sind diese Engel überhaupt, Sinnbilder der Vollkommenheit, die uns den Tod bringen würden, wenn wir ihnen zu nahe kämen?

Als Inbegriff des makellos Vollkommenen bewegen sie sich ganz nahe am göttlichen Urquell, aus dem sie unmittelbar entströmen. Deshalb heißen sie auch *Verwöhnte der Schöpfung*, die mit dem Reichtum der Quelle, aus der sie herausfließen, überschüttet werden. Sie dürfen *Frühgeglückte* genannt werden, weil sie direkt aus der Urquelle hervorgehen, an deren Fülle sie teilhaben. Ihre Erschaffung ist absolut gelungen. Aufgrund ihrer Nähe zum göttlichen Ursprung wohnen sie auf hohen Gipfeln. Sie wandeln auf dem Gebirgskamm alles Wirklichen, wo alles seinen Anfang nimmt. Darum gleichen sie rötlich beschienenen Höhenzügen des Gebirges, den obersten Kanten morgendlich erstrahlender Berggipfel, denen sich das Licht des Ursprünglichen noch am stärksten mitteilt.

Solche *neuplatonischen* Beschreibungen geben uns noch am ehesten eine Vorstellung von den Engeln als Urbilder des vollkommen Schönen. Nach der neuplatonischen Philosophie ist das höchste Erste, der Ursprung von allem, das sogenannte „Hen", das „Eine", das infolge seiner übermäßigen Fülle gleichsam überströmt, ohne sich hierbei zu verströmen. Alles, was ist, fließt gleichsam aus dem Urgrund heraus so ähnlich wie die Wärme oder das Licht aus der Sonne. Dabei geschieht diese Ausströmung, auch „Emanation" genannt, stufenweise. Es gibt eine Rangordnung der verschiedenen Hervorbringungen, nach ihrer Nähe zum Urquell abgestuft. Je dichter ein Erzeugnis am Urgrund ist, umso mehr Wirklichkeit und Bestand hat es auch. Wie Strahlen und Wärme mit der Entfernung zur Sonne immer schwächer werden, so nehmen Wert und Wirklichkeit der Ausströmungen des „Einen" nachgerade ab. Als erstes entlässt das göttliche „Eine" das übersinnlich Geistige aus sich. Dem folgt alles Seelische, und am Ende der Entwicklung steht das sinnlich Materielle. So ergibt sich alles, die geistige wie materielle

Welt, in stufenweiser Abfolge aus dem Urquell. Allerdings folgt auf den Abstieg aus dem Einen sofort wieder ein Aufstieg des Vielen zu seinem Ursprung. In einer Art Kreisbewegung strebt und fließt alles zu seinem Ausgangspunkt zurück. Jedoch dürfen diese Prozesse nicht als zeitliche Folge verstanden werden. Es handelt sich hier lediglich um Relationen von Oben und Unten hinsichtlich des mehr oder weniger Wertvollen und Wirklichen.

Die Engel zählen zu den ursprünglichen Ausstrahlungen des „Einen". Sie gehören zur Gottheit wie der fruchtbare Blütenstaub, die *Pollen*, zur Blüte. Als reine Lichtwesen gleichen sie *Gelenken, Gängen* und *Treppen*, die mit ihrem Licht im Reich des Vollkommenen die Zwischenstufen nach unten und nach oben miteinander verbinden. Als höchste Gestalten wirken sie wie prächtige *Throne*, auf denen das Vollkommene Platz nimmt. Sie sind *Räume aus Wesen*, vollkommene Räume, gefüllt mit purem Sein, zeitloser Wirklichkeit. Als *Schilde der Wonne* ruhen sie so selig in sich selbst, dass man ihnen weder von innen noch von außen etwas anhaben kann. Und als *Tumulte stürmisch entzückten Gefühls* sind sie voller Leidenschaft. In einem einzelnen Bild zusammengefasst: Sie sind wie ein *Spiegel*, aus dem vollkommene Schönheit entströmt, sich im Spiegel spiegelt und so wieder zum Urquell zurückfließt. Die aus dem Spiegel geflossene Schönheit schwindet also niemals hin, sondern wird immer wieder zurückgeschöpft in ihren Ursprung. Die Schönheit bleibt bei dieser geschlossenen Kreisbewegung ewig gleich.

Auf diese Erkenntnis laufen alle Bilder und Vergleiche hinaus: Das makellos Vollkommene, die Engel, sind zeitlos lebendige Gegenwart, ein stehendes Jetzt, auch als Nunc stans bekannt, unvergänglich, über- oder außerzeitlich. Aber nachdem die *Erste Elegie* auf jede religiöse, transzendente Anschauung verzichtet hat, wirken solche facettenreichen Bildvergleiche wie ein Rückfall in überholte Perspektiven. Doch der Schein trügt. Denn eigentlich geht es uns an dieser Stelle gar nicht um Neuplatonismus, Metaphysik oder Religion. Die *Engel* sind für uns nicht real. Sie fungieren lediglich als *Gegenbilder der menschlichen Grundsituation*. Darum leuchtet hier das göttliche Licht auch nicht bis in die irdische Welt hinab. Stattdessen wird die Sphäre des menschlich Flüchtigen dem Reich des ewig Schönen schroff gegenübergestellt. Zur deutlichen Hervorhebung des spezifisch Menschlichen wird diese Kluft nicht geschlossen.

## Wer sind wir?

Unser Leben gewinnt an Bedeutung in dem Maße, wie wir seiner Flüchtigkeit innewerden. So verschaffen wir uns den größten Respekt vor dem eigenen Dasein durch das Geständnis seiner Vergänglichkeit. Diese tritt umso deutlicher hervor, je kontrastreicher sie vor dem Hintergrund zeitloser Vollkommenheit erscheint. Im Gegensatz zur ewigen Kreisbewegung des vollkommen Schönen strömt unser Leben ohne Rückkehr aus. Wir verströmen nach und nach, schwinden unaufhaltsam dahin, *atmen uns* über die Jahre hin *aus*. Wie das ausglühende *Holzfeuer* unter freiem Himmel oder im offenen Kamin gibt unser Dasein mit der Zeit einen immer schwächeren Geruch ab. Erst lodern die Flammen lichterloh, dann verglüht das Feuer nachgerade, bis der Schwelbrand schließlich erkaltet. So verhält es sich mit allem Menschlichen – selbst mit der *Liebe*.

Sicherlich treffen wir hin und wieder auf eine Person, die sich in uns verliebt und deren Zuneigung wir erwidern. Dann erleben wir jede Begegnung mit dem geliebten Menschen als eine Erfüllung über Erwarten, als Feier des Lebens. Das *Zimmer*, ja der *Frühling* füllt sich mit der Geliebten oder dem Geliebten. Beide werden Projektionsräume unserer tiefsten Empfindungen, die uns die Geliebte oder den Geliebten widerspiegeln. Schon bald sind das Zimmer und der Frühling emotionale Äquivalente ihrer Anwesenheit geworden. Aber *was hilft's?* Du wirst die Intensität deiner Verliebtheit nicht dauerhaft aufrechterhalten können. Irgendwann schwindet sie in dir und damit auch im Zimmer wie im Frühling, die dann nicht mehr unsere Liebe ausdrücken. Denn früher oder später flauen der sinnliche Taumel und die großen Gefühle ab. Geradezu machtlos müssen Liebende zusehen, wie das Kribbeln einschläft, die erotische Sensation nachlässt und die sexuelle Hitze erkaltet. Die großen Empfindungen füreinander versanden allmählich.

Genauso steht es um die *Schönheit* der Menschen. Wie lässt sich deren Verfall aufhalten? Aber auch das Schöne muss sterben. Dauern ist Schein. Bleiben ist nirgends, heißt es in der *Ersten Elegie.* Im Engel soeben noch als ewig, unwandelbar, der Zeit enthoben gepriesen, erfahren wir die menschliche Schönheit als flüchtig. Zwar erweckt sie den Anschein unaufhörlicher Dauer, in Wahrheit aber schwindet sie schrittweise. Wie der Tau von der morgendlichen Wiese oder der Dampf von einem heißen Mahl löst sich die irdische Schönheit im Laufe der Zeit von allem Menschlichen und vergeht.

Doch wohin geht das alles – die *Liebe*, die *Schönheit*, dein *Lächeln*, mein *Aufschauen, jede neue warme Welle meines Gemüts*, die, soeben entstanden, sogleich wieder verschwindet? Wie kann das denn alles vergänglich sein, wenn wir es doch wirklich *sind*? Illusionen sind es jedenfalls nicht. Vielleicht ist das Verlorene ja doch noch irgendwo anzutreffen. Möglicherweise schwirrt es irgendwo im Weltraum umher, bleibt da und bedeutet dort etwas. Womöglich hat es sich sogar dem Weltraum beigemischt, der deshalb fortan nach uns schmeckt? Eine höchst unglaubwürdige Vermutung.

Wahrscheinlicher ist da schon, dass die Engel, wenn sie die entströmte Schönheit wieder im Spiegel einfangen, gelegentlich und eher versehentlich ein wenig von unseren vergangenen Gefühlen, Zuständen und Ereignisse mit in sich aufnehmen. Lebt also am Ende unsere vergängliche Schönheit und Liebe im zeitlos Vollkommenen, den Engeln, fort? Ihrer Vollkommenheit lässt sich jedoch genauso wenig entnehmen, dass wir in sie gemischt sind, wie man einer schwangeren Frau im Gesicht ansehen kann, dass sie in anderen Umständen ist. Machen wir uns nichts vor: Unser vergängliches Dasein wird vom zeitlos Vollkommenen, den Engeln, nicht aufbewahrt. Deren Selbstbespiegelung, die Rückkehr ihrer entströmten Schönheit zur Ausgangsquelle, beansprucht die Engel so stark, dass sie sich gar nicht um uns kümmern können. Deshalb fällt es ihnen gar nicht auf, was wir uns alles von ihnen erhoffen. Aber wie sollten sie es auch merken angesichts ihrer unaufhörlichen Beschäftigung mit sich selbst. Damit steht fest: In letzter Beziehung sind wir auf uns selbst gestellt, wie es schon in der *Ersten Elegie* heißt. Darum müssen wir mit unserer Vergänglichkeit alleine fertig werden. Aber selbst wenn wir nirgendwo endgültig bleiben können, gibt es trotzdem womöglich Orte und Lebensformen, die uns zumindest zeitweilig dem Fluss der Zeit entreißen, der alles, was sich ihm nähert, mitreißt und verschwinden lässt.

## Halb Schande, halb Hoffnung!

Wie lässt sich unserer Flüchtigkeit eine gewisse Beständigkeit abringen? Obwohl wir bereits wissen, dass auch die Liebe vergeht, richten wir unser Augenmerk noch einmal auf die Liebenden, weil sie ihr Dasein besonders intensiv empfinden. Wir sind sicher, dass sie uns in dieser Frage weiterhelfen könnten. Denn in der Nachtluft gehen ihnen bisweilen Geheimnisse auf, die sie wunderlich sprechen lassen. Aber die Liebenden kommen gar nicht soweit, uns antworten zu können, weil sie unser Anliegen nicht verstehen. Hierfür sind sie einfach zu sehr mit dem eigenen Verlangen nach der vollen Intensität des Lebens beschäftigt. Ihrer Leidenschaft hingegeben, gehen sie ganz in ihren Gefühlen auf. Weiterführende Gedanken können da nicht entstehen. Dabei sind sie die einzigen, die uns bei der Suche nach mehr Beständigkeit weiterhelfen könnten.

Die Dinge ringsum jedenfalls taugen hierzu nicht. Sie bleiben stumm auf die Frage, wie wir trotz aller Vergänglichkeit im Leben dauerhafte Gegenwart erlangen können. Wie leicht kann da sogar der Eindruck entstehen, dass uns die Dinge verheimlichen, ignorieren, verschweigen, als ob sie nichts mit uns zu tun haben wollten, gerade weil wir flüchtig sind. Jedenfalls bleiben sie unseren Fragen und Nöten gegenüber gleichgültig. Unser Dahinschwinden lässt sie ungerührt.

Das darf dich nicht weiter verwundern. Denn siehe, die Bäume stehen verhältnismäßig fest und robust an ihrem Ort. Das Gleiche gilt von unseren Wohnhäusern. Auch sie sind relativ stabil – unverrückbar in ihre Mauern eingeschlossen. In jedem Moment erscheinen sie ganz und gar als das, was sie sind. Sie kennen weder Vergangenheit noch Zukunft. Offenbar haben sie Bestand. Dagegen zerrinnt unser Leben unaufhörlich. Es zieht in Windeseile dahin, ohne jemals stillzustehen. Es verweht und vergeht wie zarter Atem. Deshalb sollten wir nicht überrascht sein, dass die Dinge von uns nichts wissen wollen – und in diesem Punkt übereinzustimmen scheinen. Es sieht so aus, als wären wir ihnen zu instabil, verworren, unsicher, flatterhaft. Im Gegensatz dazu sind sie bis zum Rand gefüllt mit Gegenwart. Sie *sind* einfach. Mit solchen poetischen Redeweisen möchten wir lediglich darauf hinweisen, dass die Dinge anders existieren als wir und dass sie an etwas teilhaben, das uns unzugänglich ist: Sie ruhen im Hier und Jetzt. Jedenfalls kommt es uns so vor auf dem Hintergrund der schmerzhaft empfundenen eigenen Flüchtigkeit.

Weit davon entfernt, uns helfen zu wollen, mehr Gegenwart zu erlangen, scheinen die Dinge uns sogar als *Schande* zu empfinden, was wiederum heißt: Es kann uns leicht beschämen, in der fraglichen Angelegenheit den Dingen nicht überlegen zu sein, obwohl wir uns sonst vor ihnen gerne als überlegen aufspielen. Es blamiert uns förmlich, nicht einmal die Beständigkeit eines Baumes oder Hauses entwickeln zu können.

Jedoch ist das alles nur die halbe Wahrheit, da wir doch für die Dinge auch eine ungeheure *Hoffnung* darstellen. Diese liegt im bekannten *Auftrag* der Erde an uns, alles ringsum bewusst zu vergegenwärtigen, und die Möglichkeit hierzu hängt davon ab, dass wir gerade nicht wie die Dinge in uns verharren, sondern schutzlos, unsicher, flüchtig sind. Denn nur aufgrund unserer speziellen Konstitution können wir den Auftrag erfüllen: Gemeinsam mit unserer angeborenen Schutz- und Haltlosigkeit gehört die Flüchtigkeit zu unserer Grundsituation, aus der erst die einzigartige Chance erwächst, Leben und Natur interesselos schauen und rühmen zu können. Trotzdem bleibt die Frage, wie in unserem Dasein eine dichtere Gegenwart entstehen kann. Da die Dinge uns hierauf die Antwort verweigern, wenden wir uns schließlich noch einmal den Liebenden zu, scheinen sie doch die einzigen zu sein, die uns in dieser Sache behilflich sein können.

## Pralle Gegenwart

Ihr Liebenden, die ihr einander genügt, lasst mich wissen, wie ein der Flüchtigkeit enthobenes Dasein möglich ist. Wenn ich es genauer bedenke, scheint eure intime Nähe bereits die gesuchte Antwort auf diese Frage zu sein, drückt eure innige Berührung doch eine Gegenwart aus, die das flüchtige Vergehen offenbar überwindet. Sobald ihr euch gegenseitig anfasst, wird euer Dasein ungeheuer füllig und dicht. Nur was beweist das schon? Verhält es sich nicht ähnlich, wenn sich meine beiden Hände ineinander verschränken und zu spüren bekommen? Oder wenn ich mein müdes, strapaziertes Gesicht zum Ausruhen in meine Hände bette? Natürlich empfinde ich da auch eine, ja meine lebendige Gegenwart. Aber wer wagte deshalb schon zu sagen, dass sein Dasein vollgepumpt mit Wirklichkeit ist?

Hiermit verhält es sich aber tatsächlich anders bei den Liebenden. Im Entzücken der Geliebten oder des Geliebten strotzt dein Dasein regelrecht vor Gegenwärtigkeit. Der Rausch eurer Verliebtheit kennt keinen Mittelweg. Statt weniger zu werden, werdet ihr im anderen immer mehr. Wie bei der Begegnung des vollkommen Schönen erlangt euer Gefühl füreinander eine hohe Intensität, bis einer von euch, von seiner Leidenschaft völlig überwältigt, sogar darum fleht, dass der Liebesrausch nicht noch stärker werden möge. Es gibt nämlich einen Grad der Entzückung, der nicht gesteigert werden darf, wenn diese uns nicht vernichten soll. Unter den zärtlichen Händen des anderen werdet ihr selbst immer voller, wirklicher, ja reichlicher – so üppig wie eine gute Weinlese, in denen die Winzer nicht wissen, wohin sie mit all den Reben sollen. Ihr, die ihr vor Leidenschaft manchmal fast vergeht, nur weil sich der andere in euch gänzlich ausbreitet und dabei maßlose Gefühle weckt – euch frage ich, wie könnt ihr nun noch vergänglich sein? Der Augenblick birst doch jetzt geradezu vor Gegenwart, in der sowohl das Gestern als auch das Morgen gänzlich in Vergessenheit geraten. Dieses Liebesglühen scheint euch zu einem Leben voller Dasein zu verhelfen, in dem sich eure Existenz ins Unermessliche erweitert und verdichtet. In solchen Momenten werdet ihr anscheinend aus der Zeit hinausgetragen, um einfach nur noch füreinander da zu sein. Deshalb frage ich euch zum wiederholten Male, wie auch wir endlich unsere Flüchtigkeit besiegen können?

Ich weiß, ihr berührt euch so selig, weil eure Liebkosung die Zeit anhält, die Gegenwart zum Stehen bringt und an den Augenblick fesselt. Ich weiß, ihr berührt euch so selig, weil das stehende Jetzt, der erfüllte Moment so lange nicht von eurem Leib weicht, wie ihr euch zärtlich betastet. Es ist, als würde eure Berührung eine Decke auf die angefasste Körperstelle legen und auf diese Weise die Zeit darunter zum Stillstand bringen. Alles Werden und Vergehen, Vergangenheit und Zukunft werden durch solche pralle Jetztzeit gleichsam zugedeckt. Ich weiß, ihr berührt euch so selig, weil ihr unter eurer liebevollen Begegnung das reine Dauern verspürt, total gesättigt mit Wirklichkeit. So erlebt ihr in den Umarmungen ein Liebesglück, das euch scheinbar aus dem Fluss der Zeit heraushebt.

Aber – schrecklich zu sagen – ihr irrt von Grund auf. Eigentlich wissen wir es längst. Auch die Liebenden täuschen sich. Selbst sie können die Zeit nicht aufhalten. Gefühle kommen und gehen. Der erhoffte Schutz vor dem Schwinden hat keinen Bestand. Alles Menschliche ist vergänglich. Das Versprechen der Liebenden auf Ewigkeit lässt sich genauso wenig einhalten wie die Intensität der körperlichen Berührung aufrechterhalten. Schon wenn die Liebenden ihre Hände voneinander lassen, ist der zeitlose Augenblick vorüber. Natürlich könnt ihr euch auch nach der körperlichen Trennung weiterhin einander zugehörig fühlen. Doch sobald ihr euch das erste Mal fremd geworden seid und mit großem Schrecken aus einer gewissen Entfernung anschaut, ist bereits die pralle Gegenwart eurer Nähe dahin. Das Gleiche ist der Fall, wenn ihr sehnsüchtig am Fenster aufeinander wartet oder nur einen kurzen gemeinsamen Spaziergang durch den Garten macht. Denn dieses Wenige ist so wenig nicht. Wenn *körperlicher Abstand* und *körperliche Abwesenheit* an die Stelle *gegenseitiger Berührung* treten, hat die flüchtige Zeit schon wieder zu fließen begonnen. Bereits nach solch geringfügigen Ereignissen seid ihr nicht mehr dieselben, mögen sich auch die Veränderungen an euch eher unmerklich vollzogen haben. Menschliches Leben ist in unaufhörlichem Wandel. Es steht niemals still. Eure Liebe bleibt hiervon nicht ausgenommen. Reine Dauer bringt auch ihr nicht zustande. Nichts vermag den Strom der Dinge aufzuhalten.

Sogar leidenschaftliches Küssen, eine besonders intensive Form der Vereinigung, führt nicht zur gesuchten Beständigkeit, obwohl gerade ein Kuss randvoll mit Gegenwart ist. Wenn der keuchende Atem auf den vorgestülpten Lippen spürbar wird, bevor die Zungen im Mund einander begegnen, voreinander zurückweichen und sich wieder ineinander verschlingen, dann wird der eine dem anderen zum *Getränk* und beide zu *Trinkenden.* Jedoch schlägt auch diese dralle Berührung, in der sich die Gegenwart mit Wirklichkeit vollsaugt, in ihr Gegenteil um. Denn eure Person verschwindet im Akt des Küssens. Das Subjekt verliert sich in seiner rauschhaften Hingabe. Es wird über sich selbst hinausgetragen. Weit davon entfernt, dem menschlichen Dasein reine Dauer zu schenken, verflüchtigt sich so vielmehr der Handelnde in seiner Handlung. Ihr seid zum selbstvergessenen Kuss geworden. Hierdurch liefert ihr noch im erfüllten Augenblick einen Beweis für die menschliche Flüchtigkeit, die sich einfach nicht abschütteln lässt. Nichts schützt uns Menschen vorm Vergehen.

## Maßhalten

Wie sollen wir mit dem Schmerz der Vergänglichkeit fertig werden, mit dem doch alle leben müssen? Seid ihr nicht überrascht, mit welcher Behutsamkeit und Gelassenheit die alten Griechen mit Schicksalsschlägen umgingen? Erstaunen euch nicht die Abschiedsszenen auf antiken Grabreliefs? Ein ums andere Mal werden auf attischen Grabmälern ergreifende Bilder der Trennung von Liebenden dargestellt. Solche bewegen und beeindrucken nicht durch tränenreiche Verzweiflung oder stürmische Gefühlsausbrüche anderer Art, sondern aufgrund einer leisen Zurückhaltung, ja *Vorsicht*, die sich auf den *Stelen* an einer zarten, bedachtsamen Gebärde zeigt. Hierbei handelt es sich um eine *leichte Schulterberührung mit sanfter Hand.* Diese steht im Gegensatz zur *leidenschaftlichen Umarmung der Liebenden*, die durch ihr nachdrückliches Tasten und Greifen eine der Zeit enthobene Intensität zu erlangen suchten. Dagegen möchte die sanfte Schulterberührung uns mit der Flüchtigkeit alles Menschlichen versöhnen.

Solch zarte Geste stellt die römische Kopie eines griechischen Orpheus-Reliefs dar, die im Nationalmuseum Neapels hängt. Auf diesem Werk berührt Hermes ganz sachte eine Schulter Eurydikes. Zuvor hatte der über Eurydikes Tod verzweifelte Orpheus den Göttern die Berechtigung abgerungen, seine Frau wieder aus dem Totenreich ins Leben zurückzuführen. Allerdings wurde diese göttliche Erlaubnis mit der Auflage verbunden, dass Orpheus, der vor Eurydike herlief, sich beim gemeinsamen Aufstieg aus der Unterwelt nicht nach ihr umblicken dürfe. Jedoch hielt sich Orpheus nicht an diese Abmachung und verlor Eurydike so für immer. Ein zweiter Begleiter Eurydikes war der Götterbote Hermes, der sie auf dem Weg nach oben flüchtig an der Schulter berührte.

Selbstverständlich war diese Schulterberührung keine Geste des Abschieds. Dennoch veranschaulicht sie bis heute die Art und Weise, wie sich die alten Griechen voneinander trennten. Die achtsame Schulterberührung gilt als Bild griechischer Selbstbeherrschung. Daher lasst uns *Lieben und Abschied* zusammennehmen und einen Liebenden seine Hand leicht auf die Schulter seiner Geliebten zum Abschied legen. Die alten Griechen vermochten auf solch ruhige Art das unwiederbringlich Verlorene loszulassen. Auch wenn sich Gefühle nicht beliebig zum Schweigen bringen lassen, gehört es zur Größe der damaligen Menschen, nicht in endlosem Jammer zu versinken. Die Alten scheinen aus anderem Stoff oder von anderer Natur als wir Heutigen zu sein. Denn zu Abschied verurteilt und zu Verzicht gezwungen, sind nur noch wenige heutzutage zu freiwilliger Entsagung imstande. Trennungen drücken uns für gewöhnlich nieder. Sie ziehen den Einzelnen herab. Wie oft versuchen wir deshalb das Verlorene verzweifelt festzuhalten. Dagegen klammert sich die Abschiedsgeste der alten Griechen nicht mehr ans Vergangene, das sie lediglich im Herzen mit stiller Wehmut bewahrt. Hierfür steht die drucklose Hand auf der Schulter der für immer Verlorenen. Diese Gebärde drückt gleichermaßen Verbundenheit und Trennung aus. Natürlich hätten die alten Griechen auch kraftvoll zupacken können. Schwächlich waren die Hellenen nicht. Aber sie zogen hier das drucklose Anfassen dem druckvollen Anpacken vor. Sie beherrschten die bewährte Tugend der Besonnenheit und übten Mäßigung. Sie kannten das rechte Maß, das sie im Umgang mit der menschlichen Vergänglichkeit einhielten, indem sie sich ohne Aufschrei und Verdruss ins Unvermeidliche schickten. So vermochten sie die Endlichkeit alles Menschlichen durch freiwillige Einwilligung gelassen zu bestehen, den Tod durch Entsagen zu ertragen. Freilich ist solche Zurückhaltung schwer und gelingt nicht immer. Aber die alten Griechen waren in der Lage, sich von Liebgewonnenem für immer zu lösen.

Dazu sind wir Menschen grundsätzlich imstande. Es liegt in unserer Macht, uns so zu berühren, dass wir schrittweise dahin kommen, eine schwierige Lebenslage klag- und anklagelos hinzunehmen. Selbst wenn die allmähliche Loslösung schmerzlich und langwierig verläuft, ist es doch möglich, mit der Flüchtigkeit alles Menschlichen in stiller Ergebung fertig zu werden. Wir verfügen über die erforderliche Stärke hierzu.

Ganz anders verhält es sich mit den Ereignissen, die uns unvorhersehbar zustoßen. Auf die Macht des Zufalls haben wir keinen Einfluss. Diese bleibt uns unverfügbar und spielt uns bisweilen übel mit: Nicht selten gehen uns die Götter hart an. Sie verstricken uns in tragische Geschichten und muten uns ein schweres Dasein zu. Doch das ist Sache der Götter. Da können wir nichts machen. Das Schicksal liegt außerhalb unserer Zuständigkeit.

Kümmern wir uns darum lieber um das, was wir mitgestalten können und stellen uns der Frage, ob die sanfte Berührung der Griechen noch für uns heute ein gültiger Maßstab sein kann. Können wir noch einmal zu ihrer Sprache der versöhnlichen Unterwerfung und stillen Ergebung zurückkehren? Wie schön wäre es doch, fänden wir einen Ort, an dem wir uns so einrichten könnten, dass auch wir ruhig und gefasst mit unserem Dahinschwinden fertig würden. Dieser Ort müsste nicht groß sein, ein Streifen Land zwischen einem Gewässer im Vordergrund und einem Gebirgsmassiv im Hintergrund. Seien wir genügsam und begnügen uns mit Geringfügigem, wenn es uns nur Halt zu geben vermag. Aber es fällt uns schwer, weil es uns häufig an der hierfür notwendigen Bescheidenheit fehlt. Immer wieder drängt unser Herz ins Unermessliche hinaus. Unser maßloses Verlangen nach erfüllter Gegenwart kommt nicht zur Ruhe. Das unabänderliche Vergehen ergeben hinzunehmen, widerspricht der menschlichen Sehnsucht nach dem Unendlichen. Das

Streben nach dem vollen Augenblick ist uns Menschen seit jeher eigen. Es war auch den alten Griechen nicht fremd.

Trotzdem haben wir es schwerer als sie. Sie konnten leichter ein standhaftes Gemüt entwickeln als wir. Im Unterschied zu uns besaßen sie nämlich eine Reihe kultureller Gebilde, die ihr Streben nach dem Grenzenlosen abmilderte und ihre Leidenschaften beruhigte. Sie hatten ihre Standbilder und Tempel, tragischen Theaterstücke und tröstlichen Weisheiten. Diese ermöglichten jene unerschütterliche Gemütsruhe, die den Menschen befähigt, geduldig loszulassen und seine Endlichkeit gelassen zu ertragen. Ihre altehrwürdige Kultur gab ihnen Halt und Orientierung. Sie brachte die Menschen zur Besinnung, so dass ihr sehnsüchtiges Herz innerhalb der Grenzen des Endlichen zur Ruhe kommen konnte. Unser Sehnen dagegen wird nicht mehr von Bildern, Geschichten und Weisheiten aufgefangen, die es besänftigen könnten. Die sakralen Räume, in denen einst Trost gespendet wurde, stehen heute leer. Die alten Texte führen mittlerweile nur noch ein Schattendasein. Wir haben keine Götterstatuen mehr, die unser Herz beschwichtigen könnten. Sie sind fremde Kuriositäten geworden. Das erhaben Große ist dahin, das die Menschen das rechte Maß lehrte und ihnen hierbei ein Gefühl von Würde vermittelte. Große Sinnerzählungen stehen uns nicht mehr zur Verfügung. So müssen wir uns ohne Götter und Tempel in unserer Endlichkeit einrichten und alleine auf der Erde mit unserem Leben klarkommen.

Gehört unsere Vergänglichkeit zu den Voraussetzungen, unter denen sich der *Auftrag* erfüllen lässt? Oder vereitelt unsere Vergänglichkeit vielmehr dessen Ausführung, indem sie uns mit der Unmöglichkeit konfrontiert, pralle Gegenwart über einen längeren Zeitraum vollkommen erleben zu können? Vielleicht aber soll ja auch der *Auftrag* auf die Vergänglichkeit alles Menschlichen bezogen werden, um am Ende sogar diese noch zu loben.

## Anregungen

- Zum Urquell, dem die Engel entströmen (S. 44): namhafte Neuplatoniker: Plotin, Porphyrios, Proklos.
- Zur Zweiteilung in vollkommene Götterwelt und unvollkommene Menschenwelt (S. 45 f.): Schiller *Die Braut von Messina*: „Die Welt ist vollkommen überall, / Wo der Mensch nicht hinkommt mit seiner Qual." (2587-2588) *Novalis Alle Menschen seh ich leben*: „Ruh ist Göttern nur gegeben / Ihnen ziemt der Überfluss / Doch für uns ist Handeln Leben / Macht zu üben nur Genuss." Hölderlin *Schicksalslied*: „Ihr wandelt droben im Licht / Auf weichem Boden, selige Genien! … Doch uns ist gegeben, / Auf keiner Stätte zu ruhn." Boethius *Trost der Philosophie*, I. Buch, 5. Gedicht: „Schöpfer des sternenfunkelnden Kreises, / Der du vom ewigen Thron hernieder / Lenkst den Himmel eilgen Schwunges … Alles führst du zu sicheren Zielen. Nur des Menschen Handeln verschmähst du, / In verdiente Maße zu zwingen. / Warum wechselt schlüpfrig das Glück uns / Immer die Lose?"
- Zur Vergänglichkeit des Schönen (S. 47): Friedrich Schiller *Nänie*: „Auch das Schöne muss sterben! / Das Menschen und Götter bezwinget." Johann Wolfgang von Goethe *Vier Jahreszeiten*: „Warum bin ich vergänglich, o Zeus? So fragte die Schönheit. / Macht ich doch, sagte der Gott, nur das Vergängliche schön. / Und die Liebe, die Blumen, der Tau und die Jugend vernahmen's;/ Alle gingen sie weg, weinend, von Jupiters Thron." Hölderlin *Hyperion 2,1*: „wer darf denn sagen, er stehe fest, wenn auch das Schöne seinem Schicksal so entgegenreift, wenn auch das Göttliche sich demütigen muss, und die Sterblichkeit mit allem Sterblichen teilen!" Christian Hofmann von Hofmannswaldau schrieb das Gedicht *Vergänglichkeit der Schönheit.*
- Zum Fenster (S. 51): Spätestens seit der Romantik blickt der Sehnsüchtige aus dem Fenster, vgl. beispielsweise Joseph von Eichendorff, E.T.A. Hoffmann *Des Vetters Eckfenster,* auch Theodor Fontane *Effi Briest,* Arthur Schnitzler *Sterben,* Erich Kästner *Sachliche Romanze* und andere literarische Beispiele.
- Zum Orpheus-Relief (S. 53) vgl. Rilkes wunderschönes Gedicht *Orpheus.Eurydike.Hermes.*

## Dritte Elegie

Eines ist, die Geliebte zu singen. Ein anderes, wehe,
jenen verborgenen schuldigen Fluß-Gott des Bluts.
Den sie von weitem erkennt, ihren Jüngling, was weiß er
selbst von dem Herren der Lust, der aus dem Einsamen oft,
ehe das Mädchen noch linderte, oft auch als wäre sie nicht,
ach, von welchem Unkenntlichen triefend, das Gotthaupt
aufhob, aufrufend die Nacht zu unendlichem Aufruhr.
O des Blutes Neptun, o sein furchtbarer Dreizack
O der dunkele Wind seiner Brust aus gewundener Muschel.
Horch, wie die Nacht sich muldet und höhlt. Ihr Sterne,
stammt nicht von euch des Liebenden Lust zu dem Antlitz
seiner Geliebten? Hat er die innige Einsicht
in ihr reines Gesicht nicht aus dem reinen Gestirn?

Du nicht hast ihm, wehe, nicht seine Mutter
hat ihm die Bogen der Braun so zur Erwartung gespannt.
Nicht an dir, ihn fühlendes Mädchen, an dir nicht
bog seine Lippe sich zum fruchtbarern Ausdruck.
Meinst du wirklich, ihn hätte dein leichter Auftritt
also erschüttert, du, die wandelt wie Frühwind?
Zwar du erschrakst ihm das Herz; doch ältere Schrecken
stürzten in ihn bei dem berührenden Anstoß.
Ruf ihn ... du rufst ihn nicht ganz aus dunkelem Umgang.
Freilich, er *will,* er entspringt; erleichtert gewöhnt er
sich in dein heimliches Herz und nimmt und beginnt sich.
Aber begann er sich je?
Mutter, *du* machtest ihn klein, du warsts, die ihn anfing;

dir war er neu, du beugtest über die neuen
Augen die freundliche Welt und wehrtest der fremden.
Wo, ach, hin sind die Jahre, da du ihm einfach
mit der schlanken Gestalt wallendes Chaos vertratst?
Vieles verbargst du ihm so; das nächtlich-verdächtige Zimmer
machtest du harmlos, aus deinem Herzen voll Zuflucht
mischtest du menschlichern Raum seinem Nacht-Raum hinzu.
Nicht in die Finsternis, nein, in dein näheres Dasein
hast du das Nachtlicht gestellt, und es schien wie aus Freundschaft.
Nirgends ein Knistern, das du nicht lächelnd erklärtest,
so als wüßtest du längst, *wann* sich die Diele benimmt...
Und er horchte und linderte sich. So vieles vermochte
zärtlich dein Aufstehn; hinter den Schrank trat
hoch im Mantel sein Schicksal, und in die Falten des Vorhangs
paßte, die leicht sich verschob, seine unruhige Zukunft.

Und er selbst, wie er lag, der Erleichterte, unter
schläfernden Lidern deiner leichten Gestaltung
Süße lösend in den gekosteten Vorschlaf –:
*schien* ein Gehüteter... Aber *innen:* wer wehrte,
hinderte innen in ihm die Fluten der Herkunft?
Ach, da *war* keine Vorsicht im Schlafenden; schlafend,
aber träumend, aber in Fiebern: wie er sich ein-ließ.
Er, der Neue, Scheuende, wie er verstrickt war,
mit des innern Geschehns weiterschlagenden Ranken
schon zu Mustern verschlungen, zu würgendem Wachstum, zu tierhaft
jagenden Formen. Wie er sich hingab –. Liebte.
Liebte sein Inneres, seines Inneren Wildnis,
diesen Urwald in ihm, auf dessen stummem Gestürztsein
lichtgrün sein Herz stand. Liebte. Verließ es, ging die
eigenen Wurzeln hinaus in gewaltigen Ursprung,
wo seine kleine Geburt schon überlebt war. Liebend

stieg er hinab in das ältere Blut, in die Schluchten,
wo das Furchtbare lag, noch satt von den Vätern. Und jedes
Schreckliche kannte ihn, blinzelte, war wie verständigt.
Ja, das Entsetzliche lächelte... Selten
hast du so zärtlich gelächelt, Mutter. Wie sollte
er es nicht lieben, da es ihm lächelte. *Vor* dir
hat ers geliebt, denn, da du ihn trugst schon,
war es im Wasser gelöst, das den Keimenden leicht macht.

Siehe, wir lieben nicht, wie die Blumen, aus einem
einzigen Jahr; uns steigt, wo wir lieben,
unvordenklicher Saft in die Arme. O Mädchen,
*dies:* daß wir liebten *in* uns, nicht Eines, ein Künftiges, sondern
das zahllos Brauende; nicht ein einzelnes Kind,
sondern die Väter, die wie Trümmer Gebirgs
uns im Grunde beruhn; sondern das trockene Flußbett
einstiger Mütter –; sondern die ganze
lautlose Landschaft unter dem wolkigen oder
reinen Verhängnis –: *dies* kam dir, Mädchen, zuvor.

Und du selber, was weißt du –, du locktest
Vorzeit empor in dem Liebenden. Welche Gefühle
wühlten herauf aus entwandelten Wesen. Welche
Frauen haßten dich da. Was für finstere Männer
regtest du auf im Geäder des Jünglings? Tote
Kinder wollten zu dir... O leise, leise,
tu ein liebes vor ihm, ein verläßliches Tagwerk, – führ ihn
nah an den Garten heran, gieb ihm der Nächte
Übergewicht.
Verhalt ihn......

# Macht des Eros

## Sanfte Liebe – Wilde Leidenschaft

Eines ist, die Geliebte anzusingen, wie es einst Troudadore und Minnesänger taten, als sie ihre Angebetete zur keuschen Lichtgestalt erhöhten. In ihren Gesängen erklang die Besungene als sanft, sittsam und schön. Ein anderes ist – wehe: jenes unbändige Triebchaos im Jüngling, das sinnlich ausschweifen will. Dahinter steht der *Flussgott des Blutes*, Neptun, der seine Lust durch die männlichen Adern strömen lässt. Kaum in Wallung beginnen sie auch schon zu brodeln. Er ist der verborgene Gott, der wilde Stürme zu entfesseln vermag. Sein Wüten lässt die Naturgewalten erbeben. Neptun hat *Schuld* am Verlangen des Mannes nach wollüstigen Exzessen. Der Flussgott ist verantwortlich für sein triebhaftes Drängen. Er ist der Inbegriff seiner wilden sexuellen Gelüste.

Freilich erkennt die Geliebte ihren Freund, den Jüngling, sobald sie ihn sieht. Doch wirklich kennen tut die Ahnungslose ihn nicht. Eine wesentliche Seite seines Daseins ist ihr bislang verborgen geblieben. Der Jüngling selbst erfasst die dunkle Seite seiner Existenz kaum. Er spürt sie nur, wenn dunkle Triebkräfte in ihm empordrängen und der *Herr der Lust*, Neptun, zu toben beginnt. Noch ehe seine Freundin ihm beim Sex wohltuende Erleichterung verschaffen wird, hat sich der Einsame oft schon selbst befriedigt. Wie häufig schiebt ihm dabei seine lüsterne Fantasie erotische Bilder anderer Frauen unter, als gäbe es seine Freundin nicht. Bevorzugt in der Nacht versetzt der Flussgott seine chaotischen Triebkräfte in Aufruhr, die dann Zuflucht bei der Imagination suchen. Selbst wenn der Jüngling einen großen Bogen um sein heißblütiges Drängen machen wollte, bräche es doch unaufgefordert immer wieder aus ihm hervor.

O wüstes Begehren: Welch furchtbare Erschütterungen vermag Neptun mit seinem Dreizack auszulösen! Aus seiner Brust kann der Flussgott regelrechte Orkane herausblasen. Sein Brustkorb gleicht dem Innenraum einer gewundenen Muschel, in der sich sinnliche Sturmwinde zusammenbrauen, die, erst einmal ausgeatmet, die Nacht mit Sturmesbrausen erfüllen. Dessen Gestalt entspricht dem Hohlraum der Muschel. Hier wird ein Inneres nach außen gestülpt. So liegt auch eine überschäumende Wollust in der Nachtluft, wenn der Jüngling seine drängende Begierde am späten Abend ausstößt. Dann kann er draußen wahrnehmen, was er innerlich verspürt.

Neptun wohnt in der dunklen Meerestiefe: Der Ort der wilden Leidenschaft ist „unten". Männliche Wollust ist eine Macht der Finsternis. Sie tritt als Geilheit, als etwas Rohes, Schweres und Niederes zutage. Dagegen präsentiert sich zärtliche Liebe als etwas Reines, Leichtes und Hohes. Sie ist eine Macht des Lichts, deren Ort „oben" bei den Sternen ist. Wie die dunkle Leidenschaft aus der Meerestiefe heraufsteigt, so steigt die helle Liebe vom Himmel herab.

Darum müssen wir fragen: Ihr Sterne, stammt nicht von euch die zartfühlende Zuwendung des Liebenden zum Antlitz seiner Geliebten? Hat er seinen herzlichen, innigen Blick in ihre schönen Augen, seine Überzeugung, dass sie füreinander geschaffen sind und zueinander gehören, nicht aus dem reinen Gestirn? Eines ist sein glühendes Verlangen nach wollüstigen Exzessen, ein anderes die vergeistigte Anziehungskraft ihrer edlen Schönheit.

## Vergebliche Liebesmüh'

Weder die Geliebte noch die Mutter haben dem Jüngling die Bogen seiner Augenbrauen zur Erwartung gespannt. Beide Frauen genügen nicht zur Erklärung seiner inneren Anspannung, mit der ein ruheloses, diffuses, neugieriges Sehnen einhergeht. Wie die Mutter ist die Geliebte nicht Ursache seines sexuellen Drangs. Beide können seine animalische Gier nicht erschaffen. Nicht du, Mädchen, das sich ihm nahe fühlt, hast seine Lippen in sinnliche Wollust verwandelt. Meinst du wirklich, dein leichtes Auftreten, deine zarte Liebe, dein schwebender Gang durch die Morgenluft könnte seine maßlose Erregung erklären? Deine zartfühlende Erscheinung wiegt zu gering, um ihn so heftig erschüttern zu können. Zwar hast du sein Herz erschreckt, als du die dunklen Triebmächte in seinem Blut wachriefst. Doch warst du nur Anlass, nicht Ursache ihres Aufruhrs. Deren Tosen ist nicht dein Werk, auch nicht das seiner Mutter, die ihn austrug.

Als du ihn körperlich und seelisch berührtest, hast du lediglich seine wilden Triebkräfte angestoßen, die aus einer langen Ahnenreihe von weit her auf ihn gekommen sind. Sein unersättliches Begehren entstammt seinen Vorfahren. Die Nachtseite seiner Existenz hat natürliche Ursachen. Seine Gegenwart wird von einer Vergangenheit geprägt, die er im Blut trägt. Seine Gier gehört zu seinem biologischen Erbe.

Versuche, Mädchen, dieses Chaos seiner wollüstigen Regungen einzugrenzen! Lege dem unstillbaren Drang seiner Begierden feste Zügel an! Bändige, zivilisiere und humanisiere seine unbändigen Lebensimpulse! Rufe ihn bei seinem Namen! Denn er ist nicht ein reines Triebmonster, sondern auch ein Mensch, empfänglich für Anstand, Sitte und die hohe Minne, die helle, zärtliche Liebe. Er versteht durchaus deinen Aufruf zu Mäßigung. Ja, er möchte ihm willig folgen. Entschlossen *springt* er aus dem Triebchaos *heraus*, um dem Naturerbe, das von fernher auf ihn kam, zu entkommen. Innerlich erleichtert gewöhnt er sich an das ruhige Leben mit dir, genießt deine Herzenswärme, die Geborgenheit deiner feinsinnigen Liebe, die seinen grobfleischigen Drang auf Abstand hält. Offenbar gelingt es ihm, sich von seinem scheinbar unentrinnbaren Triebschicksal zu befreien, seine Existenz wohlüberlegt und klug in die Hand zu nehmen. Endlich beginnt er, ein selbstbestimmtes, ja selbstbeherrschtes Leben zu führen, in dem die dumpfen Triebimpulse seinem freien Selbst untergeordnet bleiben. Hierzu verhilft ihm seine Freundin mit ihrer schönen, tugendhaften Liebe.

Aber – seien wir ehrlich – ist es ihm wirklich jemals geglückt, seine verstörenden Triebmächte in den Griff zu bekommen? Hat er jemals sein „Es" so erfolgreich zurückgedrängt, dass er sich als Herr im eigenen Haus fühlen durfte, wo sein mündiges „Ich" den Ton angibt? Mit Recht darf hieran gezweifelt werden.

## Mutterliebe

Mutter, du hast diesen leicht erregbaren Jüngling ausgetragen und zur Welt gebracht. In deinem Schoß hat sein Leben einst ganz klein begonnen und erst allmählich Gestalt angenommen. Du hast sein Dasein als Embryo und Fötus anfangen lassen. Du botst ihm den Raum, in dem er sich entwickeln konnte. In dir entstand das neue Leben. Das war auch eine neuartige Erfahrung für dich. Und nachdem der Säugling das Licht der Welt erblickt hatte, wandtest du dich auf der Stelle dem Neugeborenen fürsorglich zu. Du machtest seinen Verlust deines vertrauten Mutterschoßes wett. Liebevoll beugtest du dich über seine Augen, auf die gleich so viele fremde, bedrohliche Eindrücke einströmten. Aber du ließest den Jungen sofort wegsehen von dem, was ihm unheimlich sein konnte, auf das, was ihm im Nu vertraut wurde. Allein schon deine körperliche Nähe bot ihm Schutz. So bautest du dem Wehrlosen ein behütetes Nest, bereitetest ihm ein freundliches Zuhause. Die *fremde Welt* hast du von ihm abgeschirmt. Deshalb blieb er zunächst von angsterregenden Ereignissen verschont. Jede Erwartung wurde befriedigt, jeder Wunsch durch Erfüllung gedeckt. Mensch und Welt passten noch aufs Genaueste zueinander.

Ach, wo sind diese schönen Jahre der Kindheit hin, als deine bloße Gestalt mit ihrer Herzenswärme noch die Stelle einnahm, an die später seine wilden Triebe treten würden? Wohin ist die Zeit, in der deine zärtliche Fürsorge noch den Platz seiner künftigen Libido besetzte, gleichsam zur Seite schob? Wie viele unbegründete Ängste, Gefahren und Gefährdungen hast du von dem Jungen ferngehalten? Man denke nur an sein dunkles Kinderzimmer in der Nacht, als er sich einbildete, dass in allen Ecken bösartige Gespenster lauern würden.

Kinder ängstigen sich vor der Dunkelheit, weil „es" darin von allen Seiten her kommen kann. Wenn sie etwas aus dem dunklen Keller heraufholen, singen sie laut, um ihre Angst vor der bedrohlichen Stille und Finsternis zu vertreiben.

Du machtest ihm das nächtlich-verdächtige Kinderzimmer harmlos, worin du eine Atmosphäre der Geborgenheit schufst. Dein Herz, das seinen Ängsten liebevoll Zuflucht gewährte, füllte das Kinderzimmer gänzlich aus und machte es hierdurch menschlicher, vertrauter, heimischer. Es wehrte das unbestimmt Bedrohliche der unheimlichen Wirklichkeit ab. Daher erhellte das Licht, das durch einen Türspalt in den Raum hereinfiel, auch nicht in erster Linie die Stube. Vorrangig vertrieb es sein Gefühl einsamer Verlassenheit. Dein Nachtlicht ließ ihn deine vertraute Nähe in der Finsternis spüren. Auf diese Weise konnte sich der Junge selbst noch im Dunkeln geschützt und behaglich fühlen. Denn wo dein Nachtlicht leuchtete, dort warst du, und wo du warst, dort war er deiner freundlichen Fürsorge sicher. Dein Nachtlicht erstrahlte so, als ob es aus reiner Freundschaft gemacht wäre.

Doch nahmst du deinem Jungen nicht bloß das Gefühl des Unheimlichen in der Dunkelheit. Du befreitest ihn von allen Gespenstern. Diese gibt es für Erwachsene nicht, weil in unserer Welt alles mit rechten Dingen zugeht. Merkwürdige Erscheinungen haben natürliche Ursachen. Sie beruhen auf erklärbaren Vorgängen. Der kleine Junge jedoch erschrak und ängstigte sich vor dem Knacken der Holzdielen. Mit verständnisvollem Lächeln erklärtest du ihm daraufhin geduldig, woher das Geräusch kommt, als ob du genau wüsstest, wann Dielen solches Knarren abgeben. Doch sogar wenn du es nicht wusstest, konntest du ihm doch eine Geschichte über Dielengeräusche erzählen. Aufmerksam lauschte er deinen Worten, bis er endlich erleichtert und besänftigt einschlief.

Mit einfachen Kunstgriffen hast du seiner Umgebung ohne Antlitz ein fassbares Gesicht verliehen. Es gelang dir, die bedrohliche Fremde der Welt in eine Stätte behaglicher Vertrautheit zu verwandeln, in der es sich leben lässt. Für das scheinbar Unerklärliche fandst du Erklärungen und für das Namenlose Benennungen. Die harte Wirklichkeit hast du für ihn mit einem weichen Vorhang verhängt und dadurch auf Distanz gebracht – auch seine Triebnatur, die noch reglos in ihm schlummerte. So vieles vermochtest du mit deiner Zärtlichkeit auszurichten, als du aufstandst, um ihm die Angst vor seiner ungewissen Zukunft zu nehmen. Diese verstecktest du gleichsam hinter dem Schrank in einem Mantel wie unter einer Decke. Zwar vermochtest du sein bevorstehendes Schicksal nicht zu beseitigen, aber es doch so zu verhüllen, dass leicht der Eindruck entstehen konnte, es stünde ihm überhaupt nicht bevor. Dies brachtest du zustande, indem du sein kommendes Leben in den Falten des Mantels hinterm Schrank verbargst, in die es hineinzupassen schien. Auf diesem Wege hieltst du jede Lebensangst von ihm fern. Es gelang dir, seine unruhige Zukunft ein wenig hinauszuzögern, sie zu verschieben. Doch wirklich aufhalten konntest du sie nicht. Wie das Mädchen war auch die Mutter außerstande, den brodelnden Vulkan auf Dauer am Ausbruch zu hindern.

## Lange vor der Mutter

Noch blieb die Bedrohung gebannt. Selig döste der Jüngling unter dem mütterlichen Schutzschirm. Mit sorgloser Leichtigkeit ruhte er im Bett. Regelmäßig fielen ihm die Augen zu. Er fühlte sich angenehm schläfrig und kostete das süße Dämmern vorm Einschlafen genüsslich aus. Wie leicht fühlt sich das Dasein an, wenn es seinen inneren Frieden gefunden hat. Dieses Ziel verfolgte die Mutter für ihren Sohn, indem sie seine Lebensverhältnisse so ordnete, dass er zeitweise von quälenden Sorgen verschont blieb. Er schien wohlbehütet zu sein. Doch hier wie häufig sonst auch war der Schein trügerisch. Denn drinnen sah die Welt ganz anders aus. Da kündigten sich bald die chaotischen Triebkräfte an, welche die Freundin vergeblich zu humanisieren und zivilisieren versuchte. Aber wer kann die Triebimpulse aus grauser Vorzeit schon ohne weiteres abwehren? Was in ihm sollte diese *Fluten der Herkunft* aufhalten, die in der Lage zu sein schienen, alle gegen sie errichteten Dämme einreißen zu können?

Ach, so verhielt er sich ziemlich unvorsichtig. Er ließ keine *Vorsicht* walten. Wie sollte er auch? Er besaß doch gar keine Bremsvorrichtung, die sich dem starken Pulsschlag seines Lebens hätte erfolgreich entgegenstemmen können. Die mächtigen Triebe überfielen ihn im Schlaf und überfluteten ihn hemmungslos in seinen Träumen mit sinnlichen

Delirien. Obwohl ihm vor den Abgründen seiner wilden Leidenschaften graute, die in ihm wie Lavaströme im Schoß der Vulkane brodelten, ließ er sich darauf ein. Er wollte sie trotzdem. Er, der sich sonst eher zurückhielt, das Bedrohliche scheute, war gleich von Anbeginn ins dranghafte Begehren verstrickt. Er sank auf die Stufe wild wuchernder Kletterpflanzen herab, die wirr immer weiter sprießen, dabei sich zu diffusen Mustern verschlingen und mit ihren Ranken Bäume oder Felsen umklammern, wenn nicht sogar erwürgen. Zuweilen haben diese Sträucher mit ihren windenden Sprossen das Aussehen wilder Kriechtiere, die sich gegenseitig schonungslos jagen.

Dieses Bild wildwüchsiger Gewächse, die in alle Richtungen schießen, mag den Urwald unserer sonst gebändigten Begierden veranschaulichen. Wie genussvoll sich der Jüngling seiner wilden Züge hingab und seine erotische Besessenheit liebte! Wie sehr er doch seine überbordende Leidenschaft, seine sinnliche Aufwallung und animalische Raserei mochte! Wie gerne begab er sich in den Urwald seiner Gelüste, die weder Regeln noch Schranken kannten.

Aber sieh nur, auf einem der gestürzten Bäume im Dickicht wuchs ein kleines Pflänzchen, beschienen von der Sonne, deren Strahlen an einer offenen Stelle durch das dichte Laubwerk drangen. Die Farbe der kleinen Pflanze erstrahlte in voller Helligkeit: *lichtgrün.* Dieses unscheinbare Pflänzchen, das auf einem umgestürzten Baum sich zu entwickeln begann, war ein Bild seiner Herzenswärme, die in ihm ebenfalls keimte und die er gleichfalls liebte.

Doch statt das zarte Pflänzchen seiner feinsinnigen Liebe in lichte Höhen sprießen zu lassen, stieg er weiter in die dunklen Abgründe seines wilden Sinnentaumels. Er ging hinunter an die Wurzeln seines gewaltigen Ursprungs und lotete die Untiefen seiner Herkunft aus. Hier war sein künftiges Dasein schon gleichsam überlebt, denn dort befand sich bereits alles, was er jetzt war, noch sein wird und gewesen sein wird. Gerne stieg er auf der Leiter der Evolution hinab in das *ältere Blut* seiner Vorfahren, wo jene Gluthitze entstand, die auch in ihm noch brannte. Freudig suchte er in der frühen Naturgeschichte jene Schluchten auf, in denen ein furchtbares Ungeheuer lag, das schon seine Urahnen verschlungen hatte: eine obsessive Gier, die sich seit jeher gerne hemmungslos austobt. Diese bemächtigte sich der Urväter und machte sie zu gefährlichen Raubtieren, die im Gefühl ihrer vollen Kraft fast alle Schranken durchbrachen.

Jene grauenerregenden Triebmächte, zu denen der Jüngling niedergestiegen war, kannten ihn bereits, waren sie doch seit Urzeiten mit ihm verwandt und lebten nun in ihm auf. Darum blinzelten sie ihm wie einem vertrauten Komplizen zu. Man verstand einander. Ja, diese entsetzlichen Mächte lächelten sogar freundschaftlich, so sehr bejahte der Jüngling seine sexuellen Triebimpulse, mit denen er in enger Berührung stand. Das herzliche Lächeln der Mutter, das ihn zu schützen und zu besänftigen suchte, war weniger intensiv, stark, zärtlich als diese tosenden Abgründe, gegen die sie nichts mehr ausrichten konnte. Darum darf es nicht weiter verwundern, dass er das Lächeln der Sexualtriebe mehr wertschätzte als das Lächeln der Mutter. Die aus grauer Urzeit auf ihn gekommenen Begierden hatte er schon vor dir, Mutter, geliebt. Schon als du ihn unter deinem Herzen trugst, trug er die ganze Naturgeschichte in sich, ehe du ihn überhaupt lieben konntest. Selbst in deinem Schoß war jene Vergangenheit dem Ungeborenen näher als deine Gegenwart. Dieses Naturerbe war schon im Fruchtwasser, das zum Gewebe der wachsenden Leibesfrucht, nicht aber zum mütterlichen Gewebe gehört, und das den Fötus leicht macht, ihm somit schwerelose Bewegungen ermöglicht und auch als Stoßpuffer dient.

## Der Jüngling und das Mädchen

Siehe, wir lieben nicht wie jene kurzlebigen Pflanzen, die nur einen Sommer lang blühen und danach absterben – etwa die Ringelblume. Wo wir lieben, dort steigt in unsere *Arme*, das heißt in die Zweige und Blätter unseres Daseins, anders als bei jenen Gewächsen, die nur für kurze Zeit auf der Erde leben, ein Saft aus unvordenklichen Zeiten herauf. Es strömt in unseren Körper ein Leben, dessen Ursprung weit zurückliegt, gleichermaßen Mutter wie Geliebter vorausliegt, weil es sich bereits vor Jahrtausenden bildete. O Mädchen, bedenke, dass wir Männer, noch bevor wir überhaupt mit euch Frauen in Kontakt traten, schon dieses dunkle Begehren in uns liebten.

Mag sich die sexuelle Lust in der Evolution auch entwickelt haben, damit sich Individuen mit einem passenden Partner zur Nachwuchssicherung vereinigen, so dachten wir Männer doch nicht zuerst an Fortpflanzung. Uns ging es vorerst nicht um etwas *Künftiges, ein einzelnes Kind*, also um sexuelle Reproduktion und Nachkommen. Im Gegenteil ging es uns anfangs vorrangig um das *zahllos Brauende,* jenes rumorende Triebchaos, in dem extrem viele mögliche Kinder enthalten sind. Der starke Sexualtrieb entstammt den *Vätern*, die schon lange nicht mehr unter uns weilen und von denen in uns nur noch die *Trümmer eines Gebirges* übrig sind. Einst bildete die Gebirgskette ein prächtiges Felsmassiv, das jedoch längst in verwitterte Felsruinen zerfallen ist. Das heißt, auch wenn das libidinöse Erbe der Altvorderen weiter in uns brodelt, so gibt es sie selbst schon seit langer Zeit nicht mehr.

Das Gleiche gilt für die Urmütter, deren *Flussbett* schon seit langem *ausgetrocknet* ist, so dass sich dort kein Flussgott mehr aufhalten kann. Durch das Flussbett floss einst der Lebensstrom, der aber inzwischen längst versiegt ist. So gleicht die Vergangenheit, aus der wir hervorgingen und die unser Gefühlsleben bis heute insgeheim bestimmt, einer *lautlosen Landschaft*, in der eben keine Vögel mehr zwitschern, Bäche plätschern und Winde heulen. Anders ausgedrückt gibt es die Vorzeit in der Gegenwart nur noch als Lavagestein, das im Mann jedoch weiterhin als aufkochender Vulkan glüht.

Diese naturgeschichtlichen Zusammenhänge sind dem ahnungslosen Mädchen für gewöhnlich unbekannt. Sie befinden sich gleichsam unter einer *Wolke*, einem Schleier, der sie *verhängt*. Doch für dich, Mädchen, soll der Schleier gelüftet werden. Wenn du dich deinem Geliebten näherst, sollst du nämlich wissen, dass in seinen stürmischen Empfindungen dir nicht nur die Person begegnet, die du kennst, sondern zugleich eine ganze Reihe wirrer Gestalten aus der Vergangenheit. Diese hatten schon von ihm Besitz ergriffen, bevor es dich überhaupt gab.

Allerdings locktest du selbst im Jüngling diese Leidenschaften aus grauer Vorzeit hervor. Aber das durchschaust du gewöhnlich nicht. Deine bloße Gegenwart ließ das uralte Drängen aus den untergründigen Kellern seiner Existenz ins helle Licht seines Bewusstseins emporkriechen. Auch wenn du nicht der Urheber seiner Triebwallungen bist, so bleibst du doch deren Auslöser. Denn du wecktest seine wollüstigen Begierden, die in der Tiefe seiner Existenz schlummerten. Welche libidinösen Feuersbrünste flammten da empor aus *entwandelten,* sprich: davongegangenen Wesen? Welche gewaltigen Emotionen wühlten aus den Urahnen im Jüngling herauf? Welche drastischen Gemütsbewegungen toter *Frauen, Männer* und *Kinder* aus verklungener Urzeit riefst du, Mädchen, in ihm wach?

Wenn man bedenkt, wie du den Jüngling verzauberst und verrückt nach dir machst, dem du dich unterordnen und wie einem uneingeschränkten Herrscher gehorchen musst, dann drängt sich fast automatisch die Frage auf, welche *Frauen* der Urzeit dir so feindselig gesonnen waren, dass sie ein solches Naturerbe hinterließen? Sie mussten eine Abneigung gegen dich verspüren, dir nichts Gutes wollen, ja dich regelrecht *hassen*, wenn dein bloßer Anblick im Jüngling ein Begehren in Bewegung bringt, das dich unterwerfen möchte.

Was für finstere *Männer* aus der Urzeit ließest du im Körper des Jünglings wieder auferstehen? Welche düsteren Gestalten brachtest du in ihm erneut zum Leben?

Selbst tote *Kinder* drängten aus der Urgeschichte herauf und wollten zu dir. Sie wollten leben und neu von dir, dem Mädchen, geboren werden. Denn es gibt einen unverfügbaren Kinderwunsch in dir, eine Sehnsucht, eigenen Nachwuchs auszutragen, eine Bereitschaft zur Fortpflanzung, deren Ursprung in ferner Vergangenheit liegt.

O leise, leise, kümmere dich ohne viel Aufhebens fürsorglich um deinen ungestümen Jüngling! Sei ihm eine verlässliche geduldige Partnerin im beschwerlichen Alltag! Hole ihn aus seinem *Urwald* heraus und führe ihn nah an den *Garten* heran! Im Gegensatz zur *Wildnis* seiner Begierden kennzeichnet nämlich einen schönen Garten nicht nur eine übersichtliche Ordnung, sondern dort herrscht auch eine Geborgenheit stiftende Ruhe. Doch in der Nacht schenke ihm jene Erfüllung, nach der seine maßlose sexuelle Gier verlangt. Lass seinem Drang nach exzessiver Entgrenzung freien Lauf!

Befriedige und besänftige ihn also gleichermaßen! Gib ihm einen Halt, indem du ihn sowohl am Tage wie in der Nacht liebevoll *hältst* – wenn auch auf ganz unterschiedliche Weise!

Solange der Sexualtrieb eine solche Macht über den Jüngling besitzt, ist der *Auftrag,* sich die Dinge ringsum in kontemplativer Betrachtung anzueignen, für diesen unzugänglich. Die einzigartige Chance zur beschaulichen Lebensweise bleibt ihm verschlossen, weil er nicht von sich absehen und zur sichtbaren Welt sich öffnen kann. Dafür wird er zu sehr von seinen Begierden getrieben.

## Anregungen

- Zur Elegie allgemein: Die Elegie zeichnet ein unzeitgemäßes, überholtes, nicht gendertaugliches Frauenbild – ähnlich wie Friedrich Schillers Gedicht *Die Würde der Frauen.*
- Zum Thema Triebchaos allgemein vgl. auch Friedrich Nietzsche, Lou Andreas-Salomé, Sigmund Freud und andere.

## Vierte Elegie

O Bäume des Lebens, o wann winterlich?
Wir sind nicht einig. Sind nicht wie die Zug-
vögel verständigt. Überholt und spät,
so drängen wir uns plötzlich Winden auf
und fallen ein auf teilnahmslosen Teich.
Blühn und verdorrn ist uns zugleich bewußt.
Und irgendwo gehn Löwen noch und wissen,
solang sie herrlich sind, von keiner Ohnmacht.

Uns aber, wo wir Eines meinen, ganz,
ist schon des andern Aufwand fühlbar. Feindschaft
ist uns das Nächste. Treten Liebende
nicht immerfort an Ränder, eins im andern,
die sich versprachen Weite, Jagd und Heimat.
  Da wird für eines Augenblickes Zeichnung
ein Grund von Gegenteil bereitet, mühsam,
daß wir sie sähen; denn man ist sehr deutlich
mit uns. Wir kennen den Kontur
des Fühlens nicht: nur, was ihn formt von außen.
  Wer saß nicht bang vor seines Herzens Vorhang?
Der schlug sich auf: die Szenerie war Abschied.
Leicht zu verstehen. Der bekannte Garten,
und schwankte leise: dann erst kam der Tänzer.
Nicht *der*. Genug! Und wenn er auch so leicht tut,
er ist verkleidet und er wird ein Bürger
und geht durch seine Küche in die Wohnung.
  Ich will nicht diese halbgefüllten Masken,

lieber die Puppe. Die ist voll. Ich will
den Balg aushalten und den Draht und ihr
Gesicht aus Aussehn. Hier. Ich bin davor.
Wenn auch die Lampen ausgehn, wenn mir auch
gesagt wird: Nichts mehr –, wenn auch von der Bühne
das Leere herkommt mit dem grauen Luftzug,
wenn auch von meinen stillen Vorfahrn keiner
mehr mit mir dasitzt, keine Frau, sogar
der Knabe nicht mehr mit dem braunen Schielaug:
Ich bleibe dennoch. Es giebt immer Zuschaun.

Hab ich nicht recht? Du, der um mich so bitter
das Leben schmeckte, meines kostend, Vater,
den ersten trüben Aufguß meines Müssens,
da ich heranwuchs, immer wieder kostend
und, mit dem Nachgeschmack so fremder Zukunft
beschäftigt, prüftest mein beschlagnes Aufschaun, –
der du, mein Vater, seit du tot bist, oft
in meiner Hoffnung, innen in mir, Angst hast,
und Gleichmut, wie ihn Tote haben, Reiche
von Gleichmut, aufgiebst für mein bißchen Schicksal,
hab ich nicht recht? Und ihr, hab ich nicht recht,
die ihr mich liebtet für den kleinen Anfang
Liebe zu euch, von dem ich immer abkam,
weil mir der Raum in eurem Angesicht,
da ich ihn liebte, überging in Weltraum,
in dem ihr nicht mehr wart....: wenn mir zumut ist,
zu warten vor der Puppenbühne, nein,
so völlig hinzuschaun, daß, um mein Schauen
am Ende aufzuwiegen, dort als Spieler
ein Engel hinmuß, der die Bälge hochreißt.
Engel und Puppe: dann ist endlich Schauspiel.
Dann kommt zusammen, was wir immerfort

entzwein, indem wir da sind. Dann entsteht
aus unsern Jahreszeiten erst der Umkreis
des ganzen Wandelns. Über uns hinüber
spielt dann der Engel. Sieh, die Sterbenden,
sollten sie nicht vermuten, wie voll Vorwand
das alles ist, was wir hier leisten. Alles
ist nicht es selbst. O Stunden in der Kindheit,
da hinter den Figuren mehr als nur
Vergangnes war und vor uns nicht die Zukunft.
Wir wuchsen freilich und wir drängten manchmal,
bald groß zu werden, denen halb zulieb,
die andres nicht mehr hatten, als das Großsein.
Und waren doch, in unserem Alleingehn,
mit Dauerndem vergnügt und standen da
im Zwischenraume zwischen Welt und Spielzeug,
an einer Stelle, die seit Anbeginn
gegründet war für einen reinen Vorgang.

Wer zeigt ein Kind, so wie es steht? Wer stellt
es ins Gestirn und giebt das Maß des Abstands
ihm in die Hand? Wer macht den Kindertod
aus grauem Brot, das hart wird, – oder läßt
ihn drin im runden Mund, so wie den Gröps
von einem schönen Apfel? ...... Mörder sind
leicht einzusehen. Aber dies: den Tod,
den ganzen Tod, noch *vor* dem Leben so
sanft zu enthalten und nicht bös zu sein,
ist unbeschreiblich.

# Das Leben – ein Spiel

## Selbstsorge

O ihr Bäume des Lebens, wann seid ihr winterlich? Im Frühling, wenn die Temperaturen steigen und die Tage länger werden, erwacht ihr aus der Winterruhe. Dann regt sich das Leben in euch. Knospen treiben aus, die sich in Blätter und Blüten verwandeln. Im Herbst lasst ihr das Laub fallen, um nicht auszutrocknen. Ihr schneidet die Wasserversorgung zwischen Stamm und Blatt ab. So könnt ihr Bäume in der Winterperiode überleben, in der euch weniger Wasser zur Verfügung steht. Ihr wisst, wann es Zeit für das eine wie für das andere ist. Ihr seid bestens an die Natur angepasst.

Dagegen ist das menschliche Bewusstsein nicht so *einig*, sondern gebrochen, reflektiert, haltlos: Wir wissen nicht wie die Naturwesen ringsum, wann für was Zeit ist. Uns fehlt ihre fraglose Sicherheit, der selbstverständliche Einklang des Instinkts mit dem natürlichen Ganzen. Wir sind nicht so *verständig* wie die Zugvögel, Kraniche und Störche, die in den Süden aufbrechen, wenn der Winter naht. So instinktsicher ist unser Verhalten nicht. Aufgrund unserer Instinktarmut und Weltoffenheit müssen wir unseren Bezug zur Welt immer wieder neu her- und sicherstellen. Damit gehen große Unsicherheiten einher, weshalb wir aufgrund unserer mangelnden Angepasstheit öfter das Angemessene verfehlen.

Wenn wir Zugvögel wären, dann könnte es leicht dazu kommen, dass wir den richtigen Zeitpunkt verpassten, um uns auf den Weg in den Süden zu machen. Es könnte passieren, dass uns die Jahreszeit überholt, zu der wir losfliegen sollten. Unter Umständen würden wir uns zu spät aufmachen, so dass wir plötzlich mit Sturmwinden zu kämpfen hätten, die für unsere Reise nicht nur ungünstig wären, sondern unseren Flug behinderten. Außerdem würden wir aufgrund unserer Verspätung möglicherweise auf Teichen einen Zwischenstopp machen müssen, die bereits zugefroren sind. Diese blieben uns gegenüber erbarmungslos, ja teilnahmslos, wenn wir auf sie einfielen. Wir wären ihnen nicht willkommen.

In Fragen der Lebensführung besteht eine große Verunsicherung bei uns Menschen. Im Gegensatz zur Flora und Fauna müssen wir uns um das Dasein selbst kümmern. Nichts und niemand kann uns klar Auskunft darüber geben, woran wir unsere Existenz orientieren sollen. Dies ist der Preis unseres weltoffenen Selbstbewusstseins. Hierzu gehört auch ein Wissen um Vergangenheit, Gegenwart und Zukunft sowie die Gegensätze des Lebens allgemein.

## Im Spannungsfeld der Gegensätze

Im Unterschied zu den Blüten der Blumen, die nichts vom Verwelken ahnen, ist uns *Blühn und verdorrn zugleich bewusst.* Auch *Löwen*, als weiteres Beispiel, die irgendwo in der afrikanischen Savanne umhergehen, wissen nichts von ihrer Endlichkeit und Ohnmacht, solange sie noch vor Kraft strotzen. Sie können das Morgen nicht fürchten, weil sie ganz im Hier und Jetzt leben. Dagegen erahnen wir im Blühen bereits den Verfall. Schon in der Jugend wissen wir ums Greisenalter, auf das wir unaufhaltsam zulaufen. Im Aufstieg spüren wir schon den Abstieg. Für den Menschen liegt das Ende immer schon in Sichtweite des Anfangs. Soeben auf dem Gipfel höchster Erfüllung angekommen, überfällt nachdenkliche Gemüter ein wehmütiges Gefühl ihrer Vergänglichkeit. Ihnen wird bewusst, dass in der Gegenwart bereits die unumgänglichen Abschiede der Zukunft vorbereitet werden. Manchmal geht es schon abwärts, obwohl man gerade erst den Höhepunkt erklommen hat.

Überhaupt erfahren wir aufgrund unseres gebrochenen Selbstbezugs alles zwischen Gegensätzen aufgespannt. Das eine lässt sich nicht denken ohne das andere: Kälte nicht ohne Wärme, Trockenheit nicht ohne Feuchtigkeit, das Endliche nicht ohne Unendlichkeit. Jedes von beiden ist für sich nur deshalb, weil es das jeweils andere gibt; es bestimmt sich selbst, insofern es auf das andere bezogen bleibt: das Schöne auf das Hässliche, das Süße auf das Saure, das Endliche auf das Unendliche, die Einheit auf die Vielfalt. Solche und ähnliche Gegensätze sind streng korrelativ. Sie setzen sich gegenseitig voraus.

So fühlen wir im ganz persönlichen Leben mit dem einen immer schon den schmerzlichen *Aufwand* des entgegengesetzten anderen: Wo wir uns ausruhen, dort erahnen wir bereits künftige Anstrengung, in der Freude baldiges Leid, mit der Erfüllung große Enttäuschung. In diesem Sinne birgt das Freundliche bereits das Feindselige, das Affirmative das Negative in sich.

Schlimmer noch: *Feindschaft ist uns das Nächste.* Sie steht uns näher als Freundschaft und Freundlichkeit, die ihr erst abgerungen werden müssen wie das Licht der Finsternis, die Leichtigkeit der Beschwernis, eine Regel dem Chaos, der Verstand dem Wahnsinn. Dies gilt selbst für den Umgang der Liebenden miteinander.

Denn gelangen Liebespaare nicht immerfort an *Ränder*, wo es nicht mehr weitergeht? Stoßen sie nicht immer wieder auf Grenzen, die ihnen nicht nur den gemeinsamen Weg versperren, sondern hinter denen auch etwas Unbegreifliches und Undurchdringliches beginnt? Werden sie nicht über kurz oder lang gemeinsam einsam, ohne zu wissen, warum? Dabei hatten sie sich doch einst *Weite, Jagd und Heimat* versprochen. Grenzenlose *Weite* kennt keine Ränder. Ihr ist alles Engstirnige, Kleinliche, Spießige fremd. Weite steht für gemeinsame Abenteuer, Experimentierlust, Aufgeschlossenheit, Neugierde, Offenherzigkeit: die große weite Welt; *Jagd* dagegen bedeutet Suchen und Finden, Jäger und Beute, Wildnis und Urwald, emotionale Turbulenz, intensive Erotik, ein abwechslungsreiches Sexualleben; *Heimat* schließlich meint zärtliche Geborgenheit, häusliche Ruhe, behagliche Wärme, in der sich die Lebensgefährten wie Säulen gegenseitig stützen.

Doch es kommt anders. Nach und nach weichen ihre Versprechen einem routinemäßigen Alltagsleben mit mildem Verzicht auf ein intensives Leben, weil der Spannungsbogen zwischen ihnen erschlaffte, die Alltagssorgen überhandnahmen, so dass sie einander fremd wurden. Eine beklemmende Enge tritt an die Stelle grenzenloser Weite. Hier wie sonst auch im Leben ist mit dem einen immer schon das damit unvereinbare andere gegeben. Man hätte erahnen können, dass es eines Tages so kommen und man gemeinsam aus der Mitte an die *Ränder* gedrängt würde. Bewusstes Dasein wie das unsrige vollzieht sich nun einmal in Gegensätzen, Widersprüchen und Ungereimtheiten. Diese stellen das Leben bisweilen vor Zerreißproben, die den Einzelnen herausfordern, sie so zu integrieren, dass er sie aushalten, vielleicht sogar gut mit ihnen leben kann. Nur warum ist das so?

## Zeichnung und Kontur

Man stelle sich eine *Zeichnung*, ein Bild vor, dessen Farben sich von dem Grund im Sinne einer Unterlage, auf der sie aufgetragen wurden, deutlich abheben, weil diese Grundlage anders, ja konträr koloriert ist. Genauso scheint das Leben, wie es uns auferlegt wird, immer wieder darauf abzuzielen, uns in jeder Situation, jedem Augenblick, das Gegenteil dessen, was wir erleben, mitempfinden zu lassen. Es hält für jeden gezeichneten Daseinsmoment dessen Gegenteil im Hintergrund präsent: Wer Traurigkeit und Schwermut nicht kennt, fühlt die Freude kaum; wer nicht weiß, was Stress und Hektik ist, kann die Ruhe nicht wertschätzen; Gelingen kann es nur dort geben, wo auch ein Scheitern möglich ist, kein Aufstieg ohne Abstieg. Das Dasein, wie es uns geschenkt oder zugemutet wurde, gibt sich größte Mühe, uns die Lebensgegensätze sehen zu lassen. Diesbezüglich ist unser Dasein klar strukturiert.

Allerdings wird der eine Teil des Gegensatzes durch den anderen lediglich *von außen geformt*. Beide Teile sind insofern untrennbar miteinander verbunden, als der eine gerade nicht der entgegengesetzte andere ist. Alle Bestimmung ist Verneinung. Gegensätze sind immer nur denkbar als das jeweilige Nicht-Sein des Gegenteils: Ruhe ist nicht Bewegung, Freude nicht Trauer, Gelingen nicht Versagen, Abenteuer nicht Geborgenheit, Spannung nicht Entspannung. Doch die *Kontur*, die Umrahmung oder Umrandung unseres Fühlens kennen wir damit noch nicht. Denn indem wir klar sehen, dass die Umrisslinie der Freude an die Trauer grenzt, wissen wir noch lange nicht, wie es sich innerlich, im *Herzen*, anfühlt, wirklich freudig im Gegensatz zu traurig zu sein. Die Erkenntnis der Dualität unserer Existenz und ihrer Wechselwirkungen lässt in der Schwebe, wie sich unsere Empfindungen, Wahrnehmungen und Wertungen von innen anfühlen. Dazu müssen wir sie erleben, ja sein.

## Tänzer und Puppe

Gehen wir deshalb nach innen, kehren wir unser Augenmerk von allem ab, was uns umgibt, um uns selbst zu ergründen und einen demaskierenden Blick hinter die eigenen Kulissen zu werfen: *Wer saß nicht bang vor seines Herzens Vorhang?* Als der nach beiden Seiten aufging, ja wie ein Buch aufgeschlagen wurde, traten uns auf der Bühne nur *Abschiedsszenen* vor unsere Augen. Nachdem bereits die ersten beiden Elegien unseren Sinn dafür schärften, dass Bleiben nirgends ist und alles vergeht, waren diese Szenen für uns leicht verständlich. Das Bühnenbild stellte den *bekannten Garten* dar, wie wir ihn schon am Ende der *Zweiten Elegie* kennenlernten, und der für idyllische Bürgerlichkeit steht. Die Theaterkulisse schwankte leise, als ob sie nicht stabil montiert wäre: Wir sind nicht sicher, ob das Bühnenbild wirklich passt, also dem angemessen ist, was sie darstellen soll.

Dann betrat der erste Tänzer die bis dahin menschenleere Bühne. Welch ein Graus! Doch *nicht der!* Ausgerechnet dieser schlechte Schauspieler! Aufhören! Genug! Mit ungeduldiger Geste tun wir seinen Auftritt ab. Auch wenn er noch so leicht tut, täuscht er doch schwerelose Lebendigkeit im Tanz nur vor. Im Grunde sind seine Bewegungen schwerfällig und künstlich. Sein Anblick quält uns. Denn die Tatsache, dass er sich selbst für interessant hält, kann nicht darüber hinwegtäuschen, dass er nur ein als große Persönlichkeit verkleideter Spießer ist. Dieser als authentischer Künstler getarnte Durchschnittsbürger *geht durch die Küche in die Wohnung.* Durch die Küche? Deren dampfende Töpfe und dunkelbraune Eckbank aus Eiche symbolisieren das banale, angepasste, engstirnige Leben.

Dem allen begegnete ich, als sich der Vorhang meines Herzens hob. Da traf ich also auf Teile meiner Existenz, die ich nicht mag, im Grunde sogar verabscheue. Denn ich will nicht diese spießige Enge, in der die Menschen nur halb sie selbst sind, sich vielerlei vormachen, sich immer wieder verstellen, hinter der Höflichkeit ihre wahre Meinung verbergen. Diese Schauspieler des Alltags sind nicht echt und mir darum zuwider: *Ich will nicht diese halbgefüllten Masken*, sondern lieber die *Puppe*, die ist nämlich voll, vollständig, beinahe vollkommen. Ich möchte eine Puppe sein.

In diesem Zusammenhang verstehe ich die Ausdrücke vollgefüllte Maske oder Puppe positiv. Das versteht sich keineswegs von selbst. Aber in diesem Punkt folge ich Heinrich von Kleists Essay *Über das Marionettentheater*. Vom Sturm und Drang über die Aufklärung bis zur Spätromantik steht die Puppe oder Marionette zumeist für ein mechanisches Seelenleben in einer gottlosen Welt. Das sinnlose Dasein gilt als zufallsblind determiniert. Kleist nimmt eine Umwertung dieser Bewertung vor: Seine Puppen oder Marionetten sind nicht hölzern, eckig, verkrampft und unbeweglich, sondern leicht, beweglich, graziös. Deren Tanz gleicht einem harmonischen Spiel. Doch unser menschliches Bewusstsein vernichtet diese natürliche Grazie. Es ist der Puppe unterlegen. Denn menschliche Nachdenklichkeit verhindert fast jede Anmut. Der Vorteil einer Puppe uns Menschen gegenüber liegt in ihrer Gedankenlosigkeit. Wir sind in unseren Bewegungen entweder schwerfällig und tumb oder geziert und manieriert. Dagegen entfaltet die Puppe ihren anmutigen Tanz mit großer Leichtigkeit und schöner Eleganz, weil sie nicht reflektiert. Solche Grazie gelingt uns Menschen nur ausnahmsweise, meint Kleist, am ehesten, wenn wir sie gar nicht erstreben, also spontan. Versuchten wir, sie bewusst herbeizuführen oder zu wiederholen, würden sie uns gewöhnlich misslingen.

Trotzdem sei die Puppe mein Vorbild. Denn an ihr nehme ich echte Lebensfülle wahr, die meinem Dasein abgeht, weshalb ich die Puppe, mein Ideal, kaum ertrage. Dennoch will ich diesen aus Leder genähten Puppenkörper, *den Balg aushalten und den Draht*, mit dem sie sich wie eine Marionette bewegen lässt, *und ihr Gesicht aus Aussehen*: Die Puppe ist so, wie sie aussieht. Hinter ihrem Antlitz verbirgt sich nicht noch ein zweites Gesicht wie bei uns Menschen häufig. Wir verbergen uns gerne hinter unserem ersten Gesicht wie hinter einem Schleier. Unser Gesicht ist sichtbar und undurchsichtig zugleich. Man sieht uns nicht immer an, was wir fühlen und denken. Und im Raum zwischen diesen beiden Gesichtern blühen seit jeher Verstellung, Vortäuschung, Unehrlichkeit. Dagegen ist das Gesicht der Puppe eine Maske ohne Maskerade. Sie befindet sich in ehrlichem Einklang mit sich selbst.

Hier erlebe ich die Puppe auf meiner inneren Bühne, nachdem der Vorhang vor meinem Herzen zur Seite geschoben wurde. Ich sitze davor. Und wenn das Spiel aus ist und die Lampen ausgehen und man mir sagt, dass nichts mehr kommt, bleibe ich trotzdem noch da. Selbst nachdem auf der Bühne die Lichter verloschen sind und eine Leere mit kaltem, staubigem, kurz: *grauem Luftzug* herüberweht, der auf meine augenblickliche Stimmung abfärbt, so dass ich selbst leer, schwermütig und depressiv werde, bleibe ich dennoch hier sitzen. Den Platz vor der Bühne werde ich auch dann nicht räumen, wenn ich mich im Theater meines Herzens einsam fühle, von meiner Herkunft abgeschnitten, weil keiner meiner stillen Vorfahren mehr bei mir sitzt, weder meine Mutter noch eine Geliebte, nicht einmal mein gleichaltriger Vetter und früherer Spielkamerad Egon Brahe, *der Knabe mit dem braunen Schielauge*.

Nachdem sich also der Vorhang meines Herzens zur Seite gerafft hatte, wurde mir zum einen deutlich, wer ich in diesem vergänglichen Leben voller Abschiede nicht sein möchte: nämlich jener Tänzer mit halbgefüllter Maske. Zum anderen wurde mir klar, wie ich gerne sein will, nämlich wie die Puppe. Allerdings weiß ich nicht so recht, wie sich ein solches Ziel erreichen lässt. Darum überkommt mich ein Gefühl der Verlassenheit und Leere. Trotz alledem harre ich vor der Bühne aus, darauf vertrauend, dass *Zuschauen*, ein kontemplatives Dasein fernab aktiver und gemeinschaftlicher Lebensformen immer möglich ist. Ich bin zuversichtlich, den *Auftrag* erfüllen, und das heißt: das Sichtbare interesse- und zweckfrei anschauen zu können.

## Vatersorgen

*Habe ich nicht recht*, Vater, dass du dich schon zu Lebzeiten um meine Zukunft sorgtest? Nachdem dein Leben verhältnismäßig erfolglos blieb und du nicht über den mittleren Eisenbahndienst hinauskamst, nachdem du nach zehnjährigem Militärdienst deinen Abschied genommen hattest, weil man dir den Offizierstitel verweigerte, setztest du deine Hoffnung auf mich, deinen Sohn. Der aber musste dich enttäuschen, weil auch seine militärische wie kaufmännische Laufbahn misslang. Du hast immer wieder mein bitteres Leben mitschmecken müssen, indem du davon kostetest. Wie der erste *Aufguss* eines Kaffees bitter schmecken und trübe sein kann, so hast du den ersten Anlauf meines Daseins ins Leben, da ich heranwuchs, mein Schicksal, an dem du immer wieder teilhattest, als beunruhigend empfunden. Der erste Aufguss meines Lebenskaffees bekümmerte dich sehr.

Mit dem bitteren Nachgeschmack dieses aufgegossenen Getränks, meines bisherigen Lebensverlaufs, blicktest du auf meine Zukunft. Deren Ungewissheit beunruhigte dich nicht nur, sondern blieb dir angesichts meiner poetischen Neigungen und Interessen auch fremd. Während du dir also so viele Gedanken um mich machtest, prüftest du meine trüben, tränenfeuchten Augen, die wie beschlagene Fenster aufschauten: undurchsichtig. Dabei kamst du meiner seelischen Not und Heimatlosigkeit auf die Spur und erkanntest, dass ich selbst nicht weiß, wohin ich gehöre. Deine Angst um mich, Vater, spüre ich noch heute, obwohl du längst tot bist. Ich fühle noch immer, wie du um mich bangst, weil du kein rechtes Zutrauen zu deinem Sohn hast. Es ist für mich so, als ob du nicht deine Ruhe im Tod finden könntest. In mir bist du immer noch präsent als jemand, der sich nicht in die *Reiche der Gleichmut* begibt, sogar seine Totenruhe aufgibt, um weiter auf der Erde in meiner Nähe aus Sorge um mein bisschen Schicksal umherzuirren. *Hab ich nicht recht?* So nahe bist du mir noch immer, so stark lastest du weiterhin auf mir und so sehr belastest du bis jetzt mein Gewissen.

Und ihr, meine lieben Freunde, habe ich nicht auch euch allerlei angetan und mich eurer Liebe sogar als unwürdig erwiesen. *Hab ich nicht recht?* Für meine Freundschaft und Sympathie liebtet ihr mich. Daraufhin schenktet ihr mir eure Zuneigung, Unterstützung und Freundlichkeit. Aber ich musste euch regelmäßig enttäuschen, sind mir doch Menschen weniger wichtig als die Dinge ringsum. Diese bewusst zu schauen, darin liegt der *Auftrag*. Darum bin ich immer wieder von meiner Liebe zu euch abgekommen, die niemals aufhörte, sondern mir lediglich entglitt. Denn selbst in euren Gesichtern wurde ich jener anschaulichen Oberflächen gewahr, die von uns geschaut und verstanden werden möchten. So trieb mich euer Anblick von euch fort in den *Weltraum* hinaus, *wo ihr nicht mehr wart,* um den *Auftrag* zu erfüllen und ganz im Betrachten der Dinge aufzugehen.

## Spielzeug des Spiels

*Hab ich nicht recht*, vor der Puppenbühne zu warten, obwohl ich mich einsam fühle, mir von der Spielfläche ein kalter, staubiger Wind ins Gesicht bläst, mich die Besorgnis des Vaters über meine betrachtende Lebensweise beunruhigt und ich die Freunde enttäuschen muss? Habe ich nicht recht, dies alles in Kauf zu nehmen zur Erfüllung des Auftrags: nämlich abzudriften von den eingefahrenen Sehgewohnheiten, die meine Augen abstumpfen ließen, um interesselos *hinschauen* zu können. Aber hierzu genügt es keineswegs, der Puppe immer ähnlicher zu werden, sondern überdies muss noch ein der Puppe adäquater Spieler hinzukommen: der *Engel*, der mit Hilfe des *Drahts*, der typischen Fäden einer Marionette, sie bewegen kann: Der Engel soll die *Bälge hochreißen.* Erst hierdurch wird es möglich, *das Schauen aufzuwiegen.* Unter *aufwiegen* verstehe ich nicht „ausgleichen“ oder „wettmachen“. Ich gebrauche das Wort vielmehr im Sinne von „auffüllen“, die Bedingungen zum Schauen „vervollständigen“, damit dieses endlich geschehen kann.

Erst wenn Engel und Puppe zusammenkommen, ist *Schauspiel* möglich. Auch diesen Ausdruck verwende ich anders – nämlich als *Spiel des Schauens*. Im Schau-Spiel auf unserer Lebensbühne wäre jede Gegensätzlichkeit und Wechselwirkung überwunden, die unser Dasein ansonsten bestimmen: *Dann kommt zusammen, was wir immerfort entzwein, indem wir da sind.* Rufen wir uns in Erinnerung: Normalerweise ist mit dem einen für uns immer gleich das andere mitgedacht. Dieser

Gegensätzlichkeit wären wir nun enthoben. Sie wäre aufgehoben. *Dann* würde in unserem zeitlich auseinander gerissenen, hinschwindenden, zerrissenen Dasein, *aus unseren Jahreszeiten* also, ein Gefühl von Einheit und Ganzheit, ein *Umkreis*, entstehen. Der Umkreis würde das gesamte Lebensgeschehen, *das ganze Wandeln*, gleichzeitig erfassen und umfassen. Umkreis wird in der Geometrie ein Kreis genannt, der alle Eckpunkte eines Vielecks berührt. Genauso würde bei der Verbindung von Engel und Puppe ein Umkreis entstehen, der durch alle Eckpunkte unseres Lebens ginge und dabei auch unser Schauen umgreifen würde, das sich total mit Wirklichkeit gesättigt hätte. So wäre im Schau-Spiel unser Leben als ein einheitliches Ganzes präsent. Wir wären eine unzerteilte Einheit in gesammelter Gegenwart, in welche auch die bewusst in Augenschein genommene Wirklichkeit aufgenommen wäre.

Dazu müssten wir der Puppe immer ähnlicher werden und uns beim Schauen von den Engeln spielen lassen. Zwar sind wir außerstande, die volle Gegenwart des Wirklichen aus eigener Kraft zu vernehmen, aber imstande, uns für dessen Botschaften so offenzuhalten, dass es sich in uns wie in ein Gefäß ergießen kann. Auch hier bezeichnen die Engel keine realen Mächte. Sie kennzeichnen die Preisgabe des Ich im Schau-Spiel auf der eigenen Lebensbühne. Hier würde sich meine Individualität in dem Maße verlieren, wie ich als Betrachter ganz im Spiel aufginge: *Über uns hinüber spielt dann der Engel.* Er spielte über unser Selbst so hinweg, dass dieses für ihn dann nicht mehr existierte. Mit anderen Worten: Wenn wir uns dem Schau-Spiel ganz hingäben und überließen, dann würden wir selbst zum Spielzeug des Spiels, für das wir nicht mehr als Personen und noch weniger als Akteure da wären. Im Grunde würden dann nicht mehr wir das Schau-Spiel spielen, sondern vielmehr vom Schau-Spiel gespielt werden. Dafür steht der Engel, der als Inbegriff des Vollkommenen, uns erfüllte Augenblicke schenken würde, in denen es kein Ungenügen mehr gäbe, weil nichts fehlte.

Doch leider kommt es hierzu normalerweise nicht. Anstatt der Puppe ähnlich zu sein, sind wir meist wie jener Tänzer mit halbgefüllter Maske: Durchschnittsbürger, die sich gerne verstellen und gedankenlos dahinleben. Erst die *Sterbenden*, die kurz vor dem Zerfall stehen und deren nahes Ende einem Hochsitz gleicht, von wo aus sich ihnen ein guter Blick aufs Ganze ergibt, durchschauen die Banalität, Unerheblichkeit und Verlogenheit des gemeinen Lebens. Sie mutmaßen mit Recht, dass unser Dasein voller fadenscheiniger Ausflüchte steckt. Sie erkennen, dass vieles von dem, was wir leisten, wir gerne als *Vorwand* benutzen, um etwas anderes tun zu können. *Alles ist nicht es selbst.* Wie oft steckt doch etwas anderes dahinter. Nur zu gerne errichten wir „vor" dem, was wir tun, denken und fühlen eine „Wand", eine *Vorwand*, hinter der wir uns verstecken können. Dabei verkennen wir leicht, worauf es im Leben wirklich ankommt. Wir übersehen den *Auftrag* des Schau-Spiels. Ganz anders benehmen sich dagegen Kinder. Sie leben, was die Sterbenden bei den meisten Erwachsenen vermissen.

## Kinderspiele

O selige Kindheit, in der wir beim interesselosen Spielen uns selbst und die Zeit vergaßen. Im zweckfreien Spiel waren alle Gegensätze überwunden. Da gab es nur Gegenwart – weder Vergangenheit noch Zukunft. Wir hatten nichts Künftiges vor uns. Die Dinge ringsum waren wie wir einfach nur anwesend. Die Erinnerung an das, was einst war, und eine Hoffnung auf das oder Furcht vor dem, was einmal kommen könnte, gab es noch nicht. Freilich wuchsen wir allmählich heran, und manchmal dauerte es uns zu lange, bis wir größer und älter wurden. Wir wollten bald erwachsen sein. So wollten es auch unsere Eltern und Erzieher, die nichts *andres mehr hatten als das Großsein.* Ihnen zuliebe ließen wir uns formen, schulen und bilden. Wir verließen unsere Spielwelt, in der wir ganz Gegenwart waren, um schließlich verantwortliche Bürger zu werden, eingespannt zwischen Vergangenheit und Zukunft sowie allen sonstigen Lebensgegensätzen. Doch sobald wir den Erwachsenen entfliehen konnten und für eine Weile alleine sein durften, ergriffen wir erneut die Gelegenheit zum Spiel.

Selbst als wir schon älter waren, genossen wir es, noch einmal Kind sein zu dürfen und uns von mühelosen Spielen durch unbeschwerte Zeiten tragen zu lassen. Unser Leben ging in vergnügten Augenblicken auf, deren Dauer wir gar nicht spürten. Unser Dasein blieb ohne Not, Anstrengung und Sorge. In dieser Übergangsphase standen wir zwischen dem ernsten Erwachsenenleben mit Konventionen, Regeln und Verpflichtungen einerseits und unseren zweckfreien, lustigen, anregenden Spielen andererseits. Wir standen im *Zwischenraum zwischen Welt und Spielzeug.* Aber wir hatten dort einen Platz gefunden, an dem wir in unserem Spiel – ähnlich wie die Tiere und die Liebenden – immer noch pralle Gegenwart erleben durften. Wir existierten im *reinen Vorgang*, Flow, für den gleichermaßen eine erfüllte Jetztzeit wie ein müheloses Gespieltwerden charakteristisch sind. Beide Eigenschaften spielen eine wesentliche Rolle im Schau-Spiel bei der Erfüllung des *Auftrags*.

Aber wer hat diese Fähigkeiten dem Kind beigebracht? Wer zeigt ihm, wie man spielt? Wer hat es so dem Zeitlichen und Alltäglichen entrückt, *ins Gestirn* hinaufgestellt, dass es genug Abstand zur Welt der Erwachsenen bekommt, um vergnügt spielen zu können? Woher kennt es das für sein Spiel notwendige Maß des Abstands zur Erwachsenenwelt?

In ihrer freundlichen Gegenwärtigkeit besitzen Kinder allgemein eine für uns Erwachsene unverständliche Leichtigkeit. Man bedenke nur, wie wenig Angst sie vor dem *Tod* haben, den sie wie alle Menschen von Anbeginn in sich tragen. Eigentlich müsste der Tod auch sie stark belasten, gleicht er doch einem schwer verdaulichen *Graubrot*, das immer härter wird. Das Kind trägt den Tod in sich, wie es das Kerngehäuse eines schönen Apfels in seinem *runden*, also gefüllten Mund trägt. Es hat diesen *Gröps* in sich wie eine Frucht den Kern.

Doch wer nur stattete schon das Kind mit solch grausamer Bürde aus? So ungeheuerlich der Tod ist, er gehört zum Leben dazu. Sterblichkeit ist eine Eigenschaft aller Organismen, die auf Fortpflanzung angelegt sind. Wie banal es klingt: Jeder ist ein Todeskandidat. Ausnahmslos alles Leben fällt dem Tod anheim. Kinder bilden keine Ausnahme hiervon. Wer das Leben möchte, muss auch den Tod bejahen. Doch so natürlich der Tod ist, es fällt uns Menschen schwer, sich mit ihm ohne Aufschrei und Verbitterung abzufinden oder gar anzufreunden. Objektiv gesehen ist der Tod zwar nicht mehr als nichts, subjektiv für jeden Einzelnen aber nicht weniger als alles: das Ende seines bewussten Lebens. Niemand hakt dieses ohne weiteres ab. Darum bleibt der Tod eine kalte Lektion. Todesangst ist normal. Umso erstaunlicher ist es deshalb für uns Erwachsene, wie versöhnlich Kinder mit ihrer eigenen Sterblichkeit umgehen.

Es ist einfach zu verstehen, wie man Mörder wird. Habgier, Eifersucht, Hass und Fanatismus können schnell dazu führen. *Mörder sind leicht einzusehen.* Aber wie es Kinder fertig bringen, sich nicht vor dem Tod zu ängstigen, obwohl auch sie bereits ihr Lebensende in sich enthalten, sogar noch bevor sie richtig zu leben begonnen haben, bleibt für uns Erwachsene ein großes Rätsel. Allerdings sind Kleinkinder in der Regel weder versöhnt noch zerstritten mit der eigenen Sterblichkeit, die ihnen noch gar nicht voll bewusst ist. Unsere faszinierte Verwunderung über ihre Todesgelassenheit sagt mehr über uns selbst als über Kinder aus. Diese wirken auf uns so, als ob sie dem Tod *nicht böse* wären, weil wir uns mit dem unausweichlichen Ende oftmals schwer tun.

## Anregungen

- Zur Puppe und Marionette (S. 81 ff.) vgl. Rilkes kleinen Aufsatz *Das Theater des Maeterlinck*, in dem schon wesentliche Aspekte vorgezeichnet werden. Speziell zu Kleist *Über das Marionettentheater*, 1810: Ein junger Mann, durch anmutige Bewegung ausgezeichnet, verliert seine Anmut in dem Augenblick, in dem er sie bemerkt, und vermag sie durch bewusste Anstrengung nicht wiederzugewinnen. Natur und Bewusstsein, Grazie und Anmut bilden einen Gegensatz: „Wir sehen, dass in dem Maße, als in der organischen Welt die Reflexion dunkler und schwächer wird, die Grazie darin immer strahlender hervortritt." Die Puppe verkörpert die Grazie, ein Paradies der Unmittelbarkeit, aus dem der Mensch vertrieben wurde: „Das Paradies ist verriegelt." Das Problem der verlorenen Grazie löst Kleist durch entschlossene Bejahung des reflektierenden Geistes und der Kultur. Hierzu auch Friedrich Schiller *Über naive und sentimentalische Dichtung*, wonach das erwachte Bewusstsein seine vorbewusste natürliche Unbefangenheit im Lebensvollzug, seine unmittelbare Leichtigkeit und Sicherheit verliert, deren Gegenbegriff ein seelenloser, künstlicher Mechanismus sei. – Im Gegensatz zu Rilkes und Kleists positiver Darstellung der Marionette Ludwig Tieck *William Lovell*: „Die ganze Welt erscheint mir oft als nichtswürdiges, fades Marionettenspiel, der Haufen täuscht sich beim anscheinenden Leben und freut sich, sieht man aber den Draht, der die hölzernen Figuren in Bewegung setzt, so wird man … betrübt",

„alle Menschen tummeln sich wie klappernde Marionetten durcheinander und werden an plumpen Drähten regiert und sprechen von ihrem freien Willen". (Darmstadt 1961, S. 54, 150); E.T.A. Hoffmann *Der Sandmann*, Jean Paul *Der Titan,* Jacques Vaucanson *Flötenspieler*, Wolfgang von Kempelen *Schachspielender Türke*. Auch Rilkes Aufsatz *Puppen* (1914).

- Zum Kinderspiel (S. 87): Friedrich Hölderlin *Hyperion I.* Dritter Brief Hyperions an Bellarmin: „Ja! Ein göttlich Wesen ist das Kind… Es ist ganz, was es ist... Der Zwang des Gesetzes und des Schicksals belastet es nicht; im Kind ist Freiheit allein. In ihm ist Frieden; es ist noch mit sich selber nicht zerfallen. Reichtum ist in ihm; es kennt sein Herz, die Dürftigkeit des Lebens nicht." Friedrich Nietzsche *Vom Nutzen und Nachteil der Historie für das Leben 1*: das verlorene Paradies des Kindes, „das noch nichts Vergangenes zu verläugnen hat und zwischen den Zäunen der Vergangenheit und der Zukunft in überseliger Blindheit spielt"; auch *Also sprach Zarathustra. Von den drei Verwandlungen*: „Unschuld ist das Kind und Vergessen, ein Neubeginnen, ein Spiel, ein aus sich rollendes Rad, eine erste Bewegung, ein heiliges Ja-sagen."

## Fünfte Elegie

*Frau Hertha Koenig zugeeignet*

Wer aber *sind* sie, sag mir, die Fahrenden, diese ein wenig
Flüchtigern noch als wir selbst, die dringend von früh an
wringt ein *wem, wem* zu Liebe
niemals zufriedener Wille? Sondern er wringt sie,
biegt sie, schlingt sie und schwingt sie,
wirft sie und fängt sie zurück; wie aus geölter,
glatterer Luft kommen sie nieder
auf dem verzehrten, von ihrem ewigen
Aufsprung dünneren Teppich, diesem verlorenen
Teppich im Weltall.
Aufgelegt wie ein Pflaster, als hätte der Vorstadt-
Himmel der Erde dort wehe getan.
                                        Und kaum dort,
aufrecht, da und gezeigt: des Dastehns
großer Anfangsbuchstab ..., schon auch, die stärksten
Männer, rollt sie wieder, zum Scherz, der immer
kommende Griff, wie August der Starke bei Tisch
einen zinnenen Teller.

Ach und um diese
Mitte, die Rose des Zuschauns:
blüht und entblättert. Um diesen
Stampfer, den Stempel, den von dem eignen
blühenden Staub getroffnen, zur Scheinfrucht
wieder der Unlust befruchteten, ihrer

niemals bewußten, – glänzend mit dünnster
Oberfläche leicht scheinlächelnden Unlust.

Da: der welke, faltige Stemmer,
der alte, der nur noch trommelt,
eingegangen in seiner gewaltigen Haut, als hätte sie früher
zwei Männer enthalten, und einer
läge nun schon auf dem Kirchhof, und er überlebte den andern,
taub und manchmal ein wenig
wirr, in der verwitweten Haut.

Aber der junge, der Mann, als wär er der Sohn eines Nackens
und einer Nonne: prall und strammig erfüllt
mit Muskeln und Einfalt.

Oh ihr,
die ein Leid, das noch klein war,
einst als Spielzeug bekam, in einer seiner
langen Genesungen....

Du, der mit dem Aufschlag,
wie nur Früchte ihn kennen, unreif,
täglich hundertmal abfällt vom Baum der gemeinsam
erbauten Bewegung (der, rascher als Wasser, in wenig
Minuten Lenz, Sommer und Herbst hat)
abfällt und anprallt ans Grab:
manchmal, in halber Pause, will dir ein liebes
Antlitz entstehn hinüber zu deiner selten
zärtlichen Mutter; doch an deinen Körper verliert sich,
der es flächig verbraucht, das schüchtern
kaum versuchte Gesicht... Und wieder
klatscht der Mann in die Hand zu dem Ansprung, und eh dir
jemals ein Schmerz deutlicher wird in der Nähe des immer

trabenden Herzens, kommt das Brennen der Fußsohln
ihm, seinem Ursprung, zuvor mit ein paar dir
rasch in die Augen gejagten leiblichen Tränen.
Und dennoch, blindlings,
das Lächeln .....

Engel! o nimms, pflücks, das kleinblütige Heilkraut.
Schaff eine Vase, verwahrs! Stells unter jene, uns *noch* nicht
offenen Freuden; in lieblicher Urne
rühms mit blumiger schwungiger Aufschrift:
»*Subrisio Saltat.*«.

Du dann, Liebliche,
du, von den reizendsten Freuden
stumm Übersprungne. Vielleicht sind
deine Fransen glücklich für dich –,
oder über den jungen
prallen Brüsten die grüne metallene Seide
fühlt sich unendlich verwöhnt und entbehrt nichts.
Du,
immerfort anders auf alle des Gleichgewichts schwankende
Waagen
hingelegte Marktfrucht des Gleichmuts,
öffentlich unter den Schultern.

Wo, o *wo* ist der Ort – ich trag ihn im Herzen –,
wo sie noch lange nicht *konnten,* noch von einander
abfieln, wie sich bespringende, nicht recht
paarige Tiere; –
wo die Gewichte noch schwer sind;
wo noch von ihren vergeblich
wirbelnden Stäben die Teller
torkeln .....

Und plötzlich in diesem mühsamen Nirgends, plötzlich
die unsägliche Stelle, wo sich das reine Zuwenig
unbegreiflich verwandelt –, umspringt
in jenes leere Zuviel.
Wo die vielstellige Rechnung
zahlenlos aufgeht.

Plätze, o Platz in Paris, unendlicher Schauplatz,
wo die Modistin, *Madame Lamort,*
die ruhlosen Wege der Erde, endlose Bänder,
schlingt und windet und neue aus ihnen
Schleifen erfindet, Rüschen, Blumen, Kokarden, künstliche Früchte
–, alle
unwahr gefärbt, – für die billigen
Winterhüte des Schicksals.

......................

Engel!: Es wäre ein Platz, den wir nicht wissen, und dorten,
auf unsäglichem Teppich, zeigten die Liebenden, die's hier
bis zum Können nie bringen, ihre kühnen
hohen Figuren des Herzschwungs,
ihre Türme aus Lust, ihre
längst, wo Boden nie war, nur an einander
lehnenden Leitern, bebend, – und *könntens,*
vor den Zuschauern rings, unzähligen lautlosen Toten:
Würfen die dann ihre letzten, immer ersparten,
immer verborgenen, die wir nicht kennen, ewig
gültigen Münzen des Glücks vor das endlich
wahrhaft lächelnde Paar auf gestilltem
Teppich?

# Wir Gaukler

## Straßenakrobaten

Das flüchtige Leben der Menschen gleicht einer Wanderschaft. Nirgendwo haben wir eine bleibende Statt. Nicht obdachlos sind wir Reisenden dennoch unbehaust. Niemals kommen wir ans Ziel. Hierin ähnelt unser Dasein dem Leben von Straßenkünstlern, die vom einen Ort zum anderen ziehen. Die zahlreichen Artisten auf den offenen Plätzen von Paris, aber auch Pablo Picassos Bild *Les Saltimbanques*, „Die Gaukler", inspirierten mich zu diesem Vergleich. Als ich von Juni bis Oktober 1915 in Hertha Koenigs Münchner Wohnung leben durfte, begegnete mir Picassos Bild täglich. Dort füllte es fast eine ganze Wand aus. Deshalb sei diese Elegie Hertha Koenig gewidmet, obwohl die Szene auf Picassos Bild, eine Gruppe von sechs Personen vor einer Landschaft, nichts mit der Elegie zu tun hat.

Wer sind die *Fahrenden*? *Sind* sie überhaupt oder werden und vergehen die unsteten Artisten nicht unaufhörlich, die ihr Leben auf offenen Plätzen zubringen? Sie sind so flüchtig wie wir. Ohne festen Wohnsitz sind sie sogar noch flüchtiger als wir. Gerade darum symbolisieren sie auf vorzügliche Weise, wie es um uns steht, obgleich die meisten von uns ihr Dasein dauerhaft an einem Ort verbringen, sesshaft sind.

Was hält Straßenakrobaten seit dem frühen Morgen auf Trapp? Was treibt sie jeden Tag von neuem zum Training an – *biegt sie, schlingt sie und schwingt sie, wirft sie und fängt sie zurück?* Woher kommt ihr unstillbarer Drang, regelmäßig an die eigenen Grenzen zu gehen? Woher ihre Entschlossenheit und Kraft, immer wieder ihr Limit zu suchen?

Sie malträtieren sich selbst wie nasse Wäsche, die mit beiden Händen in gegenläufiger Bewegung zusammengedreht, also ausgewrungen und gedrückt wird, um hieraus das restliche Wasser herauszupressen. Aber was *wringt* sie, drückt sie bis aufs Letzte aus?

Manchmal wissen wir nicht, was wir tun. Dies ist beunruhigend. Noch beunruhigender aber ist, wenn wir nicht wissen, warum wir etwas tun. Sportler kommen leicht ins Stottern, wenn sie nach ihren persönlichen Motiven zur freiwilligen Wahl körperlicher Strapazen gefragt werden. Es besteht ein Missverhältnis zwischen dem schonungslosen Einsatz ihres Körpers und der Undurchsichtigkeit ihrer Motive. Nicht selten setzen sich die Betroffenen über diese Verlegenheit mit seltsamen Antworten hinweg.

So ist es auch bei den Straßenakrobaten. Es sei ein unerklärlicher Wille, sogar ein *niemals zufriedener Wille,* der sie zu Höchstleistungen ansporne. Nun ist es nicht mehr der helle Engel, der mit ihnen wie mit Puppen spielt, sondern eine ihnen unverfügbare Willenskraft, die sie immerfort in Bewegung hält. Nur wem zuliebe machen die Artisten das alles? Für wen möchten sie perfekt sein? Weshalb wollen sie sich immer noch mehr verbessern?

Die Bewegungen der Athleten sehen überaus ästhetisch aus. Die Luft, in der sie ihre Übungen vollbringen, gleicht einer gut geölten Maschine, die sich aus glatt geschliffenen Teilen zusammensetzt, in denen sich die Körperkünstler wie Zahnräder widerstandsfrei, ja geschmeidig drehen, bevor sie schließlich auf einem alten *Teppich* zum Stehen kommen. Dieser ist von den vielen Aufsprüngen schon ganz abgenutzt und dünn geworden.

Heimatlos verloren liegt der verschlissene Teppich irgendwo im obdachlosen *Weltall.* Denn die Straßenakrobaten präsentieren ihre Kunststücke auf einem offenen Platz in der Vorstadt, wo einfache Menschen wohnen. In dieser Gegend sind die Straßen, Ecken und Plätze nicht besonders schön, eher marode, heruntergekommen. Sie laden nicht zum Verweilen ein. Gerade in städtischen Außenbezirken liegt häufig eine brutale Härte und trostlose Gleichgültigkeit auf den Gassen. Überdeutlich zeichnet sich eine soziale Kälte in den ausgemergelten Gesichtern der Anwohner ab. Hier erweist sich das mühsam erkämpfte Menschenrecht, auf eigene Art glücklich zu werden, als die schwere Last, sein beschwerliches Leben ganz alleine bestehen zu müssen – armselig und einsam.

Dort haben die Gaukler ihren Teppich ausgerollt, der für die zerschlissene Erde so wohltuend ist wie ein *Pflaster* auf einer verwundeten Körperstelle. Man könnte auch sagen, die Gaukler haben der Vorstadthaut, welcher der graue Himmel schmerzhafte Verletzungen zufügte, ein Pflaster aufgelegt. Auf dem verbrauchten Teppich bringen sie ein bisschen Abwechslung und Vergnügen in das traurige Leben der Anwohner, die hierfür dankbar sind. Der verbrauchte Teppich, Symbol des sinnlosen Spiels unserer nutzlosen Leidenschaften, gibt der absurden Wirklichkeit an diesem fahlen Ort kurzzeitig eine freundliche Färbung. Die Artisten sind eine willkommene Ablenkung vom düsteren Alltag.

## Sinnlose Akrobatik

Wenn die Akrobaten nach ihren Auf- und Abwärtsbewegungen wieder auf dem Teppich gelandet sind, stehen sie kerzengerade da. In stolzer aufrechter Haltung präsentieren sie sich den Zuschauern. Jedoch verweilen sie nur einen Moment in Ruhe. Sie zeigen bloß des *Dastehens großen Anfangsbuchstaben*, also nur das „D“ von „Dastehen“ und nicht mehr das „astehen“, so verschwindend kurz fallen die Unterbrechungen ihrer Bewegungen aus. Schon im nächsten Moment geht es weiter. Aufs Neue vollbringen sie virtuose Kunststücke in der Höhe. Hierbei verbleibt schon deshalb keine Zeit zum Stillstehen, weil jeder stets nach jedem greift. Der *immer herankommende Griff* der Akrobaten zu den jeweils anderen verhindert jede Verschnaufpause. Ganz eng sind die Auf- und Abschwünge der Athleten miteinander verknüpft. Sie sind dicht nacheinander getaktet. Ihr Greifen nach den Sportpartnern zwingt scherzhaft selbst die *stärksten Männer*, die sich eigentlich nicht gerne etwas aufzwingen lassen, zu neuen Drehungen und Wendungen. Doch im Rahmen ihrer einstudierten Darbietung lassen sich die kraftvollen Kerle diese Vorgaben, Aufforderungen und Zwänge *zum Scherz* gefallen. So schleudert das ununterbrochene Fassen nach den jeweils anderen selbst die stärksten Akrobaten unter ihnen durch die Lüfte, indem es ihnen spaßeshalber spezielle Krümmungen und Umdrehungen abverlangt. Hierbei ergeht es den starken Männern wie jenem Zinnteller des sächsischen Kurfürsten August der Starke (1670–1733), eines noblen Haudegens, der für seine Anmut und Kraft bekannt war. Dieser soll bei einem Festessen aus Spaß einen Zinnteller mit bloßen Händen total verbogen und wie eine Landkarte zusammengerollt haben.

Um die Mitte der geschäftigen Athleten, die auf dem abgeschabten Teppich ihre Kunststücke ausführen, bildet sich ein Ring von Menschen, um gebannt dem Schauspiel zu folgen. Die Zuschauer stehen nicht nur nebeneinander, sondern auch hintereinander. So entsteht das Bild einer *Rose*, deren farbige Kronblätter gleichfalls ringsum angeordnet neben- und hintereinander stehen. Mal blüht die Rose, mal entblättert sie sich. Das bedeutet, mal kommen Zuschauer, um die Reihen zu füllen, dann gehen einige weg, so dass sich die Reihen wieder lichten, bevor sich die Lücken erneut schließen. Es herrscht ein reges Kommen und Gehen. Im Mittelpunkt jeder Blüte befindet sich ein *Stempel*. Diesen bildet die Gruppe der Artisten, der *Stamper*. Er ist das Zentrum. Üblicherweise entwickelt sich der Blütenstempel zur Frucht, nachdem er zuvor durch Blütenstaub befruchtet wurde. Bei den Akrobaten hingegen wird der Stempel vom *eigenen Blütenstaub* befruchtet, aus dem dann lediglich eine *Scheinfrucht* hervorgeht.

Das heißt, die Straßenakrobaten bringen nichts Bedeutsames hervor. So anstrengend, geschickt und schwierig ihre akrobatischen Figuren sind – so nichtig bleiben sie zugleich. Sport ist im Wesentlichen sinnfrei. Turnen besteht aus nutz- und zwecklosen Bewegungen. Es kommt nichts dabei heraus. Wie das Leben der Gaukler so ist das Leben der meisten Menschen: Mit einem Höchstmaß an Askese, Disziplin und Willensstärke erledigen sie ihre täglichen Aufgaben, gehen ihren Verpflichtungen nach, bewältigen routiniert ihren Alltag. Doch Wesentliches schaffen sie dadurch nicht. Ihr Dasein ist eine unnütze Anstrengung. Als halbgefüllte Masken, wie die *Vierte Elegie* den Durchschnittsmenschen beschreibt, kommt die Mehrheit nicht in die Lage von Puppen, die von Engeln gespielt werden. Das Schau-Spiel, den *Auftrag*, kennen sie nicht. Stattdessen werden sie von einem blinden, unpersönlichen Willen getrieben, der von ihnen im Alltag höchste Konzentration fordert, um dem Leben eine tragfähige Struktur geben zu können. Doch finden sie hierdurch nicht aus der leeren Banalität ihres oberflächlichen Daseins heraus. Die meisten fahren Vollgas im Leerlauf.

Darum verspüren einige von ihnen wie die Athleten bei der Hervorbringung ihrer Scheinfrüchte gelegentlich eine gewisse Unlust. Allerdings ist dieses Unbehagen an der eigenen Trivialität den meisten nicht voll bewusst. Fast alle machen gute Miene zum bösen Spiel. Zwar bemerken etliche in ruhigen Momenten die Nutz- und Sinnlosigkeit ihres durchschnittlichen Lebens ohne wertvolle Höhepunkte und Sinnerfahrungen. Allerdings wird diese Ahnung schnell wieder durch den trügerischen Glanz alltäglicher Vergnügen überstrahlt. Genauso fühlen die Akrobaten ihre *Unlust* kaum, die unter der *dünnsten glänzenden Oberfläche* ihrer virtuosen Artistik liegt. Hierzu gehört ein freudiges Lächeln, das sie bei ihren Auftritten stets auf den Lippen haben, um den Eindruck zu erwecken, sie seien gut gelaunt, verrichteten ihren Kunstsport gerne und freuten sich über jeden Beifall. Doch wie die Frucht ihrer Mühen keine echte Frucht darstellt, so ist ihr leichtes Lächeln nur ein professionelles Scheinlächeln, hinter dem sich jene Unlust verbirgt, die sich aus der Absurdität ihrer Körperstrapazen ergibt.

Außerhalb der jungen, flinken Athletenmannschaft sitzt ein alter, behäbiger Sportler mit welker und faltiger Haut, ein ehemaliger Gewichtheber, *Stemmer*. Seine beste Zeit als Artist hat er längst hinter sich. Jetzt darf er nur noch trommeln zu den Schaustücken der Jüngeren. Einst war er muskulös und stark. Inzwischen ist er aber zusammengeschrumpft, wie *eingegangen* unter *seiner gewaltigen Haut, als hätte sie früher zwei Männer enthalten.* Man könnte meinen, er hätte den zweiten Mann überlebt, als läge dieser bereits auf dem Friedhof. Nach dem drastischen Muskelverlust wirkt seine Haut wie *verwitwet.* So ist der Trommler nur noch die Hälfte von dem, was er ehemals verkörperte. Überhaupt wirkt er stark heruntergekommen. Der Alte ist eine klägliche Erscheinung, die manchmal *wirr* redet und das eigene Trommeln nicht mehr hört, weil seine Ohren mittlerweile *taub* geworden sind.

In krassem Gegensatz zu diesem verbrauchten Gewichtheber: ein junger Athlet mit aufgepumpten Muskeln, ein pralles Kraftpaket, grobfleischig, nicht feinsinnig, im Gegenteil: naiv, einfältig, schlicht. In Anbetracht seiner Muskelkraft und Einfältigkeit könnte man meinen, sein

Vater sei ein von Kraft strotzender Stier mit dickem *Nacken* und seine Mutter eine unbedarfte, leichtgläubige *Nonne*.

O ihr Menschen, noch als euer Leid am Leben klein war, bekamt ihr schon die Artisten als eine Art Spielzeug, um durch deren unterhaltsamen Darbietungen leichter genesen zu können! Deren kurzweiligen Kunststücke ermöglichen euch gelegentlich, Urlaub von den Beschwerlichkeiten des Daseins zu nehmen. Denn wenn das Leben kaum auszuhalten ist, darf man sich hin und wieder mit oberflächlichen Zerstreuungen ablenken. Mögen diese auch sinnlos, nichtig und unnütz sein, so kann doch nicht ohne weiteres hierauf verzichtet werden. Wir sind nicht in der komfortablen Lage, solche Angebote einfach ausschlagen zu können.

## Junger Athlet

Du junger Athlet, dein Können ist noch lange nicht Routine. Deiner Geschicklichkeit fehlt es an Eleganz und Exaktheit. Du bist noch ein ungeübter Artist. Deshalb fällt es dir in den akrobatischen Figuren schwer, bei denen alle aufeinander stehen und eine Art Baum, eine Menschenpyramide bilden, dich im Gleichgewicht auf den Schultern der anderen zu halten. Täglich fällst du hundertmal von ihnen herab. Dein Mangel an Erfahrung macht dich einer unreifen Frucht gleich, die, weil sie im Gegensatz zu reifen Früchten noch fest ist, hart aufschlägt, wenn sie *vom Baum der gemeinsam erbauten Bewegung* auf den Boden herabfällt. Alles geschieht mit hoher Geschwindigkeit. So flugs die akrobatischen Figuren entstehen, so schnell verschwinden sie wieder. Flinke Bewegungen, *rascher als Wasser* einer Stromschnelle, Kaskade oder Fontäne, lassen den akrobatischen *Baum* entstehen. In nur kurzer Zeit haben die Athleten ihn auf- und wieder abgebaut. Gerade eben noch bekommt er Blätter, Blüten und Früchte, schon verliert er wieder sein Laub: *in wenig Minuten Lenz, Sommer und Herbst.* Wen verwundert es bei solchem Tempo, dass der unerfahrene Athlet regelmäßig den richtigen Augenblick zum Sprung in der Baumkrone verpasst oder das Gleichgewicht verliert und sich nicht mehr oben halten kann. Aufgrund seiner Ungeschicklichkeit fällt er wie eine Frucht vom Baum, um auf dem Boden schmerzhaft aufzuschlagen. Jeder Absturz ist gefährlich. Er könnte tödlich enden. Deshalb prallt der Junge jedes Mal *dicht ans Grab*.

Wenn du manchmal nach deinem Absturz einen Moment *in halber Pause* ausruhst, dann blickst du auch mal hinüber zur abseits sitzenden Mutter. Du schaust in ihr vertrautes Antlitz, von dem du dir Schutz und Wärme versprichst. Doch ist sie nur *selten zärtlich*, weil Alltagssorgen sie oft quälen. Diese ließen sie mit der Zeit kalt und hart werden. Dennoch zeigst du, nach deinen erfolglosen akrobatischen Sprüngen weich geworden, schamhaft ein wenig Gefühl: Emotional angeschlagen, stülpst du schüchtern dein inneres *Gesicht* nach außen und richtest deinen suchenden Blick scheu an die Mutter. Sie könnte dir helfen, dich trösten, zur Seite stehen, wenn sie nur etwas Herzenswärme ausstrahlte, was sie aber nicht tut. Doch wie rasch ist der sentimentale Moment der *halben Pause* vorüber, und du musst dich erneut auf deinen Körper konzentrieren. Dabei verliert sich dein inneres Gesicht wieder an deine Körperoberfläche: Es wird auf deiner Haut *flächig verbraucht*, was bedeutet: Du bist abermals nur noch funktionstüchtiger Athlet.

Da klatscht auch schon der Trainer in die Hand zum nächsten Ansprung. Noch bevor du einen allgemeinen Schmerz über dein beschwerliches Dasein verspüren kannst, nimmt dich jetzt ein spezieller Schmerz in Anspruch. Der bewahrt dich vor einem allseitigen Lebens- und Weltjammer. Dein ruheloses getriebenes *Herz* bekommt keine Gelegenheit, immer deutlicher an deinem anstrengenden Athletenschicksal auf dieser gottverlassenen Erde zu leiden. Dafür brennen dir die Fußsohlen vom Absprung einfach zu sehr. Der örtliche Schmerz kommt seinem *Ursprung*, dem generellen Leiden an der Last des Lebens zuvor. Das *Brennen der Fußsohlen* treibt dir sogar unwillkürlich ein paar Tränen in die Augen, denen du jedoch keine größere Beachtung schenkst. Im Gegenteil huscht dir trotz deines vor Tränen trüben, ja blinden Blicks ganz von selbst, sozusagen *blindlings*, ein flüchtiges, kaum merkliches Lächeln über die Lippen. Im Unterschied zum vorherigen Scheinlächeln ist dieses freundliche Gesicht aber – weil authentisch – wahrhaft schön.

Darum Engel, du Inbegriff alles Schönen und Vollkommenen, nimm es und bewahre es auf in deiner Apotheke. Pflücke dieses Lächeln, das einer Arzneipflanze, einem *kleinblütigen Heilkraut* gleicht, aus dem sich ein Medikament zur Schmerzlinderung herstellen lässt. Stelle eine *Vase* her, Engel, in der du dieses Lächeln seiner Wirkstoffe wegen verwahrst. Stelle dieses vollkommene Lächeln schließlich im Regal unter jene Heilmittel, die uns zwar noch nicht verfügbar sind, von denen wir aber wissen, dass sie uns zu einem intensiven, substanziellen, freudigen Leben verhelfen könnten. Bringe dieses schöne Lächeln des jungen Athleten in einem ansprechenden Gefäß unter, in einer *lieblichen Urne* und etikettiere sie mit der überschwänglichen, blumigen, schwungvollen Aufschrift: „Subrisio Saltat.“, unabgekürzt: „Subrisio Saltatoris“, was soviel heißt wie: „Das Lächeln des Tänzers“. Denn im Lächeln des jungen Athleten, Engel, spieltest du für einen Moment mit der Puppe. Darin ließest du für einen Augenblick geschehen, worauf es im menschlichen Leben ankommt: sinnerfüllt im Einklang mit sich selbst zu sein.

## Junge Athletin

Der junge Athlet wurde durch seine Ausbildung bei den Fahrenden zum Akrobaten um seine unbeschwerte Kindheit und Jugend gebracht. Dir junge Athletin, ein entzückendes *Mädchen*, hat man gleichfalls die *reizendsten Freuden* der Kindheit und Jugend vorenthalten. Kindliche Ausgelassenheit blieb dir, *Liebliche,* fremd. Ohne groß darüber zu reden, hat man sie in deinen Kinderjahren einfach übergangen. Sie wurde *stumm übersprungen.* Gerade weil du so bezaubernd, hübsch und liebreizend bist, springt besonders deutlich ins Auge, wie stark du durch deinen Artistenberuf um eine fröhliche Kinderzeit und Jugend betrogen wurdest.

Aber vielleicht sind die Freuden, die man dir versagt, an deine schönen Kostüme übergegangen, die du bei deinen Schaustellungen trägst – an die Fransen deiner Röcke, die *glücklich für dich* sind. Womöglich empfindet die *grüne metallene Seide*, die du über deinen *jungen prallen Brüsten* trägst, an deiner Stelle jene selbstgenügsame Lebensfreude, die du gerne gefühlt hättest. Deine bunt schimmernden Kleidungsstücke stellen jedenfalls eine Heiterkeit dar, die deinem Leben fehlt. Deine prächtigen Gewänder repräsentieren äußerlich, was dir innerlich verweigert wird. Denn du spielst ein Glück, das du selbst nicht hast. Unter Verzicht auf die erfüllte Leichtigkeit der Kindheit und Jugend spielst du in eurer Arena nur die Rolle der erfüllten Leichtigkeit.

Bei deinen sportlichen Darbietungen liegst du wie eine *schwankende Waage*, die schnell das *Gleichgewicht* verlieren kann, auf den Fußsohlen und Handflächen der Akrobaten. Jederzeit kannst du aus der Balance geraten und abstürzen. Ständig legen dich die Artisten in den akrobatischen Spielen anders hin. Akrobatische Figuren werden aufgebaut und abgebaut. Bei alldem wirst du von älteren Kollegen wie eine *Marktfrucht* auf deren Armen *unter ihren Schultern* öffentlich dargereicht. Als Marktfrucht hast du, liebliche Athletin, selbstverständlich auch einen Marktwert, den das Publikum bestimmt, indem es deinen Wert taxiert, der auf der schwankenden Waage gemessen wird. Die Maßeinheiten sind dein Liebreiz, dein Wagemut, deine Beweglichkeit. Bei den artistischen Kunststücken wirst du regelrecht zu Markte getragen.

Es ist schon schwierig, das Gleichgewicht bei solchen Kunststücken zu halten. Erst recht aber fällt es schwer, die Körperhaltung erfolgreich auszubalancieren, wenn man unentwegt den Blicken eines fremden Publikums ausgesetzt ist. Darum bedarf, junge Athletin, deine äußere Körperruhe auch deiner inneren Seelenruhe. Ohne *Gleichmut* ist es dir unmöglich, die von dir geforderte Leistung für die Öffentlichkeit zu erbringen.

## Flüchtiges Gelingen

Wo, o wo ist der Ort der Gelingens? Wie bekommen wir die akrobatischen Figuren einwandfrei hin? Ich, der Akrobat, fühle genau, wie es sein muss, auch wenn es uns noch immer misslingt. Ich weiß, wie die Übung aussehen sollte. In meinem Herzen trug ich schon diese Erkenntnis, bevor wir unsere akrobatischen Figuren überhaupt *können* konnten. Noch als wir weit davon entfernt waren, unsere selbst gesteckten Ziele zu erreichen, weil unsere Bewegungen bisher nicht gut aufeinander abgestimmt waren und wir uns ungeschickt, hölzern und plump verhielten, sah ich das erwünschte Ergebnis klar vor Augen.

Was bei aller Mühe – speziell bei uns *Körperakrobaten* – einmal herauskommen soll, steht schon fest, wenn wir noch voneinander abfallen wie Tiere, die bei ihrer Begattung feststellen müssen, dass sie nicht recht zusammenpassen, ja gar nicht zusammengehören. Das Gleiche gilt für die *Dingakrobaten*, denen die Dinge, mit denen sie spielen, noch überhaupt nicht gehorchen. Ihre Gewichte fühlen sich für sie nur schwer an, weil sie diese nicht gewandt, zweckdienlich und fehlerfrei bedienen. Sie sind einfach noch ungeübt im Jonglieren. Den Scheibenkünstlern beispielsweise torkeln die Teller ständig von *ihren vergeblich wirbelnden Stäben.* Der beschrittene Weg führt noch nicht ans angepeilte Ziel. Dauernd geht irgendetwas schief, obwohl man doch eine klare Vorstellung davon hat, wie es funktionieren sollte. Doch Gelingen ist augenblicklich nirgendwo.

Dann auf einmal inmitten aller mühsamen, vergeblichen Versuche *die unsägliche Stelle.* Plötzlich klappt es. Die Übung funktioniert perfekt. Das erstrebte Ziel der Kunststücke wird erreicht: die Teller bleiben auf den Stäben, Reifen, Bälle und anderen Jongliersachen werden mit großer Geschicklichkeit geworfen und aufgefangen, die komplexen akrobatischen Figuren glücken fehlerfrei auf ästhetische Weise. Soeben sah es noch so aus, als könnten die Artisten zu wenig und müssten noch viel üben. Nun aber ist der vollkommene Punkt erreicht, *wo sich das reine Zuwenig unbegreiflich verwandelt* hat. Zuvor hatte man oft berechnet, wie man sich bewegen müsse, damit es funktionieren könne. Man hatte eine *vielstellige Rechnung* aufgemacht, nach der man vorgehen sollte, und nun ist die artistische Figur mit einem Male *zahlenlos* aufgegangen nach so vielen erfolglosen Versuchen. Dieser unvorhersehbare Erfolg widerlegt zwar nicht die exakten Berechnungen zum strapaziösen Training. Diese bleiben eine notwendige Bedingung des Gelingens. Nur müssen auch günstige Umstände hinzukommen.

Leider dauert es aber gar nicht lange, bis das reine Zuwenig, das Misslingen, umspringt *in jenes leere Zuviel.* Damit ist die Routine gemeint. Nach Erreichung der angesteuerten Ziele lässt nicht nur die Spannung schlagartig nach, sondern wird das mühsam Erarbeitete auch verhältnismäßig schnell als normal und selbstverständlich empfunden.

Die *unsägliche Stelle* des Gelingens verliert ihren besonderen Stellenwert. Sie verblasst allmählich. Darum nimmt der Artist das hart Erkämpfte irgendwann nicht mehr als etwas Wertvolles wahr. Es wird zu seinem Alltag, den er schon bald eher leidenschaftslos abspult.

Zum wiederholten Male spiegelt ihr Artisten uns das sinnlose Leben wider: Zuerst den mühseligen Lebenskampf, in dem wir hartnäckig unsere Ziele verfolgen. Wenn sie dann endlich erreicht sind, wird deutlich, dass im Grunde nichts gewonnen ist. Ohnedies können wir uns schon bald nicht mehr daran erfreuen, weil die erzielte Leistung ganz schnell zur Normalität wird. Die Gewöhnung lässt uns unempfindlich werden. Solches Nachlassen der Achtsamkeit, Aufmerksamkeit und Erschlaffen der Erlebnisintensität sind nahezu unvermeidlich. Selbst wenn uns das eigene Können sowie das Schicksal über einen längeren Zeitraum gewogen bleiben, vergeht doch die Freude hierüber mit der Zeit. Sie ermattet über kurz oder lang. Nachgerade weicht sie einem Gefühl der Gleichgültigkeit, bestenfalls einem lauen Behagen. Jedes Glück stirbt an sich selbst!

## Realer Schein – Irreales Sein

Szenenwechsel: Keine Straßenakrobaten in der Vorstadt mehr, die Kunststücke auf einem verschlissenen Teppich vorführen. Stattdessen die französische Hauptstadt Paris: Dort befinden sich zahlreiche öffentliche Plätze. Wir landen aber auf einem speziellen *Schauplatz.* Dieser trägt das Attribut *unendlich,* obwohl es sich nur um das Atelier einer Hutmacherin, *Modistin,* handelt. Diese trägt den verstörenden Namen *Madame Lamort*, was soviel wie *Frau Tod* heißt. Der Tod wird Madame genannt, weil im Französischen vor dem Wort Tod der feminine Artikel und nicht wie im Deutschen ein maskuliner Artikel steht. Von ihrer Hutwerkstatt aus lenkt sie die *ruhlosen Wege der Erde*, das rastlose Umherirren der Menschen auf dem Planeten. Deren Lebenspfade gleichen *endlosen Bändern*, die Madame Lamort *schlingt und windet* und aus denen sie originelle Schleifen bindet, *Rüschen, Blumen, Kokarden*, die oben auf den Hüten angebracht werden. So entstehen aus den endlosen Schleifen genauso *künstliche Früchte* wie aus den akrobatischen Bewegungen der Straßenartisten. Beide Vorgänge laufen auf das Gleiche hinaus. Wie die akrobatischen Figuren sind auch Madame Lamorts künstliche Früchte *unwahr gefärbt.* Diese Scheinfrüchte werden auf *billigen Winterhüten* angebracht. Im Winter ist es früh dunkel, kalt und nass. Da sucht man gerne einen freundlichen Unterschlupf – im Freien gewöhnlich unterm Schirm oder einem Hut. Natur ist, wenn es regnet, Kultur hingegen, wenn du einen Regenschirm oder Hut dabei hast!

Madame Lamort ist eine Modistin, die Billighüte fabriziert, die sie mit künstlichen Gebinden versieht. Demnach ist der Tod die Ursache glamouröser Nichtigkeiten. Oder anders formuliert: Auf den Tod geht eine Reihe sinnloser Vergnügungen zurück, die davon entlasten, sich mit dem eigenen Ende auseinandersetzen zu müssen. Wir Menschen erliegen gerne dem verführerischen Glanz der Dinge, um nicht an unseren Tod zu denken. Freiwillig betäuben wir uns mit allerlei Krimskrams. Um die eigene Endlichkeit weit von uns fernhalten zu können, benebeln wir unser Hirn mit oberflächlichen Zerstreuungen. So tritt hinter den künstlichen Früchten der Modistin eine diffuse Todesangst im Schattenriss hervor, die einen leeren Kulturbetrieb hervorgebracht hat. Der Tod veranlasst die Menschen immer wieder dazu, vor das eigene Ende niveaulosen Schund zu schieben und es damit auf Abstand zu bringen. So erwuchs aus der Todesangst jene bunte Scheinwelt, die unsere alltägliche Lebenswirklichkeit bestimmt. Der Tod ist selbst Urheber seiner Verdrängung. Er zeichnet für das Blendwerk des hohlen Kulturbetriebs verantwortlich. In diesem Sinne besitzt er eine *unendliche* Macht, die zahllose Scheinfrüchte hervorzubringen vermag. Beide gemeinsam bilden jenen *unendlichen Schauplatz*, auf dem *unendlich* viel unternommen wird, um dem Tod nicht unter die Augen treten zu müssen. Mit seinen billigen Hüten kommt man gut über den Winter des Lebens. So merkwürdig es klingt, mit belanglosem Zeug und leerem Kram lässt sich das Schicksal halbwegs ertragen. Sie sind so brauchbar wie die leeren Künste der Akrobaten in der düsteren Vorstadt, die den Anwohnern für kurze Zeit freudvolle Ablenkungen bereiten. Doch das wahre Leben, in dem der Engel mit der Puppe spielt, sich das Schau-Spiel ereignet, der *Auftrag* ausgeführt wird, bleibt hier wie dort auf der

Strecke. Der *Auftrag* wird verfehlt, so dass sich die Frage aufdrängt: Gibt es auf der Erde überhaupt einen Platz, wo er ausgeführt werden kann?

Zum wiederholten Male drängt sich uns ein vom Engel gezeichnetes Gegenbild auf. Als eine Vorstellung des Engels, der ja das Vollkommene verkörpert, stellt es ein Ideal dar. Es ist wie alle bisherigen Gegenbilder unseres Daseins irreal: eine bloße Möglichkeit. Zum Ausgangspunkt sollen wir wieder einen Platz wählen, auf dem jetzt aber kein abgenutzter Teppich mehr läge, sondern ein *unsäglicher Teppich.* Darauf würden wir nun auch keine Akrobaten mehr antreffen, sondern *Liebende*, die hier vollbrächten, was sie auf der Erde nicht zustande bringen würden. Ihre kühnen und hohen Figuren bestünden nicht aus akrobatischen Luftsprüngen, sondern aus innigen Herzschwüngen. Gleichfalls würden sie ihre *Türme* nicht mehr aus akrobatischen Körperstellungen errichten, sondern aus reiner *Lust*. So entstünden *Leitern*, die zwar aneinander lehnten und sich gegenseitig stützten, die aber über dem Boden schwebten. Sie stünden nicht wie akrobatische Körpergebäude auf festem Grund. Natürlich wären solche amourösen Schwünge und Figuren ebenso zerbrechlich wie athletische Menschenpyramiden. Darum wären auch sie gefährlich. Es bestünde gleichfalls ein hohes Absturzrisiko, weshalb die Figuren der Liebe bei den Betroffenen ein starkes *Beben* auslösen würden. Aber die Liebenden bekämen diese Kunststücke hin. Sie *könntens.*

Da sich dieses vollkommene Liebesspiel nicht auf der Erde ereignen würde, wären die Zuschauer nicht nur keine Vorstadtbewohner, sondern überhaupt keine Lebenden mehr. Ringsum stünden voller Bewunderung *unzählige lautlose Tote*, und diese würfen aus Begeisterung ihren letzten Groschen vor diesen *unsäglichen Teppich*, auf dem sich dieses vollkommene Schauspiel zutragen würde. Sie würden *ihre letzten, immer ersparten, immer verborgenen, ewig gültigen Münzen des Glücks* dem Liebespaar schenken, weil es ihnen am Beispiel ihrer gelebten Intensität gezeigt hätte, dass wahres Leben möglich ist, in dem der Engel die Puppe spielt und der Auftrag erfüllt werden kann. Hierüber wären die irrealen Zuschauer so beglückt, dass sie alles dafür geben würden. Erst recht wären sie hierzu bereit, wenn sie endlich das Paar *wahrhaft lächeln* – und nicht bloß scheinbar lächeln – sehen würden. Ein solches

Lächeln hatte bereits der junge Athlet – wenn auch nur für einen Augenblick – auf seinen Lippen. Schon da hatten wir dessen hohen Wert erkannt, weshalb wir dem Engel empfahlen, es in einer Vase aufzubewahren. Das freigebige Verhalten der fiktiven Toten unterstreicht die große Bedeutung des Lächelns. Es bringt den besonderen Stellenwert zum Ausdruck, den wir dem wahren Leben zuerkennen.

Darum können wir sagen: Wenn dieses alles geschähe, was soeben nur angedeutet wurde, dann wäre der unsägliche Teppich *gestillt*: Er wäre mit einer Vollkommenheit getränkt, die nichts mehr zu wünschen übrig ließe. Ein solcher Teppich steht im diametralen Gegensatz zum abgenutzten Teppich der ruhelosen Artisten, die in der trostlosen Vorstadt unter leerem Himmel sinnlose Kunststücke einem sorgengeplagten Publikum zeigten.

Wie die Dinge liegen, scheinen solche reinen Vorgänge auf der Erde aber nur eingeschränkt möglich zu sein. Bleibt also der *Auftrag* am Ende doch unerledigt?

## Anregungen

- Zur Artisten-Akrobatik (S. 95 ff.) vgl. die Artisten-Szene in Thomas Mann *Bekenntnisse des Hochstaplers Felix Krull*: „Welch ein Angriff auf die Sinne, die Nerven, die Wollust in der Tat, ein solches in ununterbrochenem Wechsel der Gesichte sich abrollendes Programm phantastischer, an die Grenze des Menschenmöglichen gehender, aber mit leichtem Lächeln und unter Kußhänden vollbrachter Leistungen, deren Grundmodell der Salto mortale ist; denn mit dem Tode, dem Genickbruch, spielen sie alle, geschult zur Grazie im äußersten Wagnis … Was für Menschen, diese Artisten!“ (Frankfurt/M. 1954, S. 250-260)
- In Erinnerung an seine Beobachtungen der Darbietungen von Pariser Straßenkünstlern verfasste Rilke bereits 1907 einen Prosatext *Saltimbanques*.

## Sechste Elegie

Feigenbaum, seit wie lange schon ists mir bedeutend,
wie du die Blüte beinah ganz überschlägst
und hinein in die zeitig entschlossene Frucht,
ungerühmt, drängst dein reines Geheimnis.
Wie der Fontäne Rohr treibt dein gebognes Gezweig
abwärts den Saft und hinan: und er springt aus dem Schlaf,
fast nicht erwachend, ins Glück seiner süßesten Leistung.
Sieh: wie der Gott in den Schwan.

...... Wir aber verweilen,
ach, uns rühmt es zu blühn, und ins verspätete Innre
unserer endlichen Frucht gehn wir verraten hinein.
Wenigen steigt so stark der Andrang des Handelns,
daß sie schon anstehn und glühn in der Fülle des Herzens,
wenn die Verführung zum Blühn wie gelinderte Nachtluft
ihnen die Jugend des Munds, ihnen die Lider berührt:
Helden vielleicht und den frühe Hinüberbestimmten,
denen der gärtnernde Tod anders die Adern verbiegt.
Diese stürzen dahin: dem eigenen Lächeln
sind sie voran, wie das Rossegespann in den milden
muldigen Bildern von Karnak dem siegenden König.

Wunderlich nah ist der Held doch den jugendlich Toten. Dauern
ficht ihn nicht an. Sein Aufgang ist Dasein; beständig
nimmt er sich fort und tritt ins veränderte Sternbild
seiner steten Gefahr. Dort fänden ihn wenige. Aber,
das uns finster verschweigt, das plötzlich begeisterte Schicksal

singt ihn hinein in den Sturm seiner aufrauschenden Welt.
Hör ich doch keinen wie *ihn.* Auf einmal durchgeht mich
mit der strömenden Luft sein verdunkelter Ton.

Dann, wie verbärg ich mich gern vor der Sehnsucht: O wär ich,
wär ich ein Knabe und dürft es noch werden und säße
in die künftigen Arme gestützt und läse von Simson,
wie seine Mutter erst nichts und dann alles gebar.

War er nicht Held schon in dir, o Mutter, begann nicht
dort schon, in dir, seine herrische Auswahl?
Tausende brauten im Schooß und wollten *er* sein,
aber sieh: er ergriff und ließ aus –, wählte und konnte.
Und wenn er Säulen zerstieß, so wars, da er ausbrach
aus der Welt deines Leibs in die engere Welt, wo er weiter
wählte und konnte. O Mütter der Helden, o Ursprung
reißender Ströme! Ihr Schluchten, in die sich
hoch von dem Herzrand, klagend,
schon die Mädchen gestürzt, künftig die Opfer dem Sohn.

Denn hinstürmte der Held durch Aufenthalte der Liebe,
jeder hob ihn hinaus, jeder ihn meinende Herzschlag,
abgewendet schon, stand er am Ende der Lächeln, – anders.

# Tapfere Männer

## Der Feigenbaum

Gleich zu Beginn ein irritierendes Gegenbild zur durchschnittlichen Lebensweise: ein *Feigenbaum*. Seit langem schon kommst du mir seltsam vor. Normalerweise treiben doch Obstbäume wunderschöne Blüten hervor, die sich dann in Früchte verwandeln. Im Frühling fangen zuerst die Kirschen an zu blühen. Es folgen die Birnen und später erst die Äpfel. Nur du, Feigenbaum, scheinst gar nicht zu blühen. Denn zu keiner Jahreszeit kann ich irgendeine Blüte an dir entdecken. Das kommt mir merkwürdig vor. Es ist auffällig, dass du das Blühen *überschlägst* und ohne Umschweif, *zeitig entschlossen*, die Frucht zur Reife bringst, indem du deine Verschlossenheit aufgibst und dein Inneres aufschließt.

Doch der Schein trügt. Bei näherem Hinsehen wird deutlich: Du überschlägst die Blüte nur *beinah.* Zwar trägst du keine äußerlich erkennbaren Blüten, aber du bringst an deinen Stielenden kugelige Hohlräume, Schwellungen, hervor, in denen zahlreiche winzige Blüten sitzen. Diese bleiben nach außen hin unsichtbar. Sie werden verdeckt durch eine Blütenhülle, die weder an Blüten erinnert noch angenehme Düfte verströmt, weshalb sie auch schon häufig für die Frucht gehalten wurde. Man könnte meinen, du wolltest uns zum Narren halten, indem du uns im Glauben lässt, dass du das Blühen übersprungen hättest. In die scheinbar früh entwickelte Frucht *drängst du dein Geheimnis*, bloß Blüte zu sein. Anders als die farbigen Kirsch-, Birnen- und Apfelblüten, deren Schönheit höchste Bewunderung weckt, bleiben deine Blüten aufgrund ihrer Verborgenheit dagegen *ungerühmt*. Woher kommt deine Bescheidenheit? Wozu dieser Verzicht auf Lobpreis?

Als Zweites springt uns die merkwürdige Form deiner Zweige ins Auge. Diese sind gebogen wie die Rohre herkömmlicher Springbrunnen. Solche verlaufen von einem hochgelegenen Wasserspeicher abwärts und dann wieder ein kleines Stück aufwärts bis zur Öffnung hin, aus der schließlich der Wasserstrahl der Fontäne herausschießt. Die unterschiedliche Höhe von Wasserspeicher und Rohrausgang erzeugt den hierzu erforderlichen Druck. Die Ähnlichkeit zwischen der Konstruktion traditioneller Springbrunnen mit gebogenen Rohren und dem Aufbau eines Feigenbaumzweiges ist verblüffend. Denn auch dieser weist erst einmal nach unten und biegt sich dann nach oben, ebenfalls nicht bis zur Höhe des Ausgangspunktes. Der *Saft* des Feigenbaums fließt also zunächst abwärts und wird anschließend gleichfalls durch eine Biegung hinauf- und hinausgedrückt *ins Glück seiner süßesten Leistung* – in die Scheinfrucht, die aus einem kugeligen Trieb mit kleinen Blütenständen besteht. So drängt es den Feigenbaum nach seinem Winterschlaf, aus dem er nur langsam aufwacht, ja *fast nicht erwachend* im Frühjahr ins Wachstum.

Seine Fruchtgestalt ist so wenig echte Frucht wie der mythische Schwan, der sich Leda näherte, wirklich ein Schwan war. Denn hier hatte Zeus nur die Gestalt eines schönen Schwans angenommen, um sich unauffälliger mit Leda vereinen zu können.

## Vorrang der Frucht vor der Blüte

Ganz anders als Feigenbäume sind wir Durchschnittsmenschen beschaffen. Wir zögern, *verweilen*, lassen unsere Jugendjahre sinnlos verstreichen. Wir vergeuden unsere Zeit mit Belanglosigkeiten. Wir junge Menschen gefallen uns im Blühen. Wir lieben Äußerlichkeiten, halten Wertloses für kostbar und lassen uns leicht vom Glanz nichtiger Dinge blenden. Wir achten auf Äußeres. Attraktive Oberflächen – Aussehen, Kleidermoden und Schönheit – sind uns wichtiger als substanzielle Tiefen. Wir messen der bunten Welt des Scheins höchste Bedeutung bei und verlieren vor lauter Blühen die Frucht, zu der wir uns entwickeln könnten, gänzlich aus dem Auge. Im Gegensatz zum Feigenbaum *rühmen* wir uns des eigenen Blühens, obgleich es nur kurze Zeit anhält. Dagegen bleiben die versteckten Blüten des Feigenbaums *ungerühmt*. Konzentriert auf die Frucht, die aus ihm hervorgehen wird, macht der Feigenbaum im Unterschied zu uns nicht viel Aufhebens von seinem Blühen. Wir hingegen vertun eine Menge Zeit in den besten Lebensjahren, indem wir uns von Wesenlosem täuschen und ablenken lassen, um dann *verspätet* zu einer Frucht zu reifen, die praller und wahrer hätte werden können. Wir *verraten* uns selbst, weil wir die Möglichkeiten unseres Daseins nicht angemessen ergreifen, um etwas daraus zu machen. Anders als der Feigenbaum sind wir oftmals mehr an unseren Blüten als an unseren Früchten interessiert.

Aber es gibt Ausnahmen, die schon früh wissen, was sie wollen. Es sind nur wenige, die es entschlossen zum Handeln drängt: Tatmenschen, die verhältnismäßig jung unnachgiebig ihre Ziele verfolgen. Eine starke Willenskraft treibt sie an und vorwärts. Sie sind bereit, große Taten zu vollbringen, für die sie bereits *anstehn und glühn in der Fülle des Herzens*. Sie wollen sich bedingungslos für Aufgaben einsetzen, von denen sie überzeugt sind. Diese Bereitschaft, Frucht zu werden, besitzen sie schon in jungen Jahren, *wenn die Verführung zum Blühen* groß ist. Aber auch wenn diese Versuchung *wie gelinde Nachtluft ihnen die Jugend des Munds, ihnen die Lider berührt*, widerstehen sie der Verlockung. Mit der vorwitzigen Selbstanpreisung jugendlicher Blüten hat ihre Lebenshaltung nichts zu tun. Schönes Blühen und Verweilen ist für sie nebensächlich. Hierfür haben sie keine Zeit. Das Stadium ebenso hohler wie eitler Jugendlichkeit überspringen sie beinahe. Sie durchlaufen es schnell, um sich schon bald jenen Lebensaufgaben voll widmen zu können, die sie als die eigenen erkannt haben. Für sie zählt allein der totale Einsatz.

Darin stimmen jene *Helden* mit den *frühen Hinüberbestimmten* überein, deren Dasein sich gleichfalls bereits in jungen Jahren erfüllte. Hierunter seien solche Menschen verstanden, die nur über ein kurzes Leben verfügten, in dem sie bereits Wesentliches zustande brachten. Zum Flanieren und Spazieren hatten sie keine Zeit. Um- und Abwege mochten sie nicht gehen, geschweige denn darauf ausruhen. Denn sie hatten keine Zeit zu verlieren – Wolfgang Amadeus Mozart etwa oder Friedrich Schiller. Ihnen hat der *gärtnernde Tod anders die Adern* verbogen. In Adern fließt Blut. Dieses symbolisiert das Leben. Die Verbiegung der Adern verweist auf den Feigenbaum, durch dessen gebogene Zweige der Lebensstrom rauscht. Bei den Helden und Frühsterbenden sind diese Zweige mit anderen Kräften gefüllt als bei den übrigen Menschen. Durch ihr Astwerk tosen speziell geartete Lebenssäfte mit höherem Tempo und größerem Druck hindurch. Ihr Lebenslauf wird stärker als die Existenz von Durchschnittsmenschen vom *Tod* bestimmt, der ihr Dasein *gärtnert*: bebaut, pflegt, bewirtschaftet. Anders als *Madame Lamort* in der *Fünften Elegie* lässt ihr Gärtner sie nicht dem Ende entfliehen, indem er sie in glamouröse Nebensachen verstrickt. Stattdessen ist der Gegenspieler des Lebens den Helden ständig präsent und verhindert auf diese Weise, dass sie ihr Dasein an leere Betätigungen verschwenden. Der gärtnernde Tod sorgt dafür, dass sie ihre Kräfte zur Vollendung ihrer Existenzaufgaben verwenden. So vollzieht sich ihr Leben in ständiger Todesnähe. Akute Gefährdungen bringen sie dem Sensenmann regelmäßig spürbar nahe.

## Unbedingter Einsatz

Wild entschlossen stürzen die Helden durchs Leben. Sie nehmen sich nicht einmal Zeit zu einem freundlichen *Lächeln*, so stark werden sie von ihren ernsten Unternehmungen in Anspruch genommen. Diese reißen sie von einer Stelle zur nächsten fort und kommen einem möglichen Lächeln durch die bedrohliche Lage, in der sie sich für gewöhnlich befinden, schon zuvor – wie das Pferdegespann dem Wagenlenker, der auf seinem Streitwagen stets hinter den hastig galoppierenden Pferden bleibt. Die Vollblüter sind dem Wagenlenker ständig ein paar Schritte voraus. Ein ägyptisches *Relief im Tempel von Karnak* vermittelt eine eindrucksvolle Vorstellung hiervon. Auf der leicht vertieften Bildfläche eilt ein Kampfwagen mit dem siegenden König dahin.

Sonderbar nah bleibt der *Held* den *jugendlich Toten*, die schnell lebten, tief liebten, immerfort aktiv waren. Denn auch das Engagement des Helden, seine Hingabe, sein unbedingter Einsatz für eine Sache und das Gefühl, keine Zeit zum Verplempern zu haben, hält ihn ununterbrochen auf Trapp. Die Möglichkeit, in Stille zu verweilen, um die Dinge ringsum ruhig und gelassen zu bewundern, den *Auftrag* also zu erfüllen, reizt den Helden nicht. Dieses Angebot ist für ihn keine Versuchung. Spielen zu dürfen wie das Kind oder die Puppe, die beide ganz in der Gegenwart des Spiels aufgehen, wäre für ihn nicht sonderlich attraktiv: *Dauern ficht ihn nicht an*. Das besinnlich anschauende Leben stellt für ihn keine interessante Verlockung dar.

Wo der Held auftaucht, dort füllt seine Anwesenheit sofort den gesamten Raum. Wie die Sonne am frühen Morgenhimmel schon voller Wirklichkeit ist, geht er in seinem Dasein ganz auf: *Sein Aufgang ist Dasein*. Denn seinem Auftreten kommt eine ungeheure Gegenwärtigkeit zu. Obwohl er ständig nach vorne stürmt, niemals stillsteht, ist er dort, wo er auftaucht, sofort präsent. Sein Leben lässt sich nicht mit gewöhnlichen Maßstäben messen. Der Held bewegt sich außerhalb des Alltäglichen: Sein Maßstab sind die Sterne, sein *Sternbild* heißt Gefahr. Das Sternbild ändert sich zwar ständig aufgrund seiner unaufhörlichen Bewegungen. Doch bedeutet dies für ihn nur immer wieder neue Gefahren. Die Gefahr gehört zu seiner Existenzform, die Sicherheit des entlasteten Lebens nicht. Seine Hingabe und sein Opfermut geben seiner Existenz einen tieferen Sinn und eine höhere Bedeutung. Das drohende Unheil mutig und standhaft bestehen zu wollen hebt ihn hinauf zu den Sternen, und das heißt: Es enthebt ihn jeglicher Alltäglichkeit.

Nun ist seine Unbeugsamkeit in Anbetracht zahlreicher Bedrohungen zwar bewundernswert, aber kein Vergleichsmaßstab für den Normalbürger. Dort oben bei den Sternen könnten nur *wenige* ihn finden, schon weil die meisten von uns gar nicht bis dorthin können: Der tapfere, aufopferungsbereite Held, der mit unbedingtem Einsatz seine Ziele verfolgt, bleibt der Mehrheit der Menschen unverständlich, während das Schicksal oder die Sterne den Wagehals die wesentlichen Möglichkeiten seines Daseins ergreifen lassen. An uns halbentschlossenen Durchschnittsmenschen geht das Schicksal gleichgültig vorüber. Es *verschweigt* uns *finster*. Das heißt, es überhört und übersieht uns. Wir sind dem Geschick zu lau, läppisch und lahm, nicht dämonisch genug, als dass es uns beachten, geschweige denn große Aufgaben anvertrauen wollte. Wenn der Sturm des *begeisterten Schicksals* mit einem Male zu brausen beginnt, dann singt es den Helden in seine *aufrauschende Welt* hinein. Diese erfasst den Helden auf unverfügbare Weise und übt eine unglaubliche Gewalt über ihn aus. Dabei verleiht es ihm eine ungeheure Kraft. Wie ein Blitz fährt sein aufpeitschendes Schicksal in sein Dasein. Es zieht den Helden in eine Begeisterung hinein, die, weit davon entfernt, seinen persönlichen Willen außer Kraft zu setzen, diesen überhaupt erst freisetzt.

Einem solchen dämonischen Helden gilt meine ganze Bewunderung. *Hör ich doch keinen wie ihn.* Aber auf einmal vernehme ich neben Euphorie und Ekstase in der strömenden Luft des tosenden Schicksalssturms auch seine Tragik. Denn der Sturm erklingt nicht nur in Dur, sondern ebenso in Moll, also in einem *verdunkelten Ton*. Darin bereits kündigt sich der tragische Untergang jedes großen Helden an. Aber setzte dieser nicht sein Leben ein, nie hätte er sein wahres Leben gewinnen können und wäre nur ein trüber Erdenbürger geblieben.

Doch schreckt mich diese harte Fügung keineswegs ab, selbst Held werden zu wollen. Wie gerne würde ich mich vor meiner Sehnsucht verbergen, noch einmal ein Knabe zu sein, um von einem Leben als Held träumen zu können. Aber es misslingt mir, diesen kindlichen Wunsch abzuwehren.

## Besorgte Mütter – Benutzte Frauen

Wenn ich wieder ein kleiner Junge wäre, dann würde ich, den Kopf auf meine dünnen Kinderarme gestützt, im alttestamentarischen *Buch Richter* über Simson lesen. Sicherlich würde ich davon träumen, dass meine künftigen Arme so muskulös werden wie die des alttestamentarischen Helden. Simsons künftige Mutter war zunächst unfruchtbar. Sie war *erst nichts*. Dann aber erschien ein göttlicher Bote, um zu verkünden, dass sie einen mächtigen, kraftvollen Sohn gebären würde. Daraufhin gebar sie *alles*.

Wie der Jüngling der *Dritten Elegie* schon vor der mütterlichen Empfängnis von den Urahnen, der Naturgeschichte, zum dranghaften

Triebwesen bestimmt wurde, so begann das Leben des sich entwickelnden Fötus in dir, Mutter, bereits als Held. Denn begann der Keimling nicht schon *seine herrische Auswahl* in dir? So hatten es offenbar die Sterne und das Schicksal verfügt. *Tausende*, wie wir heute wissen: sogar Millionen möglicher Kinder *brauten* in deinem Schoß. Sie alle wollten *er* sein. Im Konkurrenzkampf der Spermien, von denen der Mann bei jeder Ejakulation mehrere Hundert Millionen abgibt, befruchtet genau eine Samenzelle, die sich gegen alle übrigen durchsetzt, eine empfangsbereite Eizelle. Im übertragenen Sinne war der Held schon im Mutterschoß ein zupackender Heißsporn, der auswählte, couragiert Gelegenheiten ergriff, Entscheidungen traf, andere fallenließ, kurzum, tat, was er wollte. Der Held ist schon seit Beginn der Befruchtung seine Wahl.

Und als du, Mutter, ihn dann zur Welt brachtest, da weitete er deinen Schoß und *zerstieß* die Hindernisse, die ihm wie *Säulen* den Zugang zur Welt versperrten. Dabei ging er so brachial vor, wie einst Simson, der zu Lebzeiten mit ungeheurer Muskelkraft die Säulen eines Saals umstürzte. Dieser brach daraufhin zusammen, wodurch die Feinde, aber auch Simson selbst ums Leben kamen. Im Gegensatz dazu erblickte der Held das Licht der Welt, nachdem er die Säulen des Mutterschoßes zur Seite geschoben hatte.

Er trat aus der *Welt deines Leibes in die engere Welt*. Als die Sphäre des noch unbestimmt Möglichen war dein Leib die weitaus größere Welt. Darin blieb noch alles möglich. Die reale Welt außerhalb des Mutterschoßes war hingegen die Sphäre des Wirklichen. Diese ist dem Reich des zahllos Möglichen gegenüber begrenzt, eng und klein. Denn der Raum der Möglichkeit ist größer als der Raum der Wirklichkeit. Doch verfügte auch die Wirklichkeit über mögliche Spielräume, die ihre Helden nutzten, indem sie beherzt Entscheidungen trafen und energisch verwirklichten.

O Mütter der Helden, ihr seid der Ursprung gewaltiger Persönlichkeiten, heißwütiger Teufelskerle und waghalsiger Abenteurer, die wissen, was sie wollen, und alles zerschmettern, was sich ihnen in den Weg stellt. Ihr Lebensspenderinnen seid die Urheber *reißender Ströme*. Als ihre Mütter seid ihr auch die oberen Ränder jener Abgründe, in die sich alle Frauen stürzen werden, die sich vergeblich in eure Söhne verlieben. Eure Sprösslinge bringen großes Unglück über viele Frauen, die an sie ihr Herz verlieren, deren Herz aber nicht bekommen oder halten können. Klagend sitzen dann die Mädchen am *Herzrand* der *Schlucht* ihres Liebeskummers, in den sie fallen werden. Sie sind die künftigen Opfer eurer Söhne, die sich immer nur kurz von Liebesaffären aufhalten lassen.

Unbeirrt stürmten die Helden durch ihre kleinen Liebeleien hindurch zu großen Taten. Niemals ging es ihnen um die Liebe selbst. Jedes Liebesabenteuer war für sie lediglich eine Kraftquelle, die es ihnen ermöglichte, ihre übergreifenden Aufgaben couragierter anzupacken. Jede Liebesgeschichte hob den Helden über sich hinaus, *jeder ihn meinende Herzschlag* der Geliebten steigerte sein Leben und spornte ihn an, seine Unternehmungen noch entschiedener zu verfolgen. Aber kaum hatte eine Romanze begonnen, war sie auch schon beendet. Jede Geliebte war für den Helden nur ein Durchgangsstadium. Nach nur kurzer Zeit wandte er sich von ihr ab. Wie schnell verflog ihr liebevolles *Lächeln*, das ihn anfeuerte, begeisterte, ja innerlich verwandelte. Nach jeder Liebschaft, jedem reizvollen Lächeln, das ausschließlich ihm galt, war er zwar ein wenig *anders* geworden. Aber als nimmermüder Held blieb es ihm versagt, länger an einem Ort zu verweilen, geschweige denn sich irgendwo häuslich niederzulassen. Unentwegt suchte der Draufgänger neue Herausforderungen. Immerfort drängte es ihn zu neuen Taten.

Der Held ist ein mutiger Tatenmensch, dessen Leben eine Reihe bewundernswerter Vorzüge besitzt, um die ich ihn beneide, schon weil sie mir abgehen. Doch wie schon in der *Ersten Elegie* hervorgehoben, taugt diese Existenzform nicht zur Erfüllung des *Auftrags.* Ein Held ist hierzu genauso wenig geeignet wie frisch Verliebte, die sich nur miteinander beschäftigen, oder der erwachte Jüngling der *Dritten Elegie*, den sein Triebchaos in Atem hält. Sie alle sind außerstande, jene Puppe zu werden, die ein Engel so bespielen könnte, dass ihnen die sichtbaren Dinge ringsum auf intensive Weise gegenwärtig würden.

## Anregung

- Zur Elegie allgemein: Einerseits ist eine Heldenverklärung für uns mittlerweile unvertretbar. Wir leben in einer postheroischen Gesellschaft, in der Heldenfiguren suspekt geworden sind. Andererseits üben Heldengeschichten bis heue eine große Faszination auf viele Menschen aus: Kriegs- und Westernhelden, Superman in Filmen, Comics, Computerspielen. Zugleich werden andere Personengruppen in den Rang von Helden erhoben: Lebensretter, Whistleblower, Klimaaktivisten, auch Spitzensportler, Opernstars und Popmusiker, die zuweilen ihren frühen Tod dem Altersruhestand vorziehen. Die Vorstellung von einem in Rausch und Leidenschaft verzehrten Leben hat erstaunlich wenig von ihrem Reiz eingebüßt. Dessen ungeachtet bleibt die in der Elegie beschriebene Intensität der Lebenswahl gleichfalls aktuell.
- Zu Schwan und Leda (S. 112): Vgl. Rilkes wunderschönes Gedicht *Leda.*
- Zum Dämonischen des Helden (S. 115): Goethe *Dichtung und Wahrheit*, 4. Teil, 20. Kapitel.
- Zum unbedingten Einsatz (S. 114-116): Johann Wolfgang von Goethe *Selige Sehnsucht*: „Wenn du das nicht hast: dies stirb und werde, bleibst du nur ein trüber Gast auf der dunklen Erde“; Friedrich Schiller *Wallenstein*: „Und setzet ihr nicht das Leben ein, nie wird euch das Leben gewonnen sein.“

## Siebente Elegie

Werbung nicht mehr, nicht Werbung, entwachsene Stimme,
sei deines Schreies Natur; zwar schrieest du rein wie der Vogel,
wenn ihn die Jahreszeit aufhebt, die steigende, beinah vergessend,
daß er ein kümmerndes Tier und nicht nur ein einzelnes Herz sei,
das sie ins Heitere wirft, in die innigen Himmel. Wie er, so
würbest du wohl, nicht minder –, daß, noch unsichtbar,
dich die Freundin erführ, die stille, in der eine Antwort
langsam erwacht und über dem Hören sich anwärmt, –
deinem erkühnten Gefühl die erglühte Gefühlin.

O und der Frühling begriffe –, da ist keine Stelle,
die nicht trüge den Ton der Verkündigung. Erst jenen kleinen
fragenden Auflaut, den, mit steigernder Stille,
weithin umschweigt ein reiner bejahender Tag.
Dann die Stufen hinan, Ruf-Stufen hinan, zum geträumten
Tempel der Zukunft –; dann den Triller, Fontäne,
die zu dem drängenden Strahl schon das Fallen zuvornimmt
im versprechlichen Spiel .... Und vor sich, den Sommer.

Nicht nur die Morgen alle des Sommers –, nicht nur
wie sie sich wandeln in Tag und strahlen vor Anfang.
Nicht nur die Tage, die zart sind um Blumen, und oben,
um die gestalteten Bäume, stark und gewaltig.
Nicht nur die Andacht dieser entfalteten Kräfte,
nicht nur die Wege, nicht nur die Wiesen im Abend,
nicht nur, nach spätem Gewitter, das atmende Klarsein,
nicht nur der nahende Schlaf und ein Ahnen, abends ...

sondern die Nächte! Sondern die hohen, des Sommers,
Nächte, sondern die Sterne, die Sterne der Erde.
O einst tot sein und sie wissen unendlich,
alle die Sterne: denn wie, wie, wie sie vergessen!

Siehe, da rief ich die Liebende. Aber nicht *sie* nur
käme ... Es kämen aus schwächlichen Gräbern
Mädchen und ständen ... Denn, wie beschränk ich,
wie, den gerufenen Ruf? Die Versunkenen suchen
immer noch Erde. – Ihr Kinder, ein hiesig
einmal ergriffenes Ding gälte für viele.
Glaubt nicht, Schicksal sei mehr, als das Dichte der Kindheit;
wie überholtet ihr oft den Geliebten, atmend,
atmend nach seligem Lauf, auf nichts zu, ins Freie.

Hiersein ist herrlich. Ihr wußtet es, Mädchen, *ihr* auch,
die ihr scheinbar entbehrtet, versankt –, ihr, in den ärgsten
Gassen der Städte, Schwärende, oder dem Abfall
Offene. Denn eine Stunde war jeder, vielleicht nicht
ganz eine Stunde, ein mit den Maßen der Zeit kaum
Meßliches zwischen zwei Weilen –, da sie ein Dasein
hatte. Alles. Die Adern voll Dasein.
Nur, wir vergessen so leicht, was der lachende Nachbar
uns nicht bestätigt oder beneidet. Sichtbar
wollen wirs heben, wo doch das sichtbarste Glück uns
erst zu erkennen sich giebt, wenn wir es innen verwandeln.

Nirgends, Geliebte, wird Welt sein, als innen. Unser
Leben geht hin mit Verwandlung. Und immer geringer
schwindet das Außen. Wo einmal ein dauerndes Haus war,
schlägt sich erdachtes Gebild vor, quer, zu Erdenklichem
völlig gehörig, als ständ es noch ganz im Gehirne.
Weite Speicher der Kraft schafft sich der Zeitgeist, gestaltlos

wie der spannende Drang, den er aus allem gewinnt.
Tempel kennt er nicht mehr. Diese, des Herzens, Verschwendung
sparen wir heimlicher ein. Ja, wo noch eins übersteht,
ein einst gebetetes Ding, ein gedientes, geknietes –,
hält es sich, so wie es ist, schon ins Unsichtbare hin.
Viele gewahrens nicht mehr, doch ohne den Vorteil,
daß sie's nun *innerlich* baun, mit Pfeilern und Statuen, größer!

Jede dumpfe Umkehr der Welt hat solche Enterbte,
denen das Frühere nicht und noch nicht das Nächste gehört.
Denn auch das Nächste ist weit für die Menschen. *Uns* soll
dies nicht verwirren; es stärke in uns die Bewahrung
der noch erkannten Gestalt. – Dies *stand* einmal unter Menschen,
mitten im Schicksal stands, im vernichtenden, mitten
im Nichtwissen-Wohin stand es, wie seiend, und bog
Sterne zu sich aus gesicherten Himmeln. Engel,
*dir* noch zeig ich es, *da!* in deinem Anschaun
steh es gerettet zuletzt, nun endlich aufrecht.
Säulen, Pylone, der Sphinx, das strebende Stemmen,
grau aus vergehender Stadt oder aus fremder, des Doms.

War es nicht Wunder? O staune, Engel, denn *wir* sinds,
wir, o du Großer, erzähls, daß wir solches vermochten, mein Atem
reicht für die Rühmung nicht aus. So haben wir dennoch
nicht die Räume versäumt, diese gewährenden, diese
*unseren* Räume. (Was müssen sie fürchterlich groß sein,
da sie Jahrtausende nicht unseres Fühlns überfülln.)
Aber ein Turm war groß, nicht wahr? O Engel, er war es, –
groß, auch noch neben dir? Chartres war groß –, und Musik
reichte noch weiter hinan und überstieg uns. Doch selbst nur
eine Liebende –, oh, allein am nächtlichen Fenster....
reichte sie dir nicht ans Knie –?
Glaub *nicht,* daß ich werbe.

Engel, und würb ich dich auch! Du kommst nicht. Denn mein
Anruf ist immer voll Hinweg; wider so starke
Strömung kannst du nicht schreiten. Wie ein gestreckter
Arm ist mein Rufen. Und seine zum Greifen
oben offene Hand bleibt vor dir
offen, wie Abwehr und Warnung,
Unfaßlicher, weitauf.

# Lobpreis der Dinge

## Vogelstimmen

Überall in der Tierwelt hängt der Paarungserfolg von sozialer Wettbewerbsfähigkeit ab. Meistens müssen die Männchen gegeneinander antreten, während die Weibchen auswählen. Erfolgreich bei der sexuellen Selbstanpreisung sind vor allem Männchen mit spektakulären Merkmalen und Fähigkeiten, die vorzügliche Angepasstheit, herausragende Gesundheit, ein intaktes Immunsystem signalisieren. Zu solch effektvollen Selbstdarstellungen gehören die funkelnden Federschwänze der Pfauen, die strophenreichen Serenaden aus dem Froschteich oder die melodischen Gesangskünste balzender Singvögel, die den Frühling mit einem dichten Geflecht von Klängen überziehen. Wie viele von ihnen starten zur Morgenröte tirilierend in den Tag! Welch ein Piepsen, Singen, Pfeifen vor den ersten Sonnenstrahlen! Wenn das Rotkehlchen, die Amsel und der Sperling vor Sonnenaufgang bereits aus voller Kehle ihr Konzert beginnen, geht es aber um mehr als Musik. Mithilfe ihrer optischen wie akustischen Verführungsmittel werben die Männchen um die Gunst der Weibchen.

Solche Werbung sei nicht *deines Schreis Natur*, Mensch, wenn auch du deine Gesangskünste zum Erklingen bringst. Dein Singen soll über das bloße Verlangen nach einem Partner hinausgehen. Deine *Stimme* soll der Balzarena *entwachsen*, um etwas anderes als deine Kraft und Schönheit anzupreisen.

Zwar sei dein Gesang so rein wie das Trällern eines Vogels am kühlen Frühlingsmorgen. Gerade diese *Jahreszeit* hebt den *Vogel* schwungvoll in die Lüfte. Sie lässt ihn wie einen Drachen *steigen*. Aber wenn sich der Piepmatz zwitschernd in den blauen Himmel schwingt, dann vergisst du beinahe, dass er *ein kümmerndes Tier* ist, das normalerweise das eigene Leben und das seiner Nachkommen versorgt. Unter dem Eindruck seines bunten Gefieders und klaren Tirilierens gerät dir fast ganz aus dem Sinn, dass auch Vögel auf Selbsterhaltung und Reproduktion angelegt sind. Stattdessen vernimmst du nur sein *einzelnes Herz* und dessen zärtliche Leichtigkeit, die mit heiterer Lebensfreude in die Höhe, *die innigen Himmel*, fliegt, um sie mit seinen Minnegesängen zu füllen.

Wenn du ein Vöglein wärst, dann würdest du wohl um ein Weibchen werben wie Lerche, Singdrossel oder Rotkelchen. Ohne schon eine Auserwählte erkoren zu haben, würdest du dich der Damenwelt anpreisen. Allerdings könntest du noch für keine von ihnen etwas empfinden, weil du sie ja nicht kennen würdest. Wie die spätere Angebetete für dich so wärst auch du für sie *noch unsichtbar*. Selbst nachdem sie deine Gesänge gehört hätte, könnte sie dich nicht gleich erhören, da sich noch nichts in ihr regen würde. Dein künftiges Weibchen bliebe vorerst still.

Mit einem Male aber würden seine Gefühle für dich erwachen. Plötzlich würde es sich beim Anhören deiner Lieder angesprochen fühlen und sich allmählich für dich erwärmen. Sein Verlangen nach dir würde stärker werden. Schließlich würde das Weibchen für dich brennen. Glühende Liebe ist eine Obsession, in der beide aufgrund ihrer Anziehung wie Magneten aufeinander wirken. So wärt auch ihr beide bald eines Sinnes. Eure überwältigende Leidenschaft würde stärkere Fäden zwischen euch als von euch zu anderen ziehen. In eurer harmonischen Verschmelzung wäre die frisch eroberte Freundin *deinem erkühnten Gefühl die erglühte Gefühlin* geworden, die sich zu dir genauso hingezogen fühlte wie du dich zu ihr.

Allerdings soll es vor Ort weder um Sex noch um Liebe gehen, sondern lediglich um die Gesänge, die mit dem Werben einhergehen. Mit großer Lebensfreude wirft sich das Vogelgezwitscher in die sonnendurchflutete Natur. Der Zauber seiner Flötentöne übt einen unwiderstehlichen Reiz auf unsere Ohren aus. Sobald ein Vogel beim Ausatmen seine Stimmlippen in Schwingung versetzt und der Luft einen Gesang einhaucht, genügt es bereits, Ohr und Herz zu öffnen, um an etwas Wunderbarem teilzuhaben. Wenn wir dem auffliegenden Vogel ruhig nachschauen und seinem Pfeifen andächtig lauschen, dann erfüllt sich schon der *Auftrag*. Doch erst recht geben uns Frühling und Sommer ausreichend Gelegenheit hierzu, wenn die Welt da draußen Tag für Tag bunter, vielfältiger, spektakulärer wird. Beide Jahreszeiten sind Jubelfeiern der sich selbst bejahenden Erde, deren Rang und Würde in hymnischem Lob verklärt sei.

## Frühling

Lasst uns den zauberhaften Frühling, der aus der sprießenden Flora winkt, als eine Person ansehen, die begreifen könnte, dass jede Stelle der aufkeimenden Natur erfüllt wäre von den lieblichen Tönen des Vogels. Dessen Gesänge haben nur eine Botschaft: Sie *verkündigen* die Fülle der sicht- und hörbaren Wirklichkeit, derer wir ehrfürchtig innewerden sollen. Der *Ton der Verkündigung* ist ein Sinnversprechen, gesungen bloß von einem einzelnen Vogel, aber eingelöst vom wilden Überfluss des duftigen Frühlings, sobald wir ihn in unser Leben lassen. Der Gesang des Vogels ist Verheißung und Erfüllung zugleich.

Sein Trällern beginnt mit einem kleinen *Auflaut*, einem winzigen Ton, hervorgebracht von einem feinen Stimmapparat. Ein einzelner Ton kann bereits zum Intensitätszentrum unseres Erlebens werden, wenn wir uns konzentriert auf ihn einlassen. Sein Klang durchbricht am frühen Morgen die Stille, in der weder Geräusche in der Nähe noch Wasserrauschen in der Ferne, auch nicht Musik oder Menschenstimmen, nicht einmal das Echo herannahender Schritte zu vernehmen sind. Solche Stille, in der sich kein Blatt regt und nicht der kleinste Lufthauch zu hören ist, zerreißt der erste Ton des Vogels an diesem herrlichen Frühlingstag, an dem bereits die Sträucher und Bäume blühen. So macht der einzelne Vogellaut die Lautlosigkeit des *bejahenden Tages* vernehmbar. Die Stille der Natur wird durch seinen Klang sogar *gesteigert*, wie umgekehrt die akustische Ruhe unseres Erlebnisfeldes einen optimalen Hintergrund für das Erklingen des Vogeltons bildet.

Dann aber entwickelt sich mit beschleunigtem Tempo und aufsteigender Klangfolge eine Melodie. Der Vogelgesang geht eine Reihe *von Stufen hinan, Ruf-Stufen.* Wie sein Flug steigt auch sein Lied in die Höhe. Es erklimmt die Notenleiter wie eine Treppe zu einem *erträumten*, bloß fantasierten *Tempel.* Das Zwitschern ist voller Erwartungen an den bevorstehenden Sommer, in dem die verheißene Lebensfülle zur Wirklichkeit gelangen wird. Das Vogelgezwitscher lässt im Kleinen bereits Großes erahnen.

Anschließend kommt aus der Vogelkehle ein *Triller*, eine rasche Aufeinanderfolge mehrerer Töne, die wie der Wasserstrahl eines Springbrunnens, einer *Fontäne*, erst nach oben geht und dann nach unten fällt, ja beim Emporschießen schon den Absturz vorwegnimmt, sich also gleichzeitig auf- und abwärts bewegt. Das Gezwitscher gleicht einem Spiel, das nichts bezwecken möchte. Es ist ein *versprechliches Spiel*, in dem zum einen jeder Ton bereits den nächsten ankündigt, zum anderen der kommende Sommer verheißen wird.

Den kurzen Vogelgesang zu Frühlingsbeginn mit offen Ohren einzufangen heißt, den *Auftrag* auszuführen. In solch gesammelter Wahrnehmung steckt bereits alles. Denn das unscheinbare Kleine ist schon bemerkenswert groß. Es verdient in den Erlebnisraum unseres Daseins eintreten zu dürfen. Dennoch wollen wir nach Eintritt des Sommers unseren Blick in wachsenden Kreisen auf ausgedehntere Naturereignisse ausweiten. Mit enthusiastischer Naturfrömmigkeit wollen wir über blumenübersäte Wiesen streifen, die, von Sommerwinden bewegt, uns eine schöne Aussicht auf ihre üppigen Formen und Farben geben. Gleich mehrere Facetten des Sommers können auf diese Weise von ihrer Unauffälligkeit erlöst werden. Angesichts unserer alltäglichen Abstumpfung gegen die Tageszeiten muss deren Großartigkeit bisweilen ganz gezielt hervorgehoben werden, um an ihnen enthusiastisch partizipieren zu können. Je genauer wir hinhören und hinschauen, umso mehr erweitert sich unser Bewusstsein.

## Sommer

Beginnen wir mit dem festlichen Aufgang der sichtbaren Natur in der Morgendämmerung, wenn sich am tiefblauen Horizont der Himmel rötet. Schenken wir unsere Aufmerksamkeit dem wachsenden Licht der Morgenröte, ihrem Funkeln auf ruhigen Gewässern. Jede Jahres- und Tageszeit hat ihre Stimmung – so auch der kühle Sommermorgen nach Sonnenaufgang. Morgens wirkt die Natur noch frisch und ausgeruht, bereit für die anstehenden Tagesaufgaben: Der Morgen strahlt *vor Anfang*.

Doch möchten wir *nicht nur* an das mächtige Schauspiel des Morgens denken, sondern auch an dessen allmählichen Übergang in den Tag, an dem sich die Sonnenstrahlen unten *zart* um die Blumen winden und oben *stark und gewaltig* um die weitverzweigten Bäume legen. Der Tag hüllt die gesamte Natur in gleißendes Licht, damit ihre Flora wachsen, blühen und gedeihen kann.

Aber wir wollen *nicht nur* der *Andacht dieser entfalteten Kräfte* lauschen. Der Mittag besitzt ebenfalls eine besondere Atmosphäre, wenn die Sonne im Zenit steht und die Bäume kaum noch Schatten spenden. In der ländlichen Mittagsstille auf einer blühenden Wiese kann die Feier der Natur zu einem Fest der Sinne werden. Indem wir uns diesem eindrucksvollen Schauspiel gedankenverloren hingeben, können wir auf einer bunten Sommerlandschaft für Augenblicke unsere Sorgen und Nöte vergessen.

Jedoch wollen wir auch *nicht nur* mit den holprigen Feldwegen, *nicht nur* mit den farbigen Wiesen am frühen Sommerabend intimen Umgang pflegen, an dem unsere Naturbetrachtungen fast von einer heiligen Stimmung getragen werden. Wie leicht entsteht am späten Nachmittag solch stimmungsvolle Atmosphäre nach einem Sommergewitter. Nachdem belebende Regengüsse die trockene Erde zum Dampfen brachten und die flimmernde Luft abkühlten, können wir mit der feuchtklaren Natur, deren Farben und Linien unter den funkelnden Regentropfen glitzern, besser durchatmen. Es ist der Augenblick, da wieder Ruhe in der Natur einkehrt und sie von neuem zu strahlender Schönheit erwacht.

Dann naht die Abenddämmerung, die feierliche Stille und Erhabenheit der blauen Stunde, in der das strahlende Licht allmählich erlischt. Dieser Übergang, in dem sich die Nacht geheimnisvoll ankündigt, hat etwas Friedliches, nichts Bedrohliches. Jetzt ist es Zeit zu wehmütigem Sinnieren, bald auch zum Schlafengehen. Gerade der Abend, an dem Arbeit und Natur ruhen, stößt ein tieferes Verständnis der Dinge an. Sein Halbdunkel stimmt nachdenklich.

Aber *nicht nur* die Sommerabende lassen uns des unerschöpflichen Reichtums der Natur innewerden, *sondern* auch und vor allem *die Nächte!* Zwar laden die Morgenröte, Mittagsstille und Abenddämmerung gleichermaßen zu kontemplativer Besinnung ein. Der *Auftrag* kann zu jeder Tageszeit erfüllt werden. Dennoch kommt den lauen Sommernächten hierbei eine herausragende Rolle zu. Nachdem sich die Nacht über die Natur gesenkt hat, werden wir über uns eines gestirnten Himmels gewahr, der von unzähligen Sternen wimmelt. Dessen überwältigende Pracht kann uns in einen regelrechten Taumel versetzen, in dem alles Alltägliche schwindet. Die *Sterne der Erde*, diese funkelnden Himmelskörper über uns, möchten erfasst und besungen werden. Sie wollen unser Staunen erregen und als das absolut Bemerkenswerte von uns bewundert und im Inneren aufbewahrt sein. Der gestirnte Himmel vermag uns gleichermaßen zu berühren und zu begeistern. Diese einzigartige Chance ungenutzt zu lassen, bedeutet, sein Erdendasein zu verfehlen.

Das So- und Dasein aller Sterne ist dermaßen überwältigend, faszinierend, großartig, dass wir ehrfürchtigen Himmelsbetrachter uns ihrer am liebsten selbst dann noch erinnern möchten, wenn wir bereits tot sind, so wir es nur könnten. Auf alle Ewigkeit, *unendlich* lange also, möchten wir im Staunen erregenden Schauen der Sterne verharren, solch grandiosen Anblick bieten sie uns in hohen Sommernächten. Wie könnten wir etwas so Beeindruckendes jemals vergessen! Aber natürlich haben Tote kein Gedächtnis, in dem sie das Panorama der Sterne festhalten könnten. Dieser Wunsch nach solch endlosem Gedenken soll lediglich hervorkehren, dass die Betrachtung des Sternenhimmels so gewaltig ist, dass man sie gerne ewig festhalten und genießen würde.

## Im Kleinen steckt das Große

*Siehe, da rief ich die Liebende* herbei, ist die Nacht doch die Zeit der Liebe, um mit ihr meine intensiven Natureindrücke zu teilen. Aber seltsamerweise kommt sie nicht allein, sondern es folgt ihr eine ganze Reihe von Mädchen, die aus *schwächlichen Gräbern* auferstanden sind. Offenbar waren ihre Gräber nicht stark genug vermauert und versiegelt, um sie von mir fernhalten zu können. Nun kann ich mich nicht mehr des Eindrucks erwehren, dass sie vor mir stehen. Aber was wollen sie? Wie kann ich meine Geliebte zu mir bitten, ohne dass sich auch andere Frauen von mir angesprochen fühlen? Wie beschränke ich *den gerufenen Ruf?*

Freilich ist es hierfür jetzt zu spät. Wie es scheint, haben die Mädchen den Ruf, der keineswegs ihnen galt, aber richtig gedeutet. Denn diese *Versunkenen suchen immer noch Erde.* Anscheinend sind sie gestorben, ohne jemals das wahre Leben erfahren zu haben, nach dem sie sich weiterhin sehnen. Deshalb fühlen auch sie sich von meinem Ruf an die Geliebte angesprochen, der ich meine Frühlings- und Sommererlebnisse gerne mitteilen würde. Das Bitten der anderen Mädchen muss ich jedoch zurückweisen. Dies fällt mir nicht sonderlich schwer, weil auch sie zu Lebzeiten genügend Gelegenheit hatten, ein dem *Auftrag* gemäßes Dasein zu führen. Schade, falls sie diese Chance nicht ergriffen!

Doch so hervorragend sich das Weltall zur Erfüllung des *Auftrags* eignet, kleinere Dinge taugen genauso gut hierfür, wenn sie nicht mehr unter nützlichen Gesichtspunkten in Betracht gezogen werden. Selbst Unscheinbares ist denkwürdig. Hat das vermeintlich Geringfügige erst einmal die Schwelle unserer Aufmerksamkeit überschritten, versetzt es uns bereits in Erstaunen. So kann, ihr vom Tode auferstandenen Kinder, ein *ergriffenes Ding* bereits *für viele* Dinge gelten. Denn es kommt keineswegs auf die Menge und Größe von Sehenswürdigkeiten, auch nicht auf die mit ihnen verbrachte Zeit an, sondern vor allem auf die Augen, mit denen wir die eine oder andere Sache anschauen. Schon im kürzesten Augenblick und kleinsten Gegenstand kann uns Wunderbares begegnen. Ein einziges Erlebnis wiegt unter Umständen mehr als tausend andere zusammen. Glaubt mal nur nicht, Kinder, das *Schicksal,* also die gesuchte Lebensfülle, *sei mehr als das Dichte der Kindheit.* In der selbstvergessenen Hingabe eines spielenden Mädchens oder Jungen an Leben und Welt, wie am Ende der *Vierten Elegie* dargelegt, steckt doch bereits alles drin, worauf der *Auftrag* abzielt. Schon als Kinder habt ihr erlebt, wonach ihr heute ruft. Damals wart ihr schon im Besitz dessen, was das wahre Leben ausmacht. Obwohl ihr früh sterben musstet, entbehrtet ihr nichts.

Ähnliches gilt für die Zeit eurer jugendlichen Liebeleien, vorausgesetzt, dass ihr noch paar Jahre länger leben durftet. Wie häufig wurdet ihr als Liebende über euren Geliebten, *atmend, atmend nach seligem Lauf*, in ganz andere Gefilde hinausgetragen, die ihr allerdings nicht zu deuten wusstet. Es drängte euch *auf nichts zu, ins Freie.* Vor Glückseligkeit hättet ihr die ganze Welt umarmen können, so warm war es euch ums Herz, das euch förmlich Flügel verlieh. So wart ihr innerlich bewegt voll Ergriffenheit und Begeisterung, die euch den Weg zur Erfüllung des *Auftrags* wiesen.

In solchen Momenten spürtet auch ihr: *Hiersein ist herrlich.* Dies habt ihr damals tief empfunden und deutlich erfahren, sogar jene unter euch, die mit scheinbar großen Entbehrungen bereits in jungen Jahren aus dem Leben schieden. Das Gleiche gilt für die Schlechtweggekommenen unter euch, die *in den ärgsten Gassen der Städte* wohnen, wo weder die feinen Leute noch die Durchschnittsbürger zuhause sind. In solchen Stadtvierteln sind die *Schwärenden oder dem Abfall Offenen* daheim, die Namenlosen, deren armseliges Leben dicht vorm Nullwert steht. Sie bilden das Treibgut der unerbittlichen Großstadt, das Mensch zu nennen nur anscheinend die Mühe nicht lohnt. Doch obgleich das Leben fast alles an diesen Zukurzgekommenen versäumte, so hatte doch jeder von ihnen *eine Stunde, vielleicht nicht ganz eine Stunde, ein mit den Maßen der Zeit kaum Meßliches zwischen zwei Weilen*, in welcher der Erniedrigte die faszinierende Fülle von Leben und Welt erfahren durfte. Kurzum, er hatte *Alles. Die Adern voll Dasein.* Denn jeder von ihnen durfte mal solche Momente in seinem notgeplagten Dasein genießen, in denen Leben und Welt ihre Selbstverständlichkeit verloren. Obwohl die meisten Menschen anderes und besseres zu tun haben, kommt es selbst im schlimmsten Leben hin und wieder zu entzückenden, nachdenklichen Begegnungen mit der Wirklichkeit. Sowohl aus dem Erlebten als auch aus dem Erleben lässt sich in diesen Augenblicken ein intensiver Genuss ziehen. Niemand, der in solch außergewöhnlichen Erlebnissen steckt, wird ihnen jemals den Platz des unnützen Zeitvertreibs zuweisen wollen. Hierfür fühlt man sich zu sehr von ihnen angesprochen. Die Frage, wozu solche anrührenden Erfahrungen gut seien, hat sich in solchen Momenten schlicht erübrigt.

Nur vergessen wir solche besonderen Momente unseres mit Wirklichkeit gesättigten Hierseins allzu leicht, weil wir die Einwilligung zum eigenen Leben zu sehr von der Zustimmung unserer Mitmenschen abhängig machen, die hierfür oft nur wenig Sinn haben. Was der *lachende Nachbar* uns nicht gönnt, gutheißt oder *bestätigt,* worum er uns beneidet, weil er es auch gerne hätte, das existiert häufig für uns einfach nicht, weil wir so großen Wert auf die Meinung anderer legen. Aber diese gründet sich fast ausschließlich auf Greifbares, Äußerliches, Vorzeigbares. Deshalb zeigen wir das Erreichte auch so gerne her – das neue Auto, die Kinder, das Eigenheim. Wir möchten bewundert oder beneidet werden. Dabei verkennen wir nur zu leicht, dass selbst das sichtbarste Glück nichts wiegt, solange es nur an der Oberfläche bleibt. Erst wenn wir den gelebten Augenblick mit hochwertiger Wirklichkeit vollpumpen und die damit einhergehende Euphorie *innen verwandeln*, ins Bewusstsein tief hineintragen, gibt sich uns das wahre Glück zu erkennen. Erst dann spielt der Engel mit der Puppe.

## Technik und Tempel

Der mit den toten Mädchen herbeigeeilten Geliebten rufen wir zu: *Nirgends wird Welt sein, als innen.* Unser *Auftrag* lässt sich nur erfüllen, wenn wir uns die sichtbaren Dinge ringsum anverwandeln, sie ins Bewusstsein hineinnehmen, um sie dann im empfindsamen Herzen aufzubewahren. Durch eine solche Aufnahme der Außenwelt in die eigene Innerlichkeit geschieht mit uns eine tiefe *Verwandlung*, aus der wir gänzlich verändert hervorgehen.

Jedoch begnügen wir uns nicht mit der Verlebendigung der äußeren Natur im eigenen Inneren. Wir möchten auch der Kultur unsere Bewunderung entgegenbringen, sofern ihre Werke mit der Natur in Einklang stehen. Wir wollen die Kultur in den verherrlichten Raum der belebten Natur einbeziehen, damit auch sie ihren Zauber entfalten kann.

Allerdings gibt es gar nicht mehr so viele Kulturgüter, auf die das zutrifft. Heutzutage triumphiert die berechnete Nutzanwendung. Wo früher ein altes Haus stand, in dem viele Generationen wohnten, da steht heute eine technische Anlage, ein vom mathematisch-naturwissenschaftlichen Verstand errechnetes Gebilde. Dieses stellt sich *quer* vor die erhabenen Kulturbauten vergangener Jahrhunderte. Es versperrt uns den Blick auf deren Wertbesonderheit. Unter dem technischen Fortschritt hat sich unser Verhältnis zu den Dingen gravierend geändert. Unsere *Gehirne* sind nicht mehr in der Lage, altertümliche Werke angemessen zu würdigen, weil sie sich immer neue seelenlose Maschinen ausdenken: Energie- und Stromanlagen, *weite Speicher der Kraft*, die keine sinntragende Form mehr besitzen, sondern so *gestaltlos* sind wie die Elektrizität, *der spannende Drang*, der aus ihnen gewonnen wird. Die moderne Industriearchitektur steht unter dem Imperativ ökonomischer Effizienz. Sie gehört zur berechenbar und beherrschbar gemachten Welt. Diese ist kalt, funktional, zweckorientiert und dadurch wenig ansprechend. Ihre sachlichen Nutzbauten, mit denen wir uns und unsere Umwelt technisch optimieren, stehen wie erratische Blöcke in bezaubernden Landschaften.

Antike *Tempel*, die einstmals das Heilige ausdrückten, kennt das technische Zeitalter nicht mehr. Diese vergangenen Schönheiten sind mittlerweile überflüssig. Sie sind nur noch antiquierte Monumente, Mausoleen, aus denen das Heilige schon längst entwichen ist. Von der Ehrfurcht vor den alten heiligen Stätten ist nicht mehr viel übrig. Für die profane Arbeitswelt der wissenschaftlich-technischen Zivilisation sind sie lediglich überlieferte Zeugnisse einer unproduktiven Güter-, Kraft- und Zeitverschwendung. Allerdings finden wir uns hiermit nicht ab. Im Gegensatz zum vorherrschenden Zeitgeist bewahren wir uns heimlich im Herzen diese Luxusartikel einer aus ökonomischer Sicht verschwenderischen Lebensweise. Wir möchten uns auch künftig an die interesselose Betrachtung dieser wirtschaftlich ineffizienten Sakralbauten antiker Trümmerstätten stillschweigend verschwenden dürfen.

Einstmals waren die von uns bewunderten Tempel mit ihren herrlichen Säulen und Statuen die gesellschaftliche Bezugsmitte, um die sich das kulturelle Leben organisierte. Sie standen im Dienst religiöser Bekenntnisse. Selbst ihre Mauern wurden – bildhaft formuliert – durch die Frömmigkeit der damaligen Bauherren hochgezogen: Sie sind *gebetete, gediente und gekniete* Gebäude, das heißt Werke des gelebten Glaubens. Doch wo heute *noch eins übersteht,* dort fehlen inzwischen nicht nur die Gläubigen, es wird auch dessen einstmalige Bedeutung nicht mehr verstanden. Obwohl das Sakralgebäude äußerlich noch erhalten ist und sich wunderbar in die Landschaft einfügt, *hält es sich, so wie es ist, schon ins Unsichtbare*: Es lebt nicht mehr. Wir Heutigen erfahren nicht mehr im Inneren, wofür es ehedem stand, allen Informationen, Namen und Legenden kundiger Reiseleiter zum Trotz. Bestenfalls ist die Tempelanlage noch eine erstklassige Sehenswürdigkeit, eine touristische Attraktion, deren raffinierte Bestrahlung im Dunkel der Nacht den Pauschalreisenden eine andächtige Verblüffung entlockt. Aber die meisten bestaunen lediglich ihren musealen Wert, ohne noch zu den Sinnerfahrungen durchzudringen, aus denen solche Bauten einst entstanden und lebten. *Viele gewahrens nicht mehr.*

Allerdings liegt hierin nicht nur ein Nachteil, sondern sogar ein *Vorteil* für all jene, die noch *innerlich* das schauen können, was den meisten mittlerweile abhandengekommen ist. Nicht mehr festgelegt auf eine religiöse Botschaft und damit auf eine Sichtweise der betrachteten Tempelanlage, können alle, die den *Auftrag* verstehen, selbst *innerlich bauen* an der Bedeutung des Tempels. Sie können seine *Pfeiler und Statuen* in ihrer Fantasie noch üppiger gestalten, als sie schon sind. Dabei geraten sie mit der Realität niemals in Widerspruch, weil ja nichts und niemand mehr da ist, der ihnen sage könnte, wie sie die Dinge zu verehren hätten.

## Zwischen den Zeiten

Wir stehen mitten in einer Zeitenwende. Die Kultur befindet sich in einem dramatischen Umbruch. Das Alte gilt nicht mehr, das Neue regiert noch nicht. Überhaupt ist unklar, wohin die Reise geht. Welche Richtung wird wohl die Entwicklung einschlagen? Wo immer in der Geschichte solche Zäsuren geschehen, dort gibt es *Enterbte, denen das Frühere nicht* mehr und das Künftige *noch nicht gehört.* Auch wenn das Neue den Zeitgenossen bereits das *Nächste* ist, auf das sie schon überall im Alltag stoßen, so dass sie ihm äußerlich zwangsläufig nahe kommen, bleibt es vielen doch innerlich zunächst fremd. Viele tun sich mit Neuem schwer. So kann selbst das Nächste *weit für die Menschen sein.* Doch lassen wir uns durch das fremde Neue nicht verunsichern. Wir halten am Alten fest.

Je mehr das Neue das Alte ablöst, umso mehr wollen wir sogar die verbliebenen Spuren der Vergangenheit bewahren: Das Neue *stärke in uns die Bewahrung der noch erkannten Gestalt.* Wir sind von Grund auf „konservativ" im buchstäblichen Sinne des Wortes von „bewahren". Wir hängen an den Überbleibseln untergegangener Kulturen. Während die einen ihr ersehntes Glück in die Zukunft verlegen, Utopie, erwarten es andere von einer fernen Insel, Heterotopie. Wir dagegen werden von einer rückwärtsgewandten Sehnsucht nach der alten Zeit umgetrieben: Nostalgie. Wehmütig blicken wir zurück auf die antiken Kulturstätten, deren Blütezeit zwar längst vorüber ist, denen wir aber in unserer Erinnerung noch einmal zu einem würdigen Leben verhelfen. Denn sie sind für uns mehr als nur Zeugnisse vergangener Zeiten, mehr als nur touristische Reliquien, Museumsexponate, oder archäologische Relikte, Forschungsgegenstände. Indem sie von fernen Epochen künden, versetzen sie uns in andächtige Stimmung. So liegt selbst in unserer Sehnsucht nach der entflohenen Zeit noch ein existenzieller Gewinn. Unser Heimweh ist für uns so wertvoll, weil es unser Gemüt erhebt.

Im Gegensatz zu den sachlichen Nutzbauten der technischen Zivilisation ordnen sich die antiken Tempel harmonisch in die Landschaft ein, als wären sie Teil der Natur, die sie lediglich vervollkommneten. Man hat den Eindruck, dass sie zum Abschluss führen, was diese nicht zu Ende brachte. Das heißt: Könnte die Natur selbst Gebäude wachsen lassen, so hätten sie vermutlich das Aussehen antiker Tempel und anderer Kulturdenkmäler. Darum berührt mich ihr Anblick so stark. Sie erreichen mich inwendig, stoßen auf Resonanz in meinem Herzen, das sie in Schwingung versetzen und dadurch zum Klingen bringen. Deren besinnliche Vergegenwärtigung bedeutet mir so viel wie das aufmerksame Lauschen des Vogelgesangs oder andächtige Betrachten des gestirnten Himmels. Hier wie dort erfüllt sich der *Auftrag*.

Unerschütterlich standen die alten Werke, Festungen, Burgen und Schlösser, Tempel-, Kloster- und Theateranlagen einst mitten im Leben. Sie hatten Bestand in der wechselvollen Geschichte, die an ihnen vorüberzog, ohne dass sie völlig zerstört wurden. Städte, Reiche und Kulturen gingen unter, ohne dass diese Gebilde gänzlich in Trümmer zerfielen. Dauerhaft standen sie *mitten im vernichtenden Schicksal*. Sie überstanden Gesellschaftskrisen, in denen Orientierungslosigkeit und Ratlosigkeit herrschte. Selbst solche schweren Zeiten, in denen die Menschen *nicht wissen, wohin* es gehen soll, konnten ihnen kaum etwas anhaben. Bis heute stehen sie teilweise noch immer *wie seiend* da, als ob sie unverwüstlich, ja für die Ewigkeit geschaffen wären.

## Sterne und Engel als Gutachter

Wer sich die steinernen Zeugen entschwundener Zeiten bewusst vergegenwärtigt, wird ihnen spontan höchste Bewunderung zollen. Sie sind sie so großartig und schön, dass selbst die Sterne, wenn sie könnten, den antiken Gebäuden ihre Wertschätzung ausdrücken würden. Obwohl sie fest am Firmament hängen, würden sie sich am liebsten vor den uralten Sinnbildern menschlicher Schöpferkraft mit Hochachtung verneigen. In diesem Sinne besitzen die alten Kulturstätten eine Macht, die selbst *die Sterne zu sich aus gesicherten Himmeln* biegen könnte, und das heißt zur Verbeugung bewegen würde, wenn es möglich wäre.

Selbst dir, Engel, Inbegriff des vollkommenen Schönen, möchte ich die alten kulturellen Errungenschaften der Menschheit zur Begutachtung vorlegen. Bei aller Bescheidenheit wage ich es, sie für so schön und gelungen zu halten, dass sie meines Erachtens auch deiner Aufmerksamkeit würdig sind. Schaue sie dir in Ruhe an und rette sie in dein Gedächtnis. Du scheinst mir ein ihnen angemessener Betrachter zu sein, weil du der Inbegriff des Schönen und Vollkommenen bist. Wenn du sie in dich aufnimmst, dann hätten sie endlich einen Augenzeugen gefunden, der ihnen ebenbürtig wäre: Von deinen Blicken *gerettet* hätten sie in deinem Schauen einen Platz gefunden, an dem sie *zuletzt nun endlich aufrecht* stehen könnten, und das heißt adäquat gesehen und bewertet würden.

Konkret denke man an die antiken *Säulen* in den Mittelmeerländern, die griechischen Tempeltoranlagen, auch *Pylone* genannt, an die ägyptische *Sphinx*, jenen Löwenleib mit Menschenhaupt aus Stein, oder an die meist grauen Strebepfeiler gotischer *Dome*. Normalerweise stehen diese großen Gotteshäuser in den Stadtzentren, in denen es zwar noch eine Altstadt um den Dom herum gibt, deren alten Häuser aber immer öfter modernen Gebäuden weichen müssen. Die Altstädte *vergehen.* Hier und da sind sie inzwischen fast ganz verschwunden, so dass die alten Türme des Domes aus einem neuen, modernen, ihnen *fremden* Stadtzentrum herausragen.

Sind die kulturellen Leistungen der Menschheit nicht wunderbar, die sich selbst vor dir, Engel, sehen lassen können, nicht wahr? *O staune Engel,* denn wir sind es, wir dürftigen, gebrechlichen, endlichen Menschen, denen du solche großartigen Werke gar nicht zugetraut hättest, die das aber alles aus eigenem Antrieb zuwege brachten. *O du Großer, erzähls*: preise und lobe, dass wir solcherlei vermochten! Mein Atem reicht nicht aus für die Rühmung dieser herrlichen Kulturgüter. Diese sind so gewaltig und schön, dass sie, obwohl von Menschenhand gemacht, jegliches Menschenmaß zu übersteigen scheinen. Darum bist du der ihnen würdige Lobredner. So eingeschränkt, hinfällig und flüchtig wir Menschen sind, offenbar versäumten wir keineswegs, unsere kreativen Talente und Möglichkeiten, *die Räume,* zu nutzen, und die uns gewährten Gelegenheiten zu ergreifen. Wie groß müssen diese Räume sein, wenn alle im Laufe der Jahrtausende entwickelten Gedanken und Gefühle, aus denen unsere Kulturwerke hervorgingen, darin Platz finden und sie bis heute *nicht überfüllen.*

Die *Türme* von Burgen und Kathedralen sind hoch. Daran besteht keinerlei Zweifel. Denn selbst neben dir, Engel, sehen sie groß aus. Stelle dir bloß mal die hochgotische Kathedrale Notre-Dame von *Chartres* vor. Und *Musik* ist sogar noch größer als alle in Stein gehauenen Kulturdenkmäler. Wie großartig sind die Werke von Bach, Beethoven und Brahms. Sie reichen noch über die hohen Dome hinaus und übersteigen uns sogar. Doch noch größer als Musik ist die *Liebende*, wenn sie sehnsuchtsvoll allein am nächtlichen Fenster steht, womöglich auf ihren Geliebten wartend. Reicht sie dir, Engel, nicht schon bis ans *Knie*, während Turm und Musik gerade bis zu deinem Knöchel und zur Wade kommen?

Engel, glaub mal nur nicht, dass ich mit meiner Aufforderung zu deiner Bewunderung unserer Werke um deine Gunst buhle. Ich werbe hierum so wenig wie ich zu Beginn dieser *Elegie* mit meinem Singen um ein Vogelweibchen oder eine Menschenfrau warb. Und selbst wenn ich um dich werben würde, so wüsste ich doch aus der *Ersten Elegie*, dass du nicht kämst, weil du mich schonen wolltest. Denn die Intensität deiner Vollkommenheit wäre bekanntlich für mich tödlich. Du bist einfach zu groß für mich. Darum bleibt mein Ruf nach dir auch überaus ambivalent. Einerseits möchte ich, dass du unsere Werke bestaunst, andererseits weiß ich um die Gefahr deiner Nähe für mein Leben. Wie es mich zu dir hinzieht, so zieht es mich wieder von dir fort. Du rufst in mir ein gemischtes Gefühl aus faszinierter Erregung und erzitterndem Abscheu hervor. Du bist mir angenehm und erschrickst mich zugleich. Darum ist mein *Anruf* auch *immer voll Hinweg* im doppelten Sinne des Wortes: Zum einen bin ich auf dem *Weg* zu dir *hin*, auf einem *Hinweg* also, zum anderen möchte ich nichts als *hinweg* von dir. Demnach gibt es einerseits eine *starke Strömung*, die sich auf dich zubewegt, eine große Sehnsucht nach dir. Der kommst du aber nicht entgegen, weil du mich nicht vernichten möchtest, wie ich ja auch trotz aller Sehnsucht nicht von dir zerstört werden möchte. Deswegen sollst du zwar auf mich zugehen, dann aber auch wieder nicht. So doppelsinnig ist mein *Anruf.*

Dem entspricht mein ausgestreckter Arm mit einer zum Greifen offenen Hand. Einerseits strecke ich, dich rufend, die Hand nach dir aus – nach dem Motto: Komm doch bitte herbei, lass dich anfassen! Andererseits ist die Hand auf meinem gestreckten Arm wie zur *Abwehr* und mir selbst zur *Warnung* weit geöffnet – gemäß der Devise: Bleib nur weg, halte Abstand! Meine Hand in Abwehrstellung ist insofern eine Warnung an mich selbst, weil du *Unfasslicher*, deine Vollkommenheit, mich erdrücken würde, wenn du mir zu nahe kämst.

Zur Vermeidung von Missverständnissen: Ich rief dich nicht herbei, Engel, damit du meine flüchtige Existenz rechtfertigst, indem du die Größe und Erhabenheit menschlicher Schaffenskraft bestaunst. Eine solche Aufforderung wäre zugegeben vermessen, wenn sie tatsächlich an dich ergangen wäre. Aber in Wahrheit simulierte ich nur deine Bewunderung unserer antiken Kulturstätten, um damit deren Wertigkeit zu unterstreichen. Ich wollte also lediglich deren Großartigkeit mit alledem hervorheben, die so enorm ist, dass sie selbst der Rühmung vollkommener Wesen wert wäre, die sonst nur ihnen Ebenbürtiges und äußerst Bedeutsames preisen. Im Rahmen der Ausführung unseres *Auftrags* verdienen die großen Kulturwerke genauso ehrerbietig vergegenwärtigt zu werden, wie es dem Vogelgesang, dem Sonnenaufgang und Tagesanbruch, der Mittagsstille und Abenddämmerung, dem erfrischenden Sommergewitter und gestirnten Nachthimmel zusteht, ehrfürchtig von uns vernommen zu werden.

## Achte Elegie

*Rudolf Kassner zugeeignet*

Mit allen Augen sieht die Kreatur
das Offene. Nur unsre Augen sind
wie umgekehrt und ganz um sie gestellt
als Fallen, rings um ihren freien Ausgang.
Was draußen *ist,* wir wissens aus des Tiers
Antlitz allein; denn schon das frühe Kind
wenden wir um und zwingens, daß es rückwärts
Gestaltung sehe, nicht das Offne, das
im Tiergesicht so tief ist. Frei von Tod.
*Ihn* sehen wir allein; das freie Tier
hat seinen Untergang stets hinter sich
und vor sich Gott, und wenn es geht, so gehts
in Ewigkeit, so wie die Brunnen gehen.

*Wir* haben nie, nicht einen einzigen Tag,
den reinen Raum vor uns, in den die Blumen
unendlich aufgehn. Immer ist es Welt
und niemals Nirgends ohne Nicht: das Reine,
Unüberwachte, das man atmet und
unendlich *weiß* und nicht begehrt. Als Kind
verliert sich eins im Stilln an dies und wird
gerüttelt. Oder jener stirbt und *ists.*
Denn nah am Tod sieht man den Tod nicht mehr
und starrt *hinaus,* vielleicht mit großem Tierblick.
Liebende, wäre nicht der andre, der

die Sicht verstellt, sind nah daran und staunen...
Wie aus Versehn ist ihnen aufgetan
hinter dem andern... Aber über ihn
kommt keiner fort, und wieder wird ihm Welt.
Der Schöpfung immer zugewendet, sehn
wir nur auf ihr die Spiegelung des Frein,
von uns verdunkelt. Oder daß ein Tier,
ein stummes, aufschaut, ruhig durch uns durch.
Dieses heißt Schicksal: gegenüber sein
und nichts als das und immer gegenüber.

Wäre Bewußtheit unsrer Art in dem
sicheren Tier, das uns entgegenzieht
in anderer Richtung –, riß es uns herum
mit seinem Wandel. Doch sein Sein ist ihm
unendlich, ungefaßt und ohne Blick
auf seinen Zustand, rein, so wie sein Ausblick.
Und wo wir Zukunft sehn, dort sieht es Alles
und sich in Allem und geheilt für immer.

Und doch ist in dem wachsam warmen Tier
Gewicht und Sorge einer großen Schwermut.
Denn ihm auch haftet immer an, was uns
oft überwältigt, – die Erinnerung,
als sei schon einmal das, wonach man drängt,
näher gewesen, treuer und sein Anschluß
unendlich zärtlich. Hier ist alles Abstand,
und dort wars Atem. Nach der ersten Heimat
ist ihm die zweite zwitterig und windig.
O Seligkeit der *kleinen* Kreatur,
die immer *bleibt* im Schooße, der sie austrug;
o Glück der Mücke, die noch *innen* hüpft,
selbst wenn sie Hochzeit hat: denn Schooß ist Alles.

Und sieh die halbe Sicherheit des Vogels,
der beinah beides weiß aus seinem Ursprung,
als wär er eine Seele der Etrusker,
aus einem Toten, den ein Raum empfing,
doch mit der ruhenden Figur als Deckel.
Und wie bestürzt ist eins, das fliegen muß
und stammt aus einem Schooß. Wie vor sich selbst
erschreckt, durchzuckts die Luft, wie wenn ein Sprung
durch eine Tasse geht. So reißt die Spur
der Fledermaus durchs Porzellan des Abends.

Und wir: Zuschauer, immer, überall,
dem allen zugewandt und nie hinaus!
Uns überfüllts. Wir ordnens. Es zerfällt.
Wir ordnens wieder und zerfallen selbst.

Wer hat uns also umgedreht, daß wir,
was wir auch tun, in jener Haltung sind
von einem, welcher fortgeht? Wie er auf
dem letzten Hügel, der ihm ganz sein Tal
noch einmal zeigt, sich wendet, anhält, weilt –,
so leben wir und nehmen immer Abschied.

# Ins Offene

## Mit anderen Augen

Wir brauchen bloß die Augen aufzuschlagen, um zu sehen, was lebt und webt. Nur stimmt das überhaupt? Tiere gucken mit anderen Augen als wir in die Natur. Sie schauen anders und anderes als wir Menschen. Wenn sie vor den Dingen sitzen und einfach vor sich hinblicken, ohne zu begehren, werten und urteilen, dann scheinen sie unumwunden nach draußen zu sehen, als ob sie eine direkte Beziehung zur äußeren Wirklichkeit hätten.

Alles, was Lebewesen erkennen, wird normalerweise nicht unmittelbar nach seiner Beschaffenheit an sich erfasst, sondern immer auch gemäß den Fähigkeiten des Erkennenden. Schon die Sinnesorgane nehmen die Dinge unterschiedlich wahr. Der Tastsinn begreift einen Ball anders als der Gesichtssinn. Das menschliche Gehör als weiteres Beispiel beginnt bei 16 Hertz und endet bei 16.000 Hertz; der Hörbereich von Nachtmotten liegt zwischen 40.000 und 80.000 Hertz, und Delphine haben Zugang zu Geräuschen bis 50.000 Hertz. Jedoch wenn man dösende Tiere beobachtet, wie sie in dämmrigem Schauen verweilen, dann kann leicht der Eindruck entstehen, sie hätten ohne vermittelnde Zwischenglieder direkten Zugang zur Wirklichkeit an sich: *Mit allen Augen sieht die Kreatur das Offene.*

*Nur unsere Augen sind wie umgekehrt*: Sie sind zurückgebogen auf sich selbst und damit auf den jeweiligen Betrachter. Sie sind sich selbst zugekehrt. Ihre Richtung geht nicht unvermittelt nach draußen. Auf sich gerichtet, werden unsere Augen in eine reflektierte Stellung gebracht, aus der sie nicht mehr ganz herausfinden. „Reflexion" wird hier im buchstäblichen Sinne als „Zurückbiegung" verstanden. Allerdings soll damit nicht ausgedrückt werden, dass wir Menschen dauernd über uns selbst nachdenken, grübeln, sinnieren, eben reflektieren. Die angesprochene Reflexion vollzieht sich auf einer tieferen Bewusstseinsebene. Sie geschieht vor jeder ausdrücklichen Reflexion. Hiernach ist mit der Idee des auf sich selbst zurückgebogenen Auges die faszinierende Tatsache gemeint, dass sich unser Inneres in einer impliziten Weise so spiegelt, dass wir vorausdrücklich unserer selbst bewusst sind. Die Frage, ob hier nicht schon vorausgesetzt werden muss, was durch die Selbstspiegelung erst zustande kommen soll, nämlich Selbstbewusstsein, können wir auf sich beruhen lassen. Tatsache ist: Der Mensch hat Selbstbewusstsein. Ohne je darüber nachgedacht haben zu müssen, weiß jeder, dass er diese spezielle Person ist. Alles explizite, ausdrückliche Reflektieren über sich selbst setzt solche ursprüngliche Vertrautheit mit sich voraus. Diese gründet auf einer impliziten Selbstwahrnehmung, einem vorausdrücklichen Wissen ums eigene Ego, dass nämlich „ich" tatsächlich „ich" bin.

Aufgrund dieser ursprünglichen Reflektiertheit im Sinne vorausdrücklicher Vertrautheit mit sich selbst ist von vornherein ausgeschlossen, einfachhin und geradewegs nach außen blicken zu können. Mehr noch: Mit der urwüchsigen Selbstvertrautheit ist gleichursprünglich eine Differenz zwischen Selbst und Welt, Subjekt und Objekt, Bewusstsein und Gegenstand, Ich und Du gesetzt. So können wir niemals intransitives, mit Wirklichkeit prall gefülltes Bewusstsein werden. Unser Selbst- und Weltbezug ist stets intentional, das heißt 'Bewusstsein von etwas'. Als solches ist unser Bewusstsein wie ein Pfeil auf etwas gerichtet. Es macht sich Gedanken *über* etwas, hat einen Wunsch *nach* oder Hoffnung *auf* etwas. Dank dieser Gerichtetheit des Bewusstseins, seiner Intentionalität, bleibt es stets in Distanz zu dem, was es in seinen Vorstellungen repräsentiert. Als Objekt eines Subjekts steht also alles Vorgestellte dem Einzelnen gegenüber. Hieraus ergibt sich wiederum die Frage, ob die Wirklichkeit an sich unseren Vorstellungen entspricht, die wir uns von ihr machen.

Doch wissen wir durch unser Ichbewusstsein auch um Vergangenheit, Gegenwart und Zukunft. Überdies folgt aus dem ursprünglichen

Wissen um uns selbst eine große Unsicherheit in der Frage, wie wir eigentlich leben wollen und worauf es in unserem Leben ankommen soll. Der unmittelbare Blick nach draußen, zu dem das Tier in der Lage zu sein scheint, ist uns durch die Zurückbiegung unserer Augen von vornherein verwehrt. Bei dieser Umkehrung haben sich die Augen wie *Fallen rings um ihren freien Ausgang* gestellt, aus dem ihr unmittelbarer Blick hätte nach draußen gehen können. Aber er wurde aufgehalten. Er ist in die Falle getappt, die ihn zu sich selbst zurückbog. Aufgrund unseres Selbst- und Weltbewusstseins ist eine unmittelbare Beziehung zur Wirklichkeit an sich nicht mehr möglich.

Was dem Menschen hierdurch entgeht, machen wir uns am Beispiel des Tiers klar, dem wir unterstellen, über Fähigkeiten zu verfügen, die der Mensch nicht besitzt. Wie sonst der Engel wird hier das Tier zum Gegenbild menschlicher Unvollkommenheit. Die Frage, ob das Tier tatsächlich über die insinuierte Vollkommenheit verfügt, ist unerheblich; bedeutsam ist allein die Feststellung, dass wir diese Vollkommenheit nicht haben.

Was draußen an sich *ist, wir wissens aus des Tiers Antlitz allein.* Jedenfalls deutet einiges darauf hin. Nach der *Vierten Elegie* scheint aber auch das spielende Kleinkind in einer mit Wirklichkeit vollgesogenen Gegenwart zu leben und dadurch gleichfalls ziemlich weit draußen im Offenen zu stehen. Doch schon früh wenden und zwingen wir das Kind in die Reflexion, durch die wir die sichtbare Realität nach unseren Erkenntnisformen, Sprachschemata und Zwecksetzungen ordnen, kategorisieren, strukturieren. Die auf die Größe unserer nächsten Umgebung geschrumpfte Lebenswelt mit allen dazugehörigen Dingen, Zuständen und Prozessen existiert relativ auf unsere Vorstellungen, in die das Kind schrittweise hineinwächst, bis es am Ende nur noch *Gestaltung,* das heißt eine durch unsere Denk- und Sprachstrukturen geformte Realität vor Augen hat. Jegliche menschliche Unmittelbarkeit in der Begegnung mit dem Sichtbaren ist eine durch unsere Erkenntnis- und Sprachformen vermittelte Unmittelbarkeit, bei der sich unsere Augen wie unser Verstand gänzlich vergessen, während sie sehen und nachdenken, und deshalb auch nur vermeintlich zur Realität an sich vordringen. In Wahrheit haben wir keine unmittelbare Beziehung zur Wirklichkeit. Der Blickstrahl unserer Augen trifft nicht die Wirklichkeit an sich, sondern fasst bloß Gegenstände ins Auge, die unser Denken und Sprechen mitgeformt haben. Wir bleiben in den eigenen Konstruktionen des Bewusstseins, unserer Alltagssprache, Begriffssysteme und Interpretationen gefangen. Was dahinter liegt, erkennen wir nicht. So gelangt auch das Kind letzten Endes doch nicht ins *Offene, das im Tiergesicht so tief ist*, wenn es scheinbar gelassen und still vor sich hinschaut.

## Was ist das Offene?

Da das Tier ganz in der Gegenwart ohne jeden Bezug auf Vergangenheit und Zukunft aufgeht, hat es auch kein Wissen vom Anfang und Ende seines Lebens. Es besitzt keine Vorstellung von der eigenen Endlichkeit. Kein Tier ist darüber im Bilde, dass es eines Tages sterben wird. Somit ist es *frei von Tod.* Obwohl der Exitus natürlich auch dem Tier bevorsteht, hat es *seinen Untergang* aber aufgrund jedes fehlenden Todesbewusstseins *stets hinter sich.* Ausgestattet mit Selbst-, Welt- und Zeitbewusstsein, aufgespannt zwischen mannigfaltigen Gegensätzen, die zu Beginn der *Vierten Elegie* thematisiert werden, ist nur uns Menschen die Befristung des eigenen Lebens bekannt. Jederzeit kann es zu Ende gehen. Den Tod *sehen wir allein.*

Dagegen hat das Tier, das in unmittelbarer Beziehung zur Wirklichkeit zu stehen scheint, vor die es nicht wie wir Menschen ein Heer von Wörtern, Kategorien und Theorien schiebt, die grenzenlose Fülle des Seins als ungetrennte Einheit, *Gott*, sozusagen „räumlich" vor sich. Unter Gott verstehen wir keine jenseitige Person wie in den großen monotheistischen Religionen, sondern wie im Pantheismus die Wirklichkeit an sich. Und wenn das Tier durch die Gegend streift, dann befindet es sich auch „zeitlich" ständig im Jetzt. *Es geht in Ewigkeit, so wie die Brunnen gehen*, deren Gewässer fortwährend und einfachhin fließen.

Uns ist es dagegen verwehrt, in diese unbekannte Sphäre der Wirklichkeit einzudringen. Wir können nicht mit dem Universum so verschmelzen, dass uns dessen tiefster Grund fühlbar wird. Aber obgleich uns der Urgrund des Ganzen unzugänglich bleibt, vertreten wir einen pantheistischen Standpunkt, nach dem „alles" – „pan" – in einer speziellen Weise mit „Gott“ – „theos“ – identisch ist. Damit sei nicht gemeint, dass alle Dinge zusammengenommen Gott ergeben. Ohne nach dem großen Ganzen zu greifen, sind wir *zwar* von der Göttlichkeit der Natur überzeugt. Ergriffen von ihrem Reichtum, feiern wir in seliger Selbstvergessenheit das All-Leben als göttliche Offenbarung. Es gibt nur die Eine Natur, die alles umschließt. Alles Hiesige – Pflanzen, Tiere, Gestirne – empfinden wir als große Einheit.

*Aber* darüber hinaus sind wir fest davon überzeugt, dass alles im Tiefsten eins ist, kein Unterschied zwischen dem Vielen und Einen besteht. Das Viele verstehen wir hierbei als Modifikationen oder Ausdrucksweisen des Einen, das sich in mannigfaltigen Facetten, Formen und Farben darstellt. Am besten lässt sich das Verhältnis des Vielen zum Einen mit einem Vergleich veranschaulichen: Das Viele gehört in das Eine so hinein wie die Spektralfarben ins weiße Licht, aus dem sie bei Brechungen am Prisma hervortreten. In diesem Sinne ist das Viele eine Erscheinungsweise des Einen, mit ihm eins und doch so verschieden wie die Spektralfarben und das Licht. Dieses Eine, die pantheistische Tiefendimension der Wirklichkeit, den Urgrund, nennen wir das *Offene*, das uns aufgrund begrenzter Erkenntnisfähigkeit in keinerlei Erfahrung gegeben ist.

*Wir haben nie, nicht einen einzigen Tag, den reinen Raum vor uns*, worunter wohlgemerkt nicht der physikalische Raum verstanden sei, sondern die Wirklichkeit an sich hinter allen alltäglichen Wahrnehmungen und physikalischen Theorien: das *Offene* eben, in dem *die Blumen*, prismatische Brechungen des weißen Lichts, *unendlich*, das heißt in zeitloser Gegenwärtigkeit und mit praller Wirklichkeit gesättigt *aufgehn*. Dort sind sie Gestalten des All-Einen, Formen, in denen sich das Offene entfaltet. Dem alltäglichen Wachbewusstsein ist der Zugang zu dieser Sphäre versperrt. Es bewegt sich immer schon in einer gedeuteten, eingeteilten, von uns geordneten *Welt*, aber *niemals im Nirgend ohne Nicht,* das heißt in jener ortlosen Fülle ohne Grenzen und Differenzen, die wir als das Offene bezeichnen. Dieses sei auch das *Reine* genannt, weil eine mangel- und makellose Selbstgenügsamkeit dafür charakteristisch ist. Darüber hinaus soll es das *Unüberwachte* heißen. Denn das Offene kann nicht als Objekt einem Subjekt gegenüberstehen, folglich nicht in Begriffe gezwängt und dadurch überwacht werden.

Das Offene kann man bestenfalls *atmen*. Man kann sich von ihm antörnen und berauschen lassen. Es zu atmen bedeutet, ihm absolut nahe zu sein, sich mit ihm zu verbinden, wie in mystischer Ekstase mit ihm eins zu werden, so dass alle Unterschiede zwischen Subjekt und Objekt aufgehoben wären. In solcher Entrückung käme ein unendliches Wissen zustande, in dem sich das grenzenlose All-Eine, die Wirklichkeit an sich offenbarte. Dann hätten wir das Viele auf das Eine hin überschritten, dem die vielfältigen Erscheinungen entstammen. Das Eine hält sie alle zusammen. Das Viele gehört in das Eine hinein, mit dem es in der beschriebenen Weise sogar identisch ist. Noch einmal: Das Offene ist das All-Eine, welches das Viele wie das Licht die Spektralfarben enthält. Diese treten bei prismatischer Brechung bunt hervor. In den Farben stellt sich das Licht selbst dar. In diesem Sinne dürfen die *Blumen im reinen Raum* als unterschiedliche Erscheinungsweisen des alles durchdringenden Offenen gedeutet werden.

Doch jeder Versuch einer Annäherung ans Offene, das All-Eine, das Licht, ist von vornherein zum Scheitern verurteilt, sobald sie *begehrt* wird. Wer trotz der angedeuteten Erkenntnisschwierigkeiten dennoch mit dem Offenen in Kontakt treten möchte, der darf es nicht begreifen und erfassen wollen, sondern muss umgekehrt von allem Wollen absehen, sein Inneres auf Empfang stellen, um von ihm ergriffen werden zu können. Hierzu bedarf es einer Gelassenheit, welche die sichtbaren Dinge ringsum einfach sein lässt, ohne sie besitzen, bearbeiten oder benutzen zu wollen. Unter solchen Umständen kann es noch am ehesten zu einer – wenn auch nur eingeschränkten – Begegnung mit dem Offenen kommen.

## Kinder – Moribunde – Liebende

Es gibt drei Personengruppen, die trotz der gezogenen Erkenntnisgrenzen allein schon aufgrund ihrer Lebensform sich in der Nähe des Offenen aufhalten: Auf das *Kind* haben wir bereits mehrfach hingewiesen. Wenn *eins* beim Spielen in stillem Sinnen vor sich hinblickt, versonnen dasitzt, dann lebt es bereits ins Offene hinaus. Es bewegt sich aufs Offene zu. Allerdings reißt der Alltag das Mädchen oder den Jungen aus seiner Gedankenverlorenheit schon bald wieder heraus. Seine Freunde oder Eltern scheuchen es aus seiner seligen Versunkenheit auf. Es wird *gerüttelt*.

Man denke aber auch an einen *Sterbenden*. Ganz dicht vorm Ende sieht der Moribunde den Tod nicht mehr, sondern starrt gleichfalls unverwandt ins Offene hinaus, ja *ists* bereits. Nahe am Tod scheint er schon nicht mehr ganz von dieser Welt zu sein, sondern ins All-Eine zu blicken. Das Viele scheint er schon nicht mehr richtig zu bemerken. Für den Betroffenen ist es so, als ob sich die Konturen der Dinge verdünnten, deren Formen verblassten, ihre Struktur verflüchtigten. Gleichfalls scheint sich die Individualität des Sterbenden bereits aufzulösen. Sein Leben ist jetzt nur noch eine Art Wachtraum, in dem alle Grenzen und Differenzen dahingeschmolzen sind. Als Teil des Ganzen ist der Sterbende im Begriff, wieder in die All-Natur, das Offene, zu versinken. Jedenfalls ähneln seine Augen dem subjekt- und objektlosen *Tierblick*, der durch keine Sprache oder Kategorien bestimmt wird. In unvermittelter Beziehung zur Wirklichkeit stehend, ist doch angeblich das Tier des Offenen teilhaftig.

Ähnlich die *Liebenden*, über die wir schon so oft sprachen, wenn sie, wie es bei Liebenden nun einmal so ist, sich nicht dauernd miteinander befassen würden. Denn hierbei verstellt leider jeder die Sicht des jeweils anderen. So werden sie nicht in vollem Umfang ihrer Existenz entrückt, außer es wird ihnen einmal *aus Versehn* der Blick ins Offene *hinter dem andern aufgetan*. Dann schauen sie, träumerisch ihren Gedanken nachhängend und dabei ihre Umgebung vergessend, in weite Ferne, wo sie dem unbegreiflichen All-Einen, dem Offenen *nah* sind und deshalb auch *staunen*. Doch so prall ihre Gegenwart und so weitschweifig ihr Blick ist, über den jeweils anderen kommen sie nicht wirklich und dauerhaft hinaus. Wie schnell wird der eine dem anderen wieder zur *Welt*, das heißt zu einer vom Offenen abgeschotteten Sphäre, die nach menschlichen Maßen vermessen und mit menschlichen Kategorien geordnet wird.

Die Durchstoßung unseres aus Begriffen und Kategorien gezimmerten Weltzusammenhangs gelingt also selbst Liebenden, Sterbenden und Kindern nur teilweise.

Den sichtbaren Dingen andächtig hingegeben, um den *Auftrag* zu erfüllen, schauen wir – bildhaft formuliert – in erster Linie die prismatischen Brechungen des Lichts, aber nicht dieses selbst. *Der Schöpfung zugewendet, sehen wir nur* die Erscheinungsweisen des Offenen, *die Spiegelung des Frein*, des allumfassenden Einen, das aufgrund unseres begrenzten Erkenntnisvermögens uns unzugänglich, durch unsere objektbezogene Denkweise *verdunkelt* bleibt. Trotzdem können auch wir Durchschnittsmenschen – wie Liebende, Kinder oder Sterbende – dem gegenstandslosen Offenen, All-Einen, hin und wieder ein Stück weit näher kommen. Wenn wir ein Tier beobachten, das – stumm, unreflektiert, sprachlos nach draußen blickend – ins Offene schaut, dann erahnen wir, was es sieht und folgen mit dem Herzen seinem Blick. In diesem Falle dürfen wir sagen, dass das Tier *ruhig durch uns durch* ins Offene guckt. Aufs Ganze gesehen jedoch bleibt es unser *Schicksal*, den Objekten als Subjekt *gegenüber zu sein*. Unserem Denken steht die Wirklichkeit immer nur als gedeutete, kategorisierte Welt zur Verfügung. Die Spaltung unseres Bewusstseins in Selbst und Ding, Subjekt und Objekt ist unüberwindbar. Darum ist es uns nicht möglich, direkt ins Offene vorzustoßen.

Das Tier dagegen, so scheint es, schaut unvermittelt ins Offene. Aber ihm fehlt das Bewusstsein, durch das die Tiefendimension der Natur *als solche* vergegenwärtigt und gerühmt werden kann. Hätte das Tier zusätzlich zu seinen besonderen Fähigkeiten noch *Bewusstheit unsrer Art*, dann würde es uns in seine Bewegung zum Offenen mitnehmen und aus der geschlossenen, gedeuteten Welt herausreißen. Unser Blick ist zurückgebogen, umgedreht, reflektiert. Der Blick des Tiers geht in umgekehrter Richtung geradewegs nach draußen. Wenn das Tier wie wir Bewusstsein hätte, würde es unseren verbogenen Blick gleichsam geradebiegen, so dass auch wir mit der gleichen ruhigen und gelassenen Art ins Offene schauen könnten. Doch das Tier bleibt ohne Selbstbewusstsein und damit ohne Reflexion, *ohne Blick auf seinen Zustand.* Das Tier erfasst sich nicht, es bleibt *ungefasst*. Es ist uneingeschränkte Gegenwart, *unendlich,* ohne Mangel und Makel, *rein, so wie sein Ausblick* ins Offene. *Und wo wir Zukunft sehn,* Hoffnungen und Sorgen, das Viele, die prismatischen Brechungen des Lichts, dort sieht es *Alles*, das kosmische All-Eine, das reine Licht. Es sieht sich darin als Teil des selbstgenügsamen Offenen. Hier ist es *geheilt für immer,* befreit von allen Nöten, Krämpfen und Sorgen. Im Offenen ist es erfüllte Leichtigkeit, die wir uns als Puppe vom Spiel des Engels erhofften. Jedoch muss selbst diese fiktive Einschätzung des Tieres, durch die ja hauptsächlich eine menschliche Erkenntnisgrenze verdeutlicht werden soll, mit einer großen Einschränkung versehen werden.

## Mücke – Vogel – Fledermaus

Absolute Obhut und totale Heimatlosigkeit sind Gegenbegriffe, die einander entgegen gesetzten Polen einer kontinuierlichen Skala gleichen. Das Tier, das mit erfüllter Leichtigkeit ins Offene zu blicken scheint, erweckt zunächst einmal den Eindruck, gänzlich behütet in der Welt zu sein. Trotz seiner Ansiedelung im Offenen ist es jedoch einerseits immer schon aus der Geborgenheit wie aus einem Paradies herausgefallen, andererseits muss es aber in der Natur ein Stück Heimat gefunden haben, um überleben zu können. Es bewegt sich zwischen beiden Polen.

Deshalb ist selbst für das Tier, das ruhig und gelassen ins Offene blickt, *Gewicht und Sorge einer großen Schwermut* charakteristisch. Eine tiefe Traurigkeit, die auch uns Menschen ein ums andere Mal befällt, klebt an seinem Leben. Über seinem Dasein liegt ein Schleier der Melancholie. Diese gründet auf einer *Erinnerung*, genauer auf einer rückwärts gerichteten Sehnsucht nach dem Mutterschoß. So gibt es bereits unter Tieren ein Heimweh nach der *ersten Heimat*. Hiernach *drängt* es sie. Denn im Mutterleib waren sie absolut geborgen. Dort walteten unendliche Zärtlichkeit und Treue. Alles ging nach Wunsch und Willen. Das Fremde und Angsterregende gab es hier noch nicht. Doch nach Verlassen des Mutterleibes steht alles in einem *Abstand* zur ursprünglichen Behütetheit. Die manifest gewordenen Dinge ringsum muten dem Tier fremd und unheimlich an. Dagegen war im Mutterschoß alles *Atem*: Dort spürte das Tier die wohltuende Wärme mütterlicher Nähe. Hier war es mit allem vertraut, eins, aufs engste verbunden. Der Verlust dieser Einheit bedrückt sein Herz.

Nach Verlassen der *ersten Heimat* finden Mensch und Tier aber auf der Erde eine *zweite* Heimat – die Lebenswelt im weitesten Sinne, in der es sich zwar aushalten lässt, die aber stets brüchig bleibt und deren Schutzwirkung geringer ist als der Schutzschirm der ursprünglichen Heimat. Die zweite Heimat, die Erde, ist für das Tier *zwitterig*, also zwiespältig: Einerseits schenkt sie ihm den Blick ins Offene, andererseits verweigert sie ihm die totale Geborgenheit. Denn die zweite Heimat ist *windig*. Durch ihre Fugen und Ritzen weht ein kalter Luftzug herein, was bedeutet: Auf der Erde ist das Tier zahlreichen Bedrohungen und Gefährdungen ausgesetzt. Es bleibt trotz aller Schutzräume ziemlich schutzlos. An dieser Stelle seien drei Abstufungen der Geborgenheit unterschieden:

Selige *Mücke*, die du den Zwiespalt zwischen schutzloser Fremde und behüteter Heimat nicht kennst. Du glückliche *kleine Kreatur*, die ihr ganzes Leben im Mutterschoß verbringen darf. Denn die begatteten Mücken-Weibchen legen ihre Eier vorzugsweise in feuchten oder sumpfigen Gebieten ab, wo bald die Larven, Puppen und die ausgewachsenen Insekten schlüpfen werden. So wird die ganze Natur zum bergenden Mutterleib der Mücke. Doch ist die Natur nicht bloß der *Schoß, der sie austrug*, sondern auch der Schoß, in dem sie ihr gesamtes Leben zubringen wird. Denn den Unterschied zwischen Drinnen und Draußen kennt die Mücke nicht, *die noch innen hüpft, selbst wenn sie Hochzeit hat.* Denn ihre Begattung findet unter freiem Himmel und somit im Schoß der Natur statt, wo aus den künftigen Eiern neue Insekten schlüpfen und ihr Leben hinbringen werden. Für die Mücke ist *Alles Schoß*.

Nicht so für den *Vogel*, der den Unterschied zwischen behüteter Innenwelt und bedrohlicher Außenwelt kennt. Im mütterlichen Organismus gereift, wird das Vogelei in einem fürsorglich hergerichteten Nest ausgebrütet. Wie die Mücke entwickelt sich somit auch der Vogel nicht im Leib des Muttertiers. Doch entspricht das Nest nur teilweise dem Mutterschoß. Einerseits birgt es das wachsende Leben, andererseits bedeckt es dieses bloß zur Hälfte. Es bietet nur *halbe Sicherheit.* Der Vogel wächst gleichermaßen abgeschirmt und preisgegeben auf. Er lebt zwischen ursprünglicher Heimat und gefährlicher Fremde. Diese Spannung tritt besonders deutlich hervor, wenn erst einmal die Eischalen brechen und das Junge im zugigen Nest die bedrohliche Luft der Wirklichkeit zu spüren bekommt. So kennt der Vogel *beinah beides aus seinem Ursprung*: Innen und Außen als Geborgenheit und Gefährdung.

Hierzu ein merkwürdiger Vergleich: Die *Etrusker* pflegten ihre Toten in einem Sarkophag zu bestatten, dessen *Raum* den Leichnam *empfing*: Der Tote wurde in eine Steintruhe gebettet. Zudem wurde seine Gestalt auf dem *Deckel* als *ruhende Figur* abgebildet. Deshalb musste die Seele des Verstorbenen in der Unterwelt annehmen, dem bergenden Steinsarg wie auch der ungeschützten Steinfigur zu entstammen. Ähnlich ergeht es dem Vogeljungen, das sich sowohl in der brütenden Mutter, dem geschlossenen Ei und bergenden Nest aufgehoben fühlt als auch an das halboffene wehrlose Nest unter freiem Himmel ausgeliefert sieht. Dieser Gegensatz prägt sein Dasein.

Wieder anders verhält es sich mit einem dritten Flugtier: der *Fledermaus*. Sie ist in der Natur weder voll geborgen wie die Mücke noch halb geborgen wie der Vogel, sondern völlig ungeborgen. Die fliegende Fledermaus geht aus einem echten Mutterschoß hervor. Nach ihrer Geburt wird sie gleichsam in die Natur hineingeworfen, in der sie sich zurechtfinden muss. Fast könnte man meinen, dass ihr hastiges Hin- und Herjagen von der Bestürzung herrührt, ohne Ankündigung aus dem Mutterschoß herausgeschleudert worden zu sein. Die Fledermaus muss sich in der Welt heimatlos fühlen. Sie ist ein Fremdling in der Fremde, ganz auf sich selbst gestellt. *Wie vor sich selbst erschreckt, durchzuckt* deshalb die aufgeregte Fledermaus zackig und zart *die Luft, wie wenn ein Sprung durch eine Tasse geht* und dabei feine Risse hinterlässt. Scharfen Messern gleich setzen ihre ruckartigen Flugbewegungen klare Schnitte in die milde Abendstimmung. *So reißt die Spur der Fledermaus durchs Porzellan des Abends.*

Der Fledermaus ähnlich kommen auch wir Menschen schutz- und haltlos auf die Welt, wie es schon in der *Ersten Elegie* heißt. Den Vögeln ähnlich fühlen auch wir uns in der Wirklichkeit nur teilweise zuhause, oftmals fremd. Doch sind wir anders als die Tiere außerstande, unvermittelt mit dem Offenen in Beziehung zu treten. Wir sind zwar *Zuschauer, immer* und *überall*. Neugierig und interessiert wenden wir uns allem zu, was sich beobachten, erforschen und ergründen lässt. Nur über uns hinaus ins Offene kommen wir nicht. Stattdessen sind wir unaufhörlich damit beschäftigt, die zahllosen Eindrücke, die wir aus der Wirklichkeit empfangen, durch Begriffe, Kategorien und Theorien zu gliedern. Das Chaos der uns bedrängenden Reize von außen ist enorm. *Uns überfüllts.* Dennoch versuchen wir in dieses Durcheinander ein bisschen Ordnung zu bringen. Aber immer wieder neue Eindrücke, Widersprüche und Ungereimtheiten werfen die soeben mühsam errichteten Sinn- und Gedankengebäude bald schon über den Haufen. Dann beginnt fast alles abermals von vorne, unzählige Male, bis wir darüber alt werden und schließlich dahinscheiden, ohne zu einem endgültigen Ergebnis gekommen zu sein: *Wir ordnens. Es zerfällt. Wir ordnens wieder und zerfallen selbst.*

Der mit dem *Auftrag* betraute Mensch, der die sichtbaren Dinge ringsum bewusst anschauen soll, scheitert am Offenen, das die vielfältige Wirklichkeit nicht nur wie das weiße Licht die Spektralfarben in sich enthält, sondern damit sogar in bestimmter Hinsicht zusammenfällt. Alle Bemühungen, das All-Eine zu schauen, schlagen fehl, weil wir nicht über das hierfür erforderliche Talent verfügen. Dem Tier unterstellen wir eine solche Begabung, um uns an ihm als einem weiteren Gegenbild unseres Daseins klarzumachen, was wir alles nicht oder nur bruchstückhaft können.

## Abschied

*Wer hat uns also umgedreht*, in Reflexion versetzt, in Subjekt und Objekt gespalten, so dass wir die Wirklichkeit von uns her geradezu automatisch mit Begriffen, Kategorien und Schemata strukturieren? *Wer hat uns also umgedreht*, zurückgebogen, so dass wir nicht unvermittelt nach draußen ins Offene schauen können? *Wer hat uns also umgedreht* und den Blickstrahl unserer Augen auf sich selbst zurückgelenkt, so dass wir, unseres Hierseins bewusst, aufgespannt zwischen Gegensätzen stehen, in denen sich ein Wissen von Vergangenheit, Gegenwart und Zukunft bildet? *Wer hat uns also umgedreht,* dass wir durch dieses Zeitbewusstsein erleben müssen, wie vergänglich und flüchtig alles Menschliche ist? Bereits in der *Vierten Elegie* heißt es, wenn wir den

Vorhang unseres Herzens zur Seite schieben, dann blicken wir auf eine Bühne, deren Szenerie nur Abschied ist. Alles Menschliche ist vergänglich, beklagt auch die *Zweite Elegie*. Anders als für das Tier liegt vor uns keine unbegrenzte Gegenwart, sondern eine Bahn, die zum Tode führt, und am Wegesrand liegen zahllose Endstationen, die uns unterwegs schon zu ständigem Aufhören und Loslassen zwingen. Gleich, *was wir tun*, wir sind durch das Wissen um unsere Zeitlichkeit von vornherein in der *Haltung von einem, welcher fortgeht. Wie er auf dem letzten Hügel, der ihm ganz sein Tal noch einmal zeigt, sich wendet, anhält, weilt – so leben wir und nehmen immer Abschied* – sei es von der Jugend, dem Elternhaus, der Heimat, uns nahestehenden Menschen und anderem Liebgewonnenen. Es kommt der Tag, an dem die Liebesglut erlischt. Doch schwerer wiegen geistiger Verfall, Gedächtnisschwund, Konzentrationsstörungen. Irgendwann heißt es, Abschied zu nehmen von lang gehegten Träumen, ja vom Leben selbst und damit von der eigenen Person. Es liegt etwas Bedrückendes in der Vorstellung, vom eigenen Dasein im Hier und Jetzt einmal Abschied nehmen zu müssen.

Jedes unliebsame Ende weckt Assoziationen an den Tod, sei es ein Abschied, der eine Abreise ankündigt, sei es ein Abschied, der den Ruhestand oder eine Scheidung einleitet. Alle letzten Male sind wehmütige Vorwegnahmen des allerletzten Mals. Endgültige Abschiede sind oft bitter und trostlos. Obgleich es nach einem Abschied auch zu einem Wiedersehen kommen kann, steckt unser Dasein doch voller Abschiede ohne Wiederkehr. Es gibt eine Menge Nächte ohne neuen Morgen. Denn vieles bleibt unwiederholbar, einmalig. Ist es erst einmal vorüber, so ist es unwiederbringlich dahin, ein für alle Mal. Nichts Menschliches verschont die flüchtige Zeit.

Abschied zu nehmen fällt nicht leicht, selbst wenn man im Laufe des Lebens gelernt haben sollte, Verluste besser zu verkraften. Gerade im Alter muss man Verlorenes an Verlorenes reihen, sich von Liebgewonnenem für immer lösen. Nahezu alle Trennungen tun weh, selbst herbeigesehnte Ablösungen. Denn immer lässt man etwas zurück, an dem man hängt, mögen es auch bloß verhasste Gewohnheiten sein, die dem Leben immerhin Halt und Struktur gaben.

Abschiede ohne Trauer gibt es folglich so gut wie nicht. Trennungen schmerzen, weil wir im Augenblick der Loslösung das Verlorene noch nicht losgeworden sind. Darum folgt oft auf einen Abschied ein Gefühl der Entbehrung, die uns den Verlust schmerzhaft spüren lässt. Es treten Entzugserscheinungen auf, da das Verlorene fehlt, mit dem man unter Umständen wie verwachsen war und an das man sich zunächst weiter klammert. Aus diesem Grund ist das Gelingen eines Abschieds an die Anstrengung gebunden, das Verlorene nicht mehr verzweifelt halten zu wollen. Aber die notwendige Loslösung kann ein langwieriger Prozess sein, weil sich lange Zeit etwas im Inneren dagegen sträubt.

Aufgrund seiner Fixierung auf die Gegenwart ist das Tier allen Abschieden voran, als lägen sie hinter ihm. In dieser komfortablen Lage befindet sich der Mensch wegen seines Zeitbewusstseins nicht. Nur durch radikale Lebensentsagung könnten wir allen Abschieden zuvorkommen. Wir müssten unsere Anhänglichkeit ans Leben schwächen, uns von jeder Daseinsfreude abschneiden. Doch ein vitales Selbst, dem etwas an der eigenen Existenz liegt, wird zu einem solchen Verzicht weder bereit noch imstande sein. Auf sich selbst gestellt, den Dingen gegenüber gestellt und in die Zeit gestellt, bleiben wir so unser Leben lang in der *Haltung von einem, welcher fortgeht.*

## Anregungen

- Widmung dem österreichischen Philosophen und Kulturkritiker Rudolf Kassner, mit dem Rilke seit 1907 befreundet war. Die Fürstin Maria von Thurn und Taxis stiftete die Freundschaft zwischen Kassner, den sie Dottor Mistico nannte, und Rilke, ihrem Dottor Serafico.
- Die Tiervorstellungen (S. 145 ff.) sind zwar biologisch unhaltbar, aber als literarische Veranschaulichung dessen, was uns Menschen abgeht, nicht nur zulässig und verständlich, sondern auch poetisch gelungen.
- Das Offene (S. 148 ff.) als Inbegriff des pantheistischen Einen ähnelt – philosophiegeschichtlich – beispielsweise dem *Apeiron* Anaximanders, dem *Logos* Heraklits, der *Natura naturans* Spinozas, der *Weltseele* Schellings oder dem *Sein* des späten Heidegger, der dieses selbst gelegentlich das Offene nennt. Das Offene der Elegie darf aber ebensowenig mit dem Offenen in Rilkes Gedicht *Wie die Natur die Wesen über-*

*lässt* noch mit Hölderlins Offenem im Gedicht *Der Gang aufs Land verwechselt* werden: „Komm! Ins Offene, Freund!“

- Zum Abschied mit Rückblick auf die Heimat (S. 156-158): Vgl. bei dem Romantiker Novalis *Heinrich von Ofterdingen*: Heinrich verlässt seine Heimatstadt Eisenach. Vor der langen Wanderung hält er auf einem Hügel noch einmal inne, um „an der Schwelle der Ferne“ Abschied zu nehmen von der Gegend – „und als auf einer Anhöhe die verlassene Landschaft von der aufgehenden Sonne auf einmal erleuchtet wurde, so fielen dem überraschten Jüngling alte Melodien seines Inneren in den trüben Wechsel seiner Gedanken ein“ (Erster Theil, Zweites Kapitel). Ähnlich bei dem Romantiker Wackenroder *Herzensergießungen eines kunstliebenden Klosterbruders*: „Wie er aber eine kleine Strecke auf dem Felde gegangen war und sich umsah, brachen ihm die hellen Tränen hervor. Soll ich noch umkehren? dachte er. Aber er lief weiter“ (München 1948, S. 113). – Im Gegensatz dazu Thomas Manns *Bekenntnisse des Hochstaplers Felix Krull*: „Wie leicht, wie ungeduldig, geringschätzig und unbewegt lässt der ins Weite stürmende Jüngling die kleine Heimat in seinem Rücken, ohne sich nach ihrem Turme, ihren Rebenhügeln auch nur noch einmal umzusehen“ (Frankfurt/M. 1954, S. 98).
- Zur Anspielung des Autors zu Beginn des zweiten Abschnitts (S. 158): Rilke *Sonette an Orpheus*: „Sei allem Abschied voran, als läge er hinter dir“ (Zweiter Teil, XIII. Sonett).

## Neunte Elegie

Warum, wenn es angeht, also die Frist des Daseins
hinzubringen, als Lorbeer, ein wenig dunkler als alles
andere Grün, mit kleinen Wellen an jedem
Blattrand (wie eines Windes Lächeln) –: warum dann
Menschliches müssen – und, Schicksal vermeidend,
sich sehnen nach Schicksal? ...

Oh, *nicht,* weil Glück *ist,*
dieser voreilige Vorteil eines nahen Verlusts.
Nicht aus Neugier, oder zur Übung des Herzens,
das auch im Lorbeer *wäre* .....

Aber weil Hiersein viel ist, und weil uns scheinbar
alles das Hiesige braucht, dieses Schwindende, das
seltsam uns angeht. Uns, die Schwindendsten. *Ein* Mal
jedes, nur *ein* Mal. *Ein* Mal und nicht mehr. Und wir auch
*ein* Mal. Nie wieder. Aber dieses
*ein* Mal gewesen zu sein, wenn auch nur *ein* Mal:
*irdisch* gewesen zu sein, scheint nicht widerrufbar.

Und so drängen wir uns und wollen es leisten,
wollens enthalten in unsern einfachen Händen,
im überfüllteren Blick und im sprachlosen Herzen.
Wollen es werden. – Wem es geben? Am liebsten
alles behalten für immer ... Ach, in den andern Bezug,
wehe, was nimmt man hinüber? Nicht das Anschaun, das hier
langsam erlernte, und kein hier Ereignetes. Keins.

Also die Schmerzen. Also vor allem das Schwersein,
also der Liebe lange Erfahrung, – also
lauter Unsägliches. Aber später,
unter den Sternen, was solls: *die* sind *besser* unsäglich.
Bringt doch der Wanderer auch vom Hange des Bergrands
nicht eine Hand voll Erde ins Tal, die Allen unsägliche, sondern
ein erworbenes Wort, reines, den gelben und blaun
Enzian. Sind wir vielleicht *hier,* um zu sagen: Haus,
Brücke, Brunnen, Tor, Krug, Obstbaum, Fenster, –
höchstens: Säule, Turm .... aber zu *sagen,* verstehs,
oh zu sagen so, wie selber die Dinge niemals
innig meinten zu sein. Ist nicht die heimliche List
dieser verschwiegenen Erde, wenn sie die Liebenden drängt,
daß sich in ihrem Gefühl jedes und jedes entzückt?
Schwelle: was ists für zwei
Liebende, daß sie die eigne ältere Schwelle der Tür
ein wenig verbrauchen, auch sie, nach den vielen vorher
und vor den Künftigen ....., leicht.

*Hier* ist des *Säglichen* Zeit, *hier* seine Heimat.
Sprich und bekenn. Mehr als je
fallen die Dinge dahin, die erlebbaren, denn,
was sie verdrängend ersetzt, ist ein Tun ohne Bild.
Tun unter Krusten, die willig zerspringen, sobald
innen das Handeln entwächst und sich anders begrenzt.
Zwischen den Hämmern besteht
unser Herz, wie die Zunge
zwischen den Zähnen, die doch,
dennoch, die preisende bleibt.

Preise dem Engel die Welt, nicht die unsägliche, *ihm*
kannst du nicht großtun mit herrlich Erfühltem; im Weltall,
wo er fühlender fühlt, bist du ein Neuling. Drum zeig

ihm das Einfache, das, von Geschlecht zu Geschlechtern gestaltet,
als ein Unsriges lebt, neben der Hand und im Blick.
Sag ihm die Dinge. Er wird staunender stehn; wie du standest
bei dem Seiler in Rom, oder beim Töpfer am Nil.
Zeig ihm, wie glücklich ein Ding sein kann, wie schuldlos und unser,
wie selbst das klagende Leid rein zur Gestalt sich entschließt,
dient als ein Ding, oder stirbt in ein Ding –, und jenseits
selig der Geige entgeht. – Und diese, von Hingang
lebenden Dinge verstehn, daß du sie rühmst; vergänglich,
traun sie ein Rettendes uns, den Vergänglichsten, zu.
Wollen, wir sollen sie ganz im unsichtbarn Herzen verwandeln
in – o unendlich – in uns! Wer wir am Ende auch seien.

Erde, ist es nicht dies, was du willst: *unsichtbar*
in uns erstehn? – Ist es dein Traum nicht,
einmal unsichtbar zu sein? – Erde! unsichtbar!
Was, wenn Verwandlung nicht, ist dein drängender Auftrag?
Erde, du liebe, ich will. Oh glaub, es bedürfte
nicht deiner Frühlinge mehr, mich dir zu gewinnen –, *einer,*
ach, ein einziger ist schon dem Blute zu viel.
Namenlos bin ich zu dir entschlossen, von weit her.
Immer warst du im Recht, und dein heiliger Einfall
ist der vertrauliche Tod.

Siehe, ich lebe. Woraus? Weder Kindheit noch Zukunft
werden weniger ..... Überzähliges Dasein
entspringt mir im Herzen.

# Lied der Erde

## Wofür zu allem Überfluss noch Menschen?

Es gibt mehrere Millionen Arten von Organismen auf der Erde. Ganz unterschiedliche Pflanzen und Tiere bezeugen eine verschwenderische Variationsbreite der Natur. Die Artenvielfalt ist gigantisch, der Formenreichtum sensationell, deren Pracht überwältigend. Man schaue sich nur einen *Lorbeer* genauer an, diesen immergrünen Strauch, der zu einem Baum mit einer Höhe bis zu zehn Metern auswachsen kann. Sein Grün *ist ein wenig dunkler als alles andere Grün*, und seine glänzenden Blätter sind am Rand leicht gewellt. Hierdurch wirken sie *wie eines Windes Lächeln.* Im Allgemeinen haben Lorbeerblätter das Aussehen eines geschlossenen Mundes. Dessen Lippen gleichen die beiden Hälften unter- und oberhalb der Mittellinie eines Lorbeerblatts. Die *kleinen Wellen an jedem Blattrand* erwecken den Anschein, als ob sie lächelten, die Pflanzenblätter im Ganzen, als ob sie der schmunzelnde Mund des Windes wären, dessen leichtes Hauchen sie zum Wehen brachte. Wie wunderbar ist doch die Natur im Kleinen wie im Großen.

Genügt es da nicht schon, dass ein Lorbeerstrauch existiert, aus dessen edlen Zweigen und Blättern früher Siegeskränze geflochten wurden? Warum soll es über die vielgestaltige Natur hinaus noch Menschen geben? Wenn es pflanzliche und tierliche Lebensformen in Hülle und Fülle gibt, wozu existiert dann überdies der Mensch, dessen Dasein sorgenvoll, mühsam und des Gelingens niemals sicher ist? Menschliches Leben ist mitnichten bloß ein Geschenk. Es ist auch eine Zumutung.

Was hat der Mensch, das die Natur nicht schon besäße? Womit lässt sich sein Erdendasein rechtfertigen? Da es doch schon so viele Lebensformen gibt, weshalb dann noch typisch *Menschliches müssen,* das nicht selten hart, bitter und schwer ist? Wer sich täglich abquält, festgekettet an die Last des Daseins, und über seine Beschwernisse brütet, wird hierauf nicht gleich eine gute Antwort finden.

Doch sobald der Einzelne erstmal da ist, möchte er normalerweise auch da bleiben – fest entschlossen, sein bisweilen schweres *Schicksal* zu meistern und sein schutzloses Hiersein erfolgreich zu bestehen. Nachdem die Menschen das Licht der Welt erblickt haben, *sehnen* sie sich zumeist *nach Schicksal*: Sie hängen an ihrem Leben, das sie nicht ohne weiteres abhaken. Jedoch beantwortet diese schlichte Tatsache keineswegs die Frage, warum es außer der üppigen Flora und vielfältigen Fauna zu allem Überfluss zusätzlich noch Menschen geben soll?

Liegt ihre Daseinsberechtigung vielleicht in dem Glück, das ihnen im Laufe des Lebens widerfährt? Diese Frage sei eindeutig verneint. Menschliches Leben ist nicht gerechtfertigt, *weil Glück ist, dieser voreilige Vorteil eines nahen Verlusts.* Glück ist ein Zustand, der nichts zu wünschen übrig lässt. Deshalb kann Glück auch als erfüllte Leichtigkeit, das heißt als Sorglosigkeit ohne Langeweile definiert werden. Nur ist der des Glücks bedürftige Mensch überhaupt auch des Glücks fähig? Oft ahnt man nicht einmal, wie viele Sorgen sich unter dem Anschein des Glücks verbergen. Dazu bedenke man, wie wahllos Fortuna ihr Füllhorn über uns Menschen ausschüttet. Mal wendet sich die Göttin des Glücks uns liebevoll zu, mal grausam von uns ab. Der launische Wechsel von Aufstieg und Fall ist unübersehbar. Menschliches Glück ist unbeständig und unzuverlässig. Den klaren *Vorteil* weniger Begünstigten gegenüber, den bestimmte Glücksgüter bringen, verliert man schon bald durch deren *Verlust*. Die uralte Erkenntnis der Flüchtigkeit und Hinfälligkeit alles Menschlichen macht gerade vor dem Glück nicht Halt – gemäß dem Sprichwort: Glück und Glas, wie leicht bricht das!

Aber auch nicht unsere *Neugier*, Interessen, Lust an der Erkundung von bis dahin Unbekanntem, unser Forschungsdrang vermögen unsere Existenz zu legitimieren. Das Gleiche gilt für die facettenreichen *Übungen des Herzens*: Freud und Leid, Befriedigung und Sehnsucht, die doch jeder in seinem Leben alle erleben darf, ja erleiden muss. Selbst solch starke Gefühle reichen nicht aus, um unserem Dasein eine Legitimation zu verleihen. Das alles genügt nicht. Deshalb muss es einen anderen Grund geben, warum wir Menschen da sind. Diesen kennen wir bereits aus der *Ersten Elegie.*

## Einmaligkeit

Unser Erdenleben ist gerechtfertigt, so seltsam es klingt, *weil Hiersein viel ist, und weil uns scheinbar alles das Hiesige braucht.* Der Mensch ist eine Durchbruchstelle der sichtbaren Natur, an der diese sich selbst schauen kann. Er ist ihre offene Stelle, in der die Dinge ringsum ihrer selbst ansichtig und vernehmbar werden. Nur der Mensch kann der sichtbaren Natur eine Bühne geben, auf der sie sich als solche zu offenbaren vermag. Ohne den Menschen bliebe alles stumm, dunkel und unbemerkt. Nichts und niemandem würde auffallen, dass es Blumen, Bäume und Berge gibt. In der *Siebten Elegie* betonten wir bereits, dass Hiersein herrlich ist, und seit der *Ersten Elegie* ist uns der *Auftrag* bekannt, die Dinge ringsum zu rühmen. Obwohl uns diese seltsame Aufgabe inzwischen vertraut ist, irritiert sie hier dennoch abermalig.

Denn es ist schwierig nachzuvollziehen, warum die vergänglichen Dinge ausgerechnet uns brauchen sollten, die wir ja noch vergänglicher sind als sie. Diese sind schon *Schwindende*, aber wir sind sogar die *Schwindendsten.* Hiermit soll nicht ausgedrückt werden, dass wir vergänglicher sind als alles Sichtbare ringsum. Wir sind nur insofern schwindender als das übrige Hiesige, als wir als einzige Lebewesen aufgrund unseres Selbst-, Welt- und Zeitbewusstseins um unser Dahinschwinden wissen. Wie schon in der *Ersten Elegie* gezeigt, qualifiziert uns aber gerade unsere prekäre Beschaffenheit zum Adressaten des Auftrags. Denn unsere spezielle Situation, die Vergänglichkeit von allem erkennen und reflektieren zu können, befähigt uns zugleich, die Dinge auch rühmen und preisen zu können. Sie macht uns zu einem Schauplatz, auf dem die endlichen Dinge ihre Augen aufschlagen können, um für sich selbst augenscheinlich zu werden.

So konfrontiert uns das Bewusstsein der Endlichkeit mit der Einmaligkeit alles Hiesigen, aber auch mit der Einmaligkeit der eigenen Existenz. Jeder von uns hat nur ein Leben. Zweimal geboren zu werden ist nicht möglich: *Ein Mal jedes, nur ein Mal. Ein Mal und nichtmehr. Und wir auch ein Mal. Nie wieder.* Diese Einmaligkeit alles Hiesigen im numerischen Sinne verstärkt dessen Einmaligkeit im qualitativen Sinne. Nichts scheint nämlich kostbarer zu sein als das Seltene, Unwiederholbare, Singuläre, Momentane. Im Bewusstsein numerischer Einmaligkeit kann das Flüchtige einen unschätzbaren Wert erlangen, der im Alltag meist unbemerkt und unverstanden bleibt. Allerdings geht es hier noch um mehr und anderes: Wenn wir auch unwiederbringlich nur ein Mal auf der Erde verweilen dürfen, so sind wir doch immerhin ein Mal da. Dies lässt sich nicht leugnen. Es bleibt in alle Ewigkeit wahr: *dieses ein Mal gewesen zu sein, wenn auch nur ein Mal: irdisch gewesen zu sein, scheint nicht widerrufbar.*

## Anfassen – Anschauen – Anverwandeln

Aber was ist an der Unwiederbringlichkeit und Unwiderrufbarkeit unseres Lebens so bedeutsam, dass wir sie so stark betonen? Kurzum, die *einmalige* Chance, die sichtbaren Dinge ringsum *als solche* zweckfrei und bewusst anschauen zu können. Unser Dasein mag noch so flüchtig und endlich sein, gleichsam unerwartet fällt jedem von uns die einzigartige Gelegenheit zu, das Hiesige interesselos vergegenwärtigen zu dürfen. Aus dieser uns zufallsblind erwiesenen Gunst der Natur, ihrem überraschenden Geschenk an uns, Natur und Kultur intensiv präsent halten zu können, ergibt sich geradezu die Verpflichtung, dieses ungewöhnliche Vermögen zu nutzen. Aus dem spektakulären Talent, die Dinge zu rühmen, folgt gewissermaßen die Obligation, jene Begabung auch zu gebrauchen, also der *Auftrag.*

*Und so drängen wir uns und wollen es leisten*: Wir wollen das Sichtbare uns immer tiefer anverwandeln. Wir wollen in Kontakt mit den Dingen treten, indem wir sie in unseren *Händen* halten. Sie berühren. Denn der Tastsinn macht sie uns direkt zugänglich. Doch was die Hand berührt, das möchte das Auge mitschauen. Das Augenmerk kann das Entzücken bei der Berührung sogar noch steigern und dabei zugleich den Horizont erweitern. Die bedrängenden Reize der Dinge *überfüllen* den *Blick*, der dem Charme ihrer Farben, Linien und Konturen erliegt. Anschließend werden die taktilen und visuellen Empfindungen ins unsichtbare Innere, ans *Herz* geleitet, das von den Dingen so bezaubert und begeistert ist, dass es einem buchstäblich die Sprache verschlägt. Man wird *sprachlos* und verstummt. Doch geben wir uns selbst hiermit noch nicht zufrieden. Wir möchten den Dingen nicht nur in unserem Inneren eine Bühne bereiten, sondern an ihnen auch teilhaben, mit ihnen verschmelzen, eins sein, sie ganz in uns hineinnehmen, *enthalten*, sie *werden*. Philosophisch gesprochen wollen wir mit ihnen weniger eine mimetische, nachahmende, oder repräsentative, abbildende, Beziehung unterhalten, als vielmehr eine partizipative Bindung eingehen.

Aber was fangen wir mit dem sinnlich Angeeigneten und innerlich Anverwandelten an? *Wem es geben? Am liebsten alles behalten für immer*, so wertvoll sind uns diese Erlebnisse. Schon in der *Siebten Elegie* hat uns die Betrachtung des gestirnten Himmels so überwältigt, dass wir uns gar nicht vorstellen konnten, sie jemals vergessen zu können, auch nachdem wir schon gestorben sein würden. Aber was kann man wirklich *in den anderen Bezug* mitnehmen, wenn man aus der Welt scheidet? Mit dem anderen Bezug ist ein außerirdisches Jenseits gemeint, von dessen Bestehen hier lediglich zur Aufwertung des Hiesigen ausgegangen wird.

## Was können wir aus der Welt mitnehmen?

Nicht das *Anschaun, das hier langsam erlernte.* Zur Erfüllung des Auftrags gingen wir in eine Schule des Schauens, in der das interesselose Betrachten des Wirklichen trainiert und kultiviert wurde. Wir lernten, die Dinge mit unseren Blicken abzutasten, mit den Augen zu denken und entdeckten dabei Facetten der Realität, die im Alltag leicht übersehen werden. Anschauen ist Andacht! Jedoch können wir *Schwindendsten* die Fähigkeit des Schauens wie alles *hier Ereignete* nicht aus der

Welt mitnehmen. Alles, was sich auf der Erde zuträgt, bleibt wie die sichtbaren Dinge selbst hier. Doch wenn wir *keins* von alledem mit in den Tod nehmen können, weder das Schauen noch die Dinge oder sonstigen Ereignisse, dann aber vielleicht wenigstens die *Schmerzen*, damit wir außerhalb des Hiesigen von ihnen geheilt werden und nicht umsonst gelitten haben? Möglicherweise besitzen unsere Schmerzen ein Gewicht, das dem Anschauen, den Dingen und Begebenheiten dieser Welt fehlt, weil diese einfach zu harmlos, ja belanglos für eine andere, vollkommenere Welt sind, um dorthin mitgenommen zu werden.

Womöglich sind gerade unsere Schmerzen, die Schwere des Daseins, dessen Nöte, selbst der *Liebe lange Erfahrung* mit all ihren Freuden, Sehnsüchten und Leiden großartig genug, um zu verdienen, in eine höhere Welt hinübergerettet zu werden. Auf den ersten Blick scheinen sie hinreichend bedeutsam hierfür zu sein. Denn sie sind *lauter Unsägliches*. Damit sei nicht allein gesagt, dass sie kaum ausgesagt werden können, so sehr das auch stimmt. Denn Schmerz und Liebe lassen sich nur mit Mühe in Worte fassen. Deren Erleben lässt sich nur bildhaft umschreiben; Begriffe lassen uns hier schnell im Stich. So sagen wir: Der Schmerz sticht, schneidet, beißt, hämmert oder brennt. Bei Verliebtheit sprechen wir von Schmetterlingen im Bauch. Und wenn Schmerz und Verliebtheit stärker werden, dann verstummt sogar noch die Bildsprache. Beide Empfindungsarten reichen so weit in den Grenzbereich des Unsagbaren hinein, dass es zweifelhaft bleibt, ob sie überhaupt in Worte gefasst werden können. Zuletzt lösen sie sich in Seufzer und Schreie auf. Allerdings sind Schmerz und Liebe nicht bloß in diesem Sinne unsäglich, sie sind auch unaussprechlich im Sinne von außerordentlich, gewaltig, kolossal. Ihre Unsäglichkeit im doppelten Sinne scheint ihre Aussprechbarkeit und jegliches Menschenmaß zu übersteigen. Gerade ihre Ungeheuerlichkeit qualifiziert sie für eine höhere Welt, in der das Titanische, Monumentale, Exquisite zu Hause ist und unsere Worte versagen. Aber weit gefehlt! Nur ein Schelm wird erwarten, dass das Allzu-Menschliche genug Rang hat, um einer höheren Welt würdig zu sein.

So außergewöhnlich das menschlich Unsagbare wirkt, verglichen mit dem Unsäglichen der anderen, höheren Welt ist es unerheblich, geradezu trivial, ja fast nichts. Diese andere, vollkommenere Welt bei *den Sternen* wäre, falls es sie gäbe, so gigantisch, dass das menschlich Unsagbare, das wir für würdig befanden, dorthin mitgenommen zu werden, als nichtig, wenn nicht sogar als lächerlich erscheinen müsste. Das Unsrige würde *unter den Sternen* zur absoluten Bedeutungslosigkeit absinken. Mit anderen Worten: Wir können und werden überhaupt nichts in den *anderen Bezug* mitnehmen.

Darum sollten wir aufhören, uns weiter mit der Frage zu quälen, was es außerhalb unserer sichtbaren Welt noch gibt und ob ein Teil von uns jemals dorthin kommen wird. Die Frage, ob es den *anderen Bezug* gibt, hat sich zumindest an dieser Stelle für uns erledigt, weil wir selbst dann nicht an jenen Ort gelangen könnten, wenn es ihn gäbe. Die Frage, ob es ihn gibt, ist für uns unwichtig geworden. Lebenspraktisch ist nämlich das Unerreichbare soviel wie das Inexistente. Aber warum brachten wir dann diese Idee überhaupt ins Spiel? Einfach, um mit Nachdruck darauf hinweisen zu können, dass es in unserem einzigartigen Dasein auf das Diesseitige statt aufs Jenseitige, auf das Sagbare statt Unsagbare, Endliche statt Unendliche ankommt. Somit zeichnen wir dieses Gegenbild eines *anderen Bezugs* zur klareren Konturierung des *Auftrags*, der in diesem Zusammenhang bedeutet: Konzentriert euch aufs Hiesige!

## Sagen und Rühmen

Wenn ein Wanderer von einem Berghang eine *Hand voll Erde* mit ins Tal bringt, kann einem diese braune Masse geheimnisvoll, rätselhaft wie die Wirklichkeit insgesamt vorkommen und deshalb als *unsäglich* bezeichnet werden. Trotzdem würden wohl die meisten Dorfbewohner unten im Tal fragen, was sie damit sollen. Hiervon hätten sie doch genug in ihren Gärten, unter ihren Wiesen und auf ihren Feldern. Wenn du diesen braunen Stoff anfassen möchtest, dann fasse Gartenerde an. Dazu musst du nicht auf die Berge steigen. Denn die Erde von dort oben ist die gleiche wie hier unten. Was kann sie dir zusätzlich geben? Nichts!

Wenn du etwas wirklich Bemerkenswertes, Erstaunliches oder Faszinierendes vom Berg mitbringen möchtest, dann bringe *den gelben und blaun Enzian* mit, besser noch: eine schöne Beschreibung seiner farbigen Formen, nachdem diese deine Aufmerksamkeit geweckt, deinen Kopf angeregt und dein Herz berührt haben. Bringe also nicht bloß den Enzian mit, sondern erwirb auch schöne Worte für dieses einzigartige Gewächs, in denen es – obwohl abwesend – für uns sogar noch gesteigert anwesend sein kann. Ein nachdenkliches Gemüt kann ein Ding in vollem Umfang präsent halten, wenn es dafür ein angemessenes *Wort erworben*, das Zauberwort gefunden hat. Worte sind mehr als bloße Bezeichnungen. Wort und Ding gehören zusammen. Kein Ding ist, wo das richtige Wort fehlt.

Natürlich kann eine zu große Deutlichkeit der Sprache bei der Benennung von Alltäglichem wie Haus und Hund den Dingen das Wunderbare nehmen. In den meisten Fällen ist das Wort sogar der Verräter des Gewöhnlichen. Es macht die Dinge stumm, ja bringt sie geradezu um. Zugleich aber vermag selbst ein alltäglicher Ausdruck, durch festliche Stimmung in den Rang des Poetischen erhoben, ein Ding auch aus seiner alltäglichen Verborgenheit herauszuholen und ihm eine hohe Wertigkeit zu verleihen. Es vermag seine Präsenz so zu steigern, dass es uns dichter, seiender, wirklicher als sonst vorkommt.

Deshalb besteht der Auftrag gleichfalls darin, den Reichtum der Natur, deren Farben und Gestalten aus ihrem festgefügten Alltags- und aufgeklärten Wissenschaftsverständnis in die Sprache der Poesie zu transportieren. Es kommt bei der Suche nach den adäquaten Worten darauf an, den hohen Ton über der gemeinen Alltags- und Wissenschaftssprache zu treffen und mit gesammelter Ehrfurcht auszusprechen. Erst dann wird das Wort dem angesprochenen Ding das Geständnis abringen, des hymnischen Lobs würdig zu sein. Aus der Schönheit lyrischer Dichtkunst gewinnen Dinge ihren besonderen Zauber, der sie vor dem Absturz in die Banalität bewahrt.

Nicht das hinfällige Glück verleiht unserem Dasein Sinn, sondern die poetische Beschreibung der Phänomene, also deren innige Verwandlung in eine hochgespannte Sprache. So sind wir nicht in erster Linie auf der Erde, um uns mit dem Offenen selbst, dem Licht zu beschäftigen, das wir sprachlich kaum bewältigen können. Wir sind vielmehr hier, um uns lediglich mit den prismatischen Brechungen des Lichts, den sichtbaren Dingen zu befassen. Gleichfalls sind wir nicht unbedingt da, um im Anschluss an die Betrachtung des sternenklaren Nachthimmels dessen Milliarden Galaxien wissenschaftlich zu erforschen. Außerdem sind wir keineswegs hier, um über die Rühmung der sichtbaren Gestalt der Dinge hinaus die Frage nach deren wahrer Beschaffenheit zu stellen. Schließlich gehört es mitnichten zu unserem *Auftrag*, über den Lobpreis des Hiesigen hinweg das Rätsel seiner Existenz zu ergründen.

Somit vollzieht sich die Erfüllung des *Auftrags* in einem überschaubaren Rahmen. Es ist nicht erforderlich, diesen zu überschreiten. Im Gegenteil soll der Auftragsnehmer lernen, über scheinbar Geringfügiges groß zu denken. Er soll sich von vermeintlich Wenigem bezaubern lassen, die eigene angemaßte Wichtigkeit vor den kleinen Dingen zurücknehmen, diesen gegenüber nicht mehr und größer sein wollen und gerade dadurch erst großartig werden, weil ja sie bereits großartig sind. Jeder Gegenstand und jede Umgebung ist geeignet, Objekt stiller Betrachtung zu werden. Darum fragen wir rhetorisch, weil die bejahende Antwort schon feststeht: *Sind wir vielleicht hier, um zu sagen: Haus, Brücke, Brunnen, Tor, Krug, Obstbaum, Fenster, – höchstens: Säule, Turm.* Warum *höchstens*? Da sich in diesen verhältnismäßig hohen Steingebilden bereits Unsägliches und Ungeheures ankündigt, das uns sprachlich überfordern könnte.

Das angepeilte Ziel lautet demnach, die Dinge mit gesammelter Hochachtung zu sagen und sie hierbei nicht als uneigentlichen Abglanz eines illusionären Jenseits abzuwerten. Hierbei soll nicht nur deren Unauffälligkeit und Selbstverständlichkeit zum Schwinden gebracht werden, sondern vielmehr auch deren Eigenbedeutung strahlend zur Geltung kommen. Die Art und Weise, wie das Hiesige von uns aus- und angesprochen wird, entscheidet darüber, ob deren bewundernswertes Dasein für uns voll gegenwärtig werden kann: *zu sagen, verstehs, oh zu sagen so, wie selber die Dinge niemals innig meinten zu sein.* Wem dies gelingt, der bekommt bislang Ungesehenes zu schauen. Doch das genügt nicht. Denn wir sollen die Dinge ja nicht nur begreifen, sondern von ihnen auch ergriffen werden. Wir sollen sie uns innerlich anverwandeln, ins Herz hineinnehmen, um sie – wie in der *Siebten Elegie* den Tempel, Vogelgesang, Frühling und Sommer – zu rühmen.

Liebende sind regelrechte Meister der Verklärung des Alltäglichen. Wie die Geliebte den Ort verzaubert, an dem sie wohnt, so geht ihr Zauber erst recht auf die Dinge über, die sie verwendet. Ob eine benutzte Tasse oder ein gebrauchtes Hemd – gerne werden Alltagsobjekte als Unterpfand intimer Nähe bewahrt. Gerade in der Anfangszeit einer Beziehung kann jeder Gegenstand, den die Geliebte anfasst, zu deren Stellvertreter werden, an den sich der Liebende in ihrer Abwesenheit klammert. Aber auch die Stätten, die sie zusammen besuchen, oder die Wege, die sie gemeinsam gehen, können etwas Besonderes werden, als ob aus diesen Orten und Pfaden sanfte Schwingungen in sie übergingen, die sich mit ihrer Innigkeit intensiv verbunden hätten. Darum wollen Liebende solche Erfahrungen auch festhalten, die sie ihre enge Verbundenheit spüren lassen. Es ist eine *heimliche List* unserer *verschwiegenen Erde*, dass sich im *Gefühl der Liebenden* alle Dinge, die ihnen begegnen, zu etwas Wertvollem verwandeln. Noch das Einfachste wird hiervon nicht ausgenommen. Selbst eine Türschwelle kann hierzu zählen, über die schon zahlreiche Menschen das Haus betraten, so dass sie mittlerweile ganz abgenutzt aussieht. Und die Liebenden werden die Schwelle ebenfalls *ein wenig verbrauchen, auch sie, nach den vielen vorher und vor den Künftigen,* wenn sie diese ohne jede Mühe, eben *leicht* übertreten. Aber *was ists für zwei Liebende?* Man sollte hier nicht sofort an eine Schwelle zur ersten gemeinsamen Nacht oder zur neu erworbenen Wohnung denken. Um einer Schwelle besondere Wertigkeit zu verleihen, genügt es bereits, dass zwei Menschen über sie gemeinsam treten. Schon auf diesem Wege kann sie eine tiefere Bedeutung für beide erlangen. Sie wird für sie wirklicher als zuvor.

Jedoch sobald die sagbaren Dinge uns vertraut werden, verlieren sie wieder an Wirklichkeit. Die hohe Kunst der Auftragserfüllung liegt in gesteigerter Wachsamkeit, mit der wir das *sägliche* Bekannte unserer näheren Umgebung nicht bloß wiedererkennen, sondern wie zum ersten Mal erblicken. Erst wenn unsere eingeschliffenen Sehgewohnheiten zerbrechen, wird das Hiesige uns so in Entzücken und Erstaunen versetzen können, dass wir es rühmen und preisen möchten: *Hier ist des Säglichen Zeit, hier seine Heimat. Sprich und bekenn.*

## Dinge ohne Aura

Wie schon in der *Siebten Elegie* beklagt, ist die Anzahl der rühmenswerten Dinge in der wissenschaftlich-technischen Zivilisation deutlich gesunken. Wir aber hängen an altertümlichen Bauwerken und vormodernen Alltagsgegenständen, deren Maße und Proportionen sich mit der blühenden Vegetation und bukolischen Landschaft so vereinen, als hätten diese sie selbst hervorgebracht. Wie Vogelgezwitscher oder Jahres- und Tageszeiten scheinen uns gerade einfache alte Dinge hervorragend geeignet zu sein, durch verklärende Worte gerühmt zu werden, bieten sie doch einen köstlichen Anblick. Doch leider werden heute Gegenstände, in denen sich das Nützliche noch mit dem Schönen verknüpft, immer mehr *verdrängt* und durch ausdruckslose Apparate *ersetzt*. Technische Geräte besitzen keine Aura. Sie werden nicht mehr als unglaublich packend, erhaben, stimmungsvoll empfunden. Sie sprechen den Betrachter nicht mehr an. Ihre Entstehung gründet auf einem aufgeklärt rationalen Denken, das sich immer stärker vom sinnlich Anschaulichen gelöst hat. Im Zeitalter der mathematischen Naturwissenschaften, in dem die wahrnehmbare Welt im Nebel mathematischer Formeln verschwindet, basieren alle industriell angefertigten Massenprodukte auf einem *Tun ohne Bild.* Das Gleiche gilt für ihren Gebrauch, mit dem sich keine schönen Vorstellungen mehr verbinden. Moderne Geräte hinterlassen keine unauslöschlichen Eindrücke mehr. Die Nutzung technischer Apparate lässt sich nicht mehr zelebrieren, weil diese ganz in ihrer funktionalen Effizienz aufgehen. In dem Moment, in dem sie versagen, werden sie Müll. So gleichen sie *Krusten, die willig zerspringen, sobald innen das Handeln entwächst.* Krusten sind Ablagerungen, die schnell in die Brüche gehen. Und nachdem die Geräte zu Abfall geworden sind, greifen die Menschen sofort nach neuen seelenlosen Gebilden. Überhaupt richten sie ihre Lebensführung immer stärker an technischen Innovationen aus. Sie verramschen das Alte, sobald Neues auf den Markt kommt. Das Konsumdiktat der Moderne zwingt die neuesten Apparate ihnen gleichsam auf. Diese *begrenzen* ihr Handeln. Doch bald sind auch diese wieder überholt oder gehen kaputt. Dann treten abermals neue Industriewaren an ihre Stelle.

Allerdings sind selbst in der rationalisierten, mechanisierten, inzwischen digitalisierten Industrie- und Lebenswelt noch unvergessliche Natur- und Kulturerfahrungen möglich. Zwischen den drehenden Zahnrädern und schlagenden *Hämmern* der Fabriken schlägt noch immer ein sehnsuchtsvolles *Herz*. Dieses wird zwischen den technischen Gebilden genauso wenig zermahlen, wie unsere *Zunge* zwischen den *Zähnen* zerbissen wird. Die Zähne symbolisieren die poetisch empfindungslose, kalte Technik. Dagegen stehen Zunge und Herz für die empfindsamen Worte, mit denen wir die Farben, Formen und Atmosphären alter Dinge und schöner Landschaften sagen und rühmen können. Trotz der Zähne bleibt die Zunge *doch, dennoch, die preisende.* Selbst in der wissenschaftlich-technischen Zivilisation sind also Momente gegenwärtigen Entzückens und so ganz unterschiedliche Erfüllungen des Auftrags möglich, wie bereits die *Siebte Elegie* eindrucksvoll zeigte.

## Staunen ist kein leichtes Spiel

Aufs Neue wenden wir uns an den Engel, den Inbegriff des vollkommen Schönen, um vor ihm unseren Lobpreis der sagbaren Welt vorzutragen. Zum wiederholten Male bemühen wir die Idee des Vollkommenen, um hieran zu verdeutlichen, dass unser Rühmen der einfachen Dinge angebracht und hochwertig ist. Dafür unterstellen wir dem Engel, dass selbst er über die kleinen Dinge staunen würde, wenn er sie sich wie wir kontemplativ vor Augen führte. Damit wollen wir hervorheben, wie einzigartig unsere Chance ist, Natur und Kultur *als solche* bewusst in uns aufzunehmen. *Preise dem Engel die Welt, nicht die unsägliche, ihm kannst du nicht großtun mit herrlich Erfühltem; im Weltall, wo er fühlender fühlt, bist du ein Neuling.* Allein das Sägliche sollen wir preisen, das Unsägliche aber auf sich beruhen lassen. Logischerweise würden wir an der Aufgabe scheitern, es sagen zu wollen. Im *Weltall* oder, wie es vorher hieß, *unter den Sternen* haben wir nichts zu suchen. Selbstredend ist hiermit nicht das unermessliche Universum mit seinen Milliarden Galaxien gemeint, sondern nur jene vollkommene Sphäre, für die auch der Engel steht, mit der wir nichts zu tun haben und die uns überfordern würde, weil sie zu stark oder zu mächtig wäre für uns. Darum sollen wir lediglich die kontemplativen Chancen des Hier und Jetzt ergreifen und deren besonderen Wert erkennen.

Hierfür steht an dieser Stelle die Aufforderung: Zeige dem Engel das *Einfache* – neben Vogelgezwitscher, Jahreszeiten und antiken Kulturdenkmälern gerade auch Produkte der vorindustriellen Handwerkskunst, die, von Generation zu Generation weitergegeben, schöne Alltagsgegenstände hervorbrachte. Zeige dem Engel diese optisch ansprechbaren Dinge, die sich menschlichem Können verdanken, dir zur *Hand* gehen oder vor deiner Hand liegen, wenn du sie interesselos in Augenschein nimmst.

*Sag ihm die Dinge.* Und je deutlicher, du dem Engel sie mit deinen Worten zeigst, umso *staunender* wird er, wie wir es wurden, als wir einen *Seiler in Rom* beobachteten, der in seinen Händen virtuos mehrere Stränge zu Kordel zusammendrehte, oder einen *Töpfer am Nil*, der auf seiner Drehscheibe verschiedene Vasen und Schüsseln heraufzog. Zeige dem Engel, auf welche Resonanz die Dinge in unserem Herzen stoßen können: *Zeig, ihm wie glücklich ein Ding sein kann und wie schuldlos und unser,* das heißt, wie es in freundlichem, arglosem Einklang mit unserem Leben zu stehen vermag, wenn wir es nur richtig anschauen und gebrauchen. Schau dir nur die Schale für die Mahlzeit der Armen und Kranken an, in der *das klagende Leid rein zur Gestalt* geworden ist. Sieh dir die einfachen Dinge näher an, die uns tagtäglich zur Bewältigung des Alltags dienen – Tasse, Teller und Topf. Betrachte eine Violine, wie in ihr das klagende Leid scheinbar verschwindet, *stirbt,* um sich dann in selige Klänge zu verwandeln, die hinreißen, trösten und helfen, wie es am Ende der *Ersten Elegie* heißt.

Diese mannigfaltigen Dinge unserer näheren Umgebung, die alle über kurz oder lang zerbrechen, *verstehn, dass du sie rühmst.* Zum Dahinschwinden verurteilt, trauen sie ausgerechnet uns, *den Vergänglichsten,* ihre *Rettung* zu, weil wir über Selbst-, Welt- und Zeitbewusstsein verfügen. Wir sollen, ja wir wollen die Dinge retten, weil wir es können: *sie ganz im unsichtbaren Herzen verwandeln in – o, unendlich, in uns!* So möchten wir in unserem unwiederbringlichen endlichen Leben die einzigartige Chance ergreifen, das Hiesige im unsichtbaren Inneren rühmend gegenwärtig zu halten. *Wer wir am Ende auch seien,* diese

Fähigkeit besitzen wir. Was wir in letzter Beziehung sein mögen, diese exzellente Begabung haben wir. Darum wäre es schlimm, ja töricht, sie nicht zu nutzen.

## Wunsch, Traum und Auftrag

Überschwänglich, bildhaft und zusammenfassend formuliert hat die *Erde* gleichermaßen einen Wunsch, Traum und Auftrag – drei Ansinnen also, die alle auf das Gleiche abzielen, dabei aber mit abgestuftem Nachdruck ihre Intensität erhöhen. Am Anfang steht der Wunsch: *Erde ist es nicht dies, was du willst: unsichtbar in uns erstehn?* Darauf folgt der Traum: *Ist es dein Traum nicht, einmal unsichtbar zu sein?* Schließlich meldet sich der seit der *Ersten Elegie* bekannte Auftrag zu Wort: *Erde! unsichtbar! Was, wenn Verwandlung nicht, ist dein drängender Auftrag?* Die sichtbare Welt um mich herum möchte von uns verstanden werden. Das Hiesige will in uns für sich selbst zu einer Quelle außerordentlicher Entzückung aufsteigen. Die bezaubernde Atmosphäre der Erde möchte uns vollends gefangen nehmen und ihre berührende Schönheit uns mit Erstaunlichem verwöhnen. Unsere Augen sollen sich mit farbigen Formen und unser Herz mit innigem Lobpreis füllen. Die Erde möchte uns ganz in Besitz nehmen, damit wir ihre Werke mit dem Pathos scharfsinniger Sachlichkeit in heiterer Selbstentsagung rühmen. Endlich ist der Punkt erreicht, an dem ich auf alle diese Anfragen der Erde ohne Umschweife antworten kann: *Erde, du liebe ich will.* Du bist wert, bestaunt und gerühmt zu werden.

Zu solch entschlossener Weltbejahung bedurfte es keiner großen Überzeugungsarbeit, geschweige denn einer listigen Überredungskunst. Glaube mir, hierzu wären jetzt keine blühenden Wiesen, schillernden Seen oder weitschweifigen Ausblicke auf strahlende Berge mehr vonnöten. Glaube mir, hierzu müsstest du jetzt nicht mehr die weite Ebene in ein Meer von Blüten und Licht verwandeln. Glaube mir, Erde, ich benötige nicht mehr *deine Frühlinge* in der Pracht ihres Blühens, um mich dir vorbehaltlos hingeben zu können. Du brauchst mich nicht mehr durch den Aufbruch des bunten Lebens für dich zu gewinnen, weil du mich schon längst erobert hast. Zusätzliche Angebote sind nicht mehr erforderlich, damit ich den *Auftrag* übernehmen möchte. Inzwischen bin ich auch ohne dies alles bereit hierzu. Ich bin für dich eingenommen. Der Anblick deiner Natur begeistert, ja überwältigt mich. Mittlerweile ist sogar schon ein einziger Frühling *dem Blute zu viel*, dessen pralle Lebensfülle mich zu erschlagen droht. *Namenlos*, also ohne Grund und Mühe bin ich von meiner Veranlagung her für deine wahrnehmbare Pracht aufgeschlossen, die mich in andächtiges Entzücken versetzt. *Immer warst du im Recht* durch das, was du bist und uns bietest: eine faszinierende Wirklichkeit, die den aufmerksamen Betrachter in ehrfürchtiges Staunen versetzt. Du bist weder absurd noch sinnlos, sondern ruhst selbstgenügsam in dir. Deinen Halt findest du in dir selbst. So wollen wir dich, du verblüffende Erde, zutiefst bejahen, indem wir deine Werke uns innerlich anverwandeln – sogar deinen *heiligen Einfall*: den Tod. Dieser ist uns von Geburt an schon *vertraulich,* tragen wir ihn doch in uns wie eine Frucht ihren Kern. Dem Kind am Ende der *Vierten Elegie* ähnlich wollen wir die eigene Endlichkeit geduldig annehmen, nicht zuletzt, weil Vergänglichkeit ein Teil unseres nicht widerrufbaren, unwiederbringlichen Daseins ist. Wir wollen uns mit dem eigenen Dahinscheiden aussöhnen, ja anfreunden.

*Siehe, ich lebe.* Welch einzigartiges Wunder, auf der Erde zu sein und dabei zu spüren: Hiersein ist viel, wie es zu Beginn dieser hymnischen Elegie heißt. Aber woraus leben wir? Weder die verlorene Kindheit noch die ausstehende Zukunft werden *weniger*. Das eine ist vorbei, das andere noch nicht eingetroffen, und doch ist und bleibt alles irgendwie im großen Ganzen enthalten. Die Schöpferkraft der All-Natur durchströmt alle Erscheinungen. Wie am Schluss der *Ersten Elegie* und im Kern die *Achte Elegie* bringen wir hier noch einmal lebensphilosophische Saiten zum Schwingen und Klingen, wonach die vielfältigen Formen der Natur lediglich Ausdrucksformen des alles durchströmenden Lebens sind, Erscheinungsweisen des Offenen, prismatische Brechungen des Lichts, das alles in sich birgt. Auf diese pantheistische Idee greife ich am Schluss der Elegie noch einmal gerne zurück, um meine überschwängliche Dankbarkeit und Begeisterung über die sichtbare Wirklichkeit zum Ausdruck zu bringen. *Überzähliges Dasein entspringt mir im Herzen.* Mit *überzählig* meine ich hier nicht etwa „entbehrlich, überflüssig, verzichtbar", sondern vielmehr umgekehrt „überreichlich, üppig, füllig". Mit anderen Worten: Mein glühendes Herz schenkt mir die pralle Intensität eines beschwingten Daseins, das die faszinierende Wirklichkeit der sag- und sichtbaren Dinge in sich gegenwärtig hält. Der Engel spielt die Puppe.

## Anregungen

- Zur Überschrift (S. 165) vgl. Gustav Mahlers *Lied der Erde*, das allerdings mehr aus Klagegesängen denn aus Lobgesängen besteht.
- Zum angemessenen Wort (S. 172) vgl. Joseph von Eichendorff *Wünschelrute*: „Schläft ein Lied in allen Dingen, / Die da träumen fort und fort, / Und die Welt hebt an zu singen, / Triffst du nur das Zauberwort."
- Zur Sprachskepsis (S. 172) vgl. Rilke: „Ich fürchte mich so vor der Menschen Wort. / Sie sprechen alles so deutlich aus. / Und dieses heißt Hund und jenes Haus, und hier ist der Beginn und das Ende ist dort. // Mich bangt auch ihr Sinn, ihr Spiel mit dem Spott, / sie wissen alles, was wird und war; / kein Berg ist ihnen mehr wunderbar; / ihr Garten und Gut grenzt grade an Gott. // Ich will immer warnen und wehren: Bleibt fern. / Die Dinge singen höre ich so gern. / Ihr rührt sie an: Sie sind starr und stumm. Ihr bringt mir alle die Dinge um."
- Rilkes Kritik der modernen Technik (S. 175 f.) ist nur teilweise überzeugend.
- Zur Poesie der Erde (S. 178) mit ganz unterschiedlichen Inhalten: André Gide *Uns nährt die Erde*; Knut Hamsun *Segen der Erde,* Emile Zola *Die Erde,* Albert Camus *Hochzeit des Lichts*; Friedrich Nietzsche *Also sprach Zarathustra*: „Ich beschwöre euch, meine Brüder, bleibt der Erde treu und glaubt denen nicht, welche euch von überirdischen Hoffnungen reden!" (Erster Teil, Vorrede, 3. Abschnitt); Martin Heidegger *Der Ursprung des Kunstwerks*: „Die Erde ist das wesenhaft Sichverschließende. … Offen gelichtet als sie selbst erscheint die Erde nur, wo sie als die wesenhaft Unerschließbare gewahrt und bewahrt wird, die vor jeder Erschließung zurückweicht. " (Holzwege, Frankfurt 1977, S. 33).

## Zehnte Elegie

Daß ich dereinst, an dem Ausgang der grimmigen Einsicht,
Jubel und Ruhm aufsinge zustimmenden Engeln.
Daß von den klar geschlagenen Hämmern des Herzens
keiner versage an weichen, zweifelnden oder
reißenden Saiten. Daß mich mein strömendes Antlitz
glänzender mache; daß das unscheinbare Weinen
blühe. O wie werdet ihr dann, Nächte, mir lieb sein,
gehärmte. Daß ich euch knieender nicht, untröstliche Schwestern,
hinnahm, nicht in euer gelöstes
Haar mich gelöster ergab. Wir, Vergeuder der Schmerzen.
Wie wir sie absehn voraus, in die traurige Dauer,
ob sie nicht enden vielleicht. Sie aber sind ja
unser winterwähriges Laub, unser dunkeles Sinngrün,
*eine* der Zeiten des heimlichen Jahres –, nicht nur
Zeit –, sind Stelle, Siedelung, Lager, Boden, Wohnort.

Freilich, wehe, wie fremd sind die Gassen der Leid-Stadt,
wo in der falschen, aus Übertönung gemachten
Stille, stark, aus der Gußform des Leeren der Ausguß
prahlt: der vergoldete Lärm, das platzende Denkmal.
O, wie spurlos zerträte ein Engel ihnen den Trostmarkt,
den die Kirche begrenzt, ihre fertig gekaufte:
reinlich und zu und enttäuscht wie ein Postamt am Sonntag.
Draußen aber kräuseln sich immer die Ränder von Jahrmarkt.
Schaukeln der Freiheit! Taucher und Gaukler des Eifers!
Und des behübschten Glücks figürliche Schießstatt,
wo es zappelt von Ziel und sich blechern benimmt,

wenn ein Geschickterer trifft. Von Beifall zu Zufall
taumelt er weiter; denn Buden jeglicher Neugier
werben, trommeln und plärrn. Für Erwachsene aber
ist noch besonders zu sehn, wie das Geld sich vermehrt, anatomisch,
nicht zur Belustigung nur: der Geschlechtsteil des Gelds,
alles, das Ganze, der Vorgang –, das unterrichtet und macht
fruchtbar .........
.... Oh aber gleich darüber hinaus,
hinter der letzten Planke, beklebt mit Plakaten des »Todlos«,
jenes bitteren Biers, das den Trinkenden süß scheint,
wenn sie immer dazu frische Zerstreuungen kaun ...,
gleich im Rücken der Planke, gleich dahinter, ists *wirklich.*
Kinder spielen, und Liebende halten einander, – abseits,
ernst, im ärmlichen Gras, und Hunde haben Natur.
Weiter noch zieht es den Jüngling; vielleicht, daß er eine junge
Klage liebt ..... Hinter ihr her kommt er in Wiesen. Sie sagt:
– Weit. Wir wohnen dort draußen ....
Wo? Und der Jüngling
folgt. Ihn rührt ihre Haltung. Die Schulter, der Hals –, vielleicht
ist sie von herrlicher Herkunft. Aber er läßt sie, kehrt um,
wendet sich, winkt ... Was solls? Sie ist eine Klage.

Nur die jungen Toten, im ersten Zustand
zeitlosen Gleichmuts, dem der Entwöhnung,
folgen ihr liebend. Mädchen
wartet sie ab und befreundet sie. Zeigt ihnen leise,
was sie an sich hat. Perlen des Leids und die feinen
Schleier der Duldung. – Mit Jünglingen geht sie
schweigend.

Aber dort, wo sie wohnen, im Tal, der Älteren eine, der Klagen,
nimmt sich des Jünglinges an, wenn er fragt: – Wir waren,
sagt sie, ein Großes Geschlecht, einmal, wir Klagen. Die Väter

trieben den Bergbau dort in dem großen Gebirg; bei Menschen
findest du manchmal ein Stück geschliffenes Ur-Leid
oder, aus altem Vulkan, schlackig versteinerten Zorn.
Ja, das stammte von dort. Einst waren wir reich. –

Und sie leitet ihn leicht durch die weite Landschaft der Klagen,
zeigt ihm die Säulen der Tempel oder die Trümmer
jener Burgen, von wo Klage-Fürsten das Land
einstens weise beherrscht. Zeigt ihm die hohen
Tränenbäume und Felder blühender Wehmut,
(Lebendige kennen sie nur als sanftes Blattwerk);
zeigt ihm die Tiere der Trauer, weidend, – und manchmal
schreckt ein Vogel und zieht, flach ihnen fliegend durchs Auf-
schaun,
weithin das schriftliche Bild seines vereinsamten Schreis. –
Abends führt sie ihn hin zu den Gräbern der Alten
aus dem Klage-Geschlecht, den Sibyllen und Warn-Herrn.
Naht aber Nacht, so wandeln sie leiser, und bald
mondets empor, das über Alles
wachende Grab-Mal. Brüderlich jenem am Nil,
der erhabene Sphinx –: der verschwiegenen Kammer
Antlitz.
Und sie staunen dem krönlichen Haupt, das für immer,
schweigend, der Menschen Gesicht
auf die Waage der Sterne gelegt.

Nicht erfaßt es sein Blick, im Frühtod
schwindelnd. Aber ihr Schaun,
hinter dem Pschent-Rand hervor, scheucht es die Eule. Und sie,
streifend im langsamen Abstrich die Wange entlang,
jene der reifesten Rundung,
zeichnet weich in das neue
Totengehör, über ein doppelt
aufgeschlagenes Blatt, den unbeschreiblichen Umriß.

Und höher, die Sterne. Neue. Die Sterne des Leidlands.
Langsam nennt sie die Klage; – Hier,
siehe: den *Reiter,* den *Stab,* und das vollere Sternbild
nennen sie: *Fruchtkranz.* Dann, weiter, dem Pol zu:
*Wiege; Weg; Das Brennende Buch; Puppe; Fenster.*
Aber im südlichen Himmel, rein wie im Innern
einer gesegneten Hand, das klar erglänzende *»M«*,
das die Mütter bedeutet...... –

Doch der Tote muß fort, und schweigend bringt ihn die ältere
Klage bis an die Talschlucht,
wo es schimmert im Mondschein:
die Quelle der Freude. In Ehrfurcht
nennt sie sie, sagt; – Bei den Menschen
ist sie ein tragender Strom. –

Stehn am Fuß des Gebirgs.
Und da umarmt sie ihn, weinend.

Einsam steigt er dahin, in die Berge des Ur-Leids.
Und nicht einmal sein Schritt klingt aus dem tonlosen Los.

*

Aber erweckten sie uns, die unendlich Toten, ein Gleichnis,
siehe, sie zeigten vielleicht auf die Kätzchen der leeren
Hasel, die hängenden, oder
meinten den Regen, der fällt auf dunkles Erdreich im Frühjahr. –

Und wir, die an *steigendes* Glück
denken, empfänden die Rührung,
die uns beinah bestürzt,
wenn ein Glückliches *fällt.*

# Verdrängter Tod

## Tod und Schmerz

Unaufhaltsam sehe ich meinen Tod auf mich zukommen. Wie sehr ich mir wünschen, *dass* ich am Ende meines Lebens *Jubel und Ruhm aufsing*: Ich möchte in der letzten Stunde mein Hinscheiden bejahen können. Hoffentlich habe ich am Ausgang meines Daseins das Gefühl, dass sich meine Lebensgeschichte zu einem harmonischen Ganzen rundet. Denn mein Tod soll nicht bloß ein Endpunkt, sondern die Vollendung meines Hierseins sein, so dass selbst der Engel, Inbegriff des Vollkommenen, meiner Versöhnung mit der eigenen Sterblichkeit zustimmen könnte, wenn er hierzu in der Lage wäre. Der Engel bleibt mein Maßstab. Was immer er für gut befindet, gilt für mich als gelungen.

Wie sehr ich mir wünsche, *dass* die klar geschlagenen *Hämmer* der Klaviertasten meines *Herzens* nicht an *weichen oder reißenden Saiten versagen*: Es wäre schön, wenn ich mich in der schweren Abschiedsstunde klar, eindeutig und fest positionieren und mit Ergebung ins Unvermeidliche schicken könnte. Wie sehr ich darauf aus bin, *dass* mich hierbei mein verweintes Gesicht noch *glänzender* mache, meine Tränen hell erstrahlen, statt finster zu funkeln. Wie sehr ich darum bitte, *dass* sich mein nichtiges, alltägliches Greinen in ein tiefsinniges, bedeutungsschweres Weinen verwandle und hierdurch zu *blühen* beginne.

Wenn dies alles so geschieht, wie ich es mir erträume, dann werde ich die schweren, kummervollen Nächte liebhaben. Dann werde ich es zutiefst bereuen, dass ich nicht schon früher trostlose Nächte, die *untröstlichen Schwestern* meiner heutigen Düsternis, *knieender,* das heißt in demütiger Haltung hinnahm. Ich werde bedauern, nicht *gelöster* mich in euer *gelöstes Haar*, Schwestern, hineinbegeben, und das heißt: die quälenden Nächte nicht gelassener und geduldiger ertragen zu haben. *Wir, Vergeuder der Schmerzen,* wie leicht verkennen wir eure existenzielle und kulturelle Tragweite! Denn Schmerzen können ja nicht nur eine ungeheure Schaffenskraft freisetzen, sie vermögen uns auch das Leben intensiver spüren zu lassen. Der Gezeichnete ist der Ausgezeichnete! Statt Schmerzen als dumme biologische Macht zu verunglimpfen, sollten wir sie vielmehr bejahen. Statt sie als erniedrigend und empörend zu empfinden, weil sie eines aufgeklärten, vernünftigen Menschen unwürdig sind, sollten wir lernen, das Schmerzhafte wie den Tod anzunehmen. Statt im Schmerz bloß eine Herabsetzung des Menschen zu einem armseligen Geschöpf zu sehen, sollten wir in dessen Pein auch seine Erhöhung erkennen. Aber weit davon entfernt, den Adel des Schmerzes zu spüren, sind wir immer nur darauf aus, ihn sobald wie möglich loszuwerden. Im Schmerz wollen wir meist nur wissen, wie lange dieser Zustand noch anhält, ob sein Ende abzusehen ist, wann das Leiden endlich aufhört. Dabei käme es darauf an, sich auf den Schmerz einzulassen, um das Leben in seiner ganzen Tiefe zu erfahren. Das Jasagen zum Leben bezieht Schmerz und Tod mit ein. Unser Klagen sei eine Art Preisen, ein Jubel, der – statt aufwärts – lediglich abwärts verläuft.

Wie wir es drehen und wenden: Ein völlig schmerzfreies Dasein gibt es nicht. Darum befinden wir uns auch nicht in der komfortablen Lage, auf jede Auseinandersetzung hiermit verzichten zu können. Schmerzen begleiten viele Menschen durchs ganze Leben. Sie sind wie *winterwähriges Laub*, das übers ganze Jahr grün bleibt. Man denke an den Lorbeer aus der *Neunten Elegie* oder an das *dunkle Sinngrün* – ein doppeldeutiger Begriff, bezieht sich das Wort doch zum einen auf die gleichnamige Pflanze, die wie Lorbeer ganzjährig grünt, zum anderen auf die tragenden Grund- und Sinnschichten unseres Daseins. Menschliches Leben ist häufig sorgenreich, nicht selten leidvoll, mitunter schmerzhaft. Niemand hat es von Natur aus leicht. Alle Leichtigkeit muss einer ursprünglichen Beschwerlichkeit abgerungen werden. Ursprünglicher als Leichtsinn ist Schwermut, die wie Schwerkraft herabzieht.

Aber alles hat im Laufe eines Jahres seine Zeit: Zuversicht und Verzweiflung, Vertrauen und Angst, Freude und Leid, Wohlbefinden und

Schmerz. Das menschliche Lebensjahr hat eigene Jahreszeiten, die keineswegs in Einklang mit Frühling, Sommer, Herbst und Winter stehen müssen. Man kann sich traurig, schwermütig und ängstlich fühlen, auch wenn die Rosen blühen, die Vögel zwitschern, der Frühling erwacht, oder sich eines hellen Lebensgefühls erfreuen selbst an dunklen, verregneten Novembertagen. Im Gegensatz zu den natürlichen Jahreszeiten bleiben die unseres Herzens unsichtbar. Schmerz ist *eine der Zeiten des heimlichen Jahres*. Doch füllen Schmerzen nicht nur Teile unserer Lebenszeit aus, sondern auch unseres Lebensraums. Mal besetzen sie bloß eine *kleine Stelle* in unserer Lebensgeschichte, mal siedeln sie sich darin an oder suchen lediglich einen vorübergehenden Verbleib, ein *Lager*. Allerdings können sie sogar zum *Boden*, der Grundlage und somit zum Wohnort des Lebens werden. Dann ist der Schmerz nicht mehr nur im Körper, sondern der Körper vielmehr im Schmerz.

## Friedhof und Jahrmarkt

Friedhöfe sind Orte des Abschieds, der Trauer und des Totengedenkens. Da wir heute nicht mehr so recht wissen, wie wir mit Tod und Schmerz umgehen sollen, sind uns auch die *Gassen der Leidstadt*, die Friedhöfe, fremd geworden. Hier herrscht eine seltsame Stille, aber eine *falsche, aus Übertönung gemachte Stille*. Denn sie besteht aus dem fehlenden Lärm der turbulenten Stadthektik. Als reine Lautlosigkeit ist diese Art Stille der bloße Kontrast und Reflex des Alltagsgetöses, der an ihr noch als Erinnerung klebt. Geräuschlosigkeit ist hier keine erfüllte, nachdenkliche Stille, sondern lediglich eine leere Ruhe, in der sich schnell eine quälende Langeweile ausbreitet. Diese Art Friedhofsruhe ist so *leer* wie die *Gußform*, in der eine kitschige Grabfigur ausgegossen wurde, die nichts als *vergoldeter* Schund, ein vor Prunk beinahe *platzendes Denkmal* ist. Solche Figuren gleichen dem todesvergessenen Alltagslärm, insofern auch sie als Grabschmuck uns über die Ungeheuerlichkeit der Lebenskürze hinwegtäuschen. Protzige Grabplastiken drängen den Tod zur Seite. Sie verschleiern ihn. Am Ende der *Fünften Elegie* hat uns *Madame Lamort* selbst zu solchen Verdrängungen inspiriert. Hier wie dort wird der Tod nicht mehr richtig zur Kenntnis, geschweige denn ernst genommen. Das menschliche Dahinscheiden scheint eine harmlose Bagatelle geworden zu sein.

Beschönigung und Banalisierung kennzeichnen den offiziellen *Trostmarkt* allgemein: den begrünten Friedhof, das kostspielige Bestattungswesen mit seinen bunten Kränzen, die abgedroschenen Trostformeln und inhaltslosen Trauerzeremonien. Dem *Engel*, Inbegriff des Vollkommenen, wäre dies alles zuwider. Er würde den Trostmarkt, der unsere gesellschaftlich unerwünschte Traurigkeit mit Trostpflaster zuklebt, *spurlos zertreten*, wenn er es könnte. Am Rande des Friedhofs steht eine Kirche mit liturgischen Fertigprodukten, die bei jeder Beerdigung wieder aufgewärmt werden. Wie Gebetsmühlen werden die frommen Formeln abgespult. Die Kirche selbst ist keine lebendige Stätte mehr. Sie wirkt unbenutzt. Deshalb ist sie so sauber, geradezu *reinlich.* Wen wundert's? Sie ist ja abgeschlossen und darum so enttäuschend wie ein *Postamt am Sonntag*, in dem man – wie in der Kirche ein paar Gebete – gerne einige Briefe abgegeben hätte.

Außerhalb der Kirchenmauern und des Friedhofs tobt das quirlige Leben. Dort findet ein buntes Jahrmarkttreiben statt, das an die Aufführungen der Akrobaten in der Vorstadt erinnert, die in der *Fünften Elegie* auftraten. Der Jahrmarkt hält die Stadt bei guter Laune. Jenseits von Tod und Schmerz herrscht hier reine Lebenslust. Außer Kindern heult hier niemand auf der Straße. Trauer hat keine feste Form im öffentlichen Raum. Auf dem Jahrmarkt des Lebens befinden sich ganz unterschiedliche Karussells, *Schaukeln der Freiheit*, die uns für Augenblicke ein Gefühl von beschwingter Leichtigkeit schenken. Dort stößt man auf geschäftstüchtige Artisten, die in ihre akrobatischen Kunststücke abtauchen. Diese *Gaukler des Eifers* gleichen Tauchern, die in der Tiefe geschäftig nach verborgenen Schätzen suchen. Im Grunde wollen sie nur Geschäfte machen.

An wieder anderer Stelle stehen Schießbuden mit beweglichen, *zappeligen* Figuren an der Wand, die man abschießen und dadurch sie selbst oder andere Preise gewinnen kann. Die Suche nach dem Glück ist ein Schützenfest, bei dem gewinnt, wer ins Schwarze trifft. So einfach ist das Glück. Auf dem Jahrmarkt wirkt es geradezu *hübsch*, zierlich, schön, weil in das lebensfrohe kitschige Treiben integriert. Aber selbst an der Schießbude gibt es keine Glücksgarantien. Hier wie sonst im Leben bleiben die Glücksversprechen oftmals unerfüllt. Meine Glücksform ist häufig leer, weshalb sie auch kalt und hohl klingt. So *benimmt sich* das Glück mir gegenüber *blechern,* wenn etwa ein *Geschickterer* das angepeilte Ziel besser trifft und den ersehnten Preis holt. Vom *Beifall* der erstaunten Zuschauer und dem *Zufall* des beneideten Erfolgs betäubt, torkelt der Geschicktere im Geschrei und Geschiebe des Volksfestes weiter.

Buden aller Art wecken die *Neugier* der Menschen. Lautstark *werben, trommeln und plärrn* deren Betreiber. Dann stoßen wir auf Glücksspiele nur für Erwachsene. Diese können hier sehen, *wie das Geld sich vermehrt*, wenn man zuvor den Spielvorgang scheinbar wissenschaftlich genau, *anatomisch,* zerlegt hat. Solche Beobachtungen dienen nicht nur der *Belustigung*, sondern möchten sogar lehrreich sein. Sie geben vor zu wissen, wie das *Geschlechtsteil des Geldes fruchtbar* werden kann, als ob es eine wissenschaftlich erprobte Bedienungsanleitung zum Erfolg an Spielautomaten oder in Spielcasinos gäbe. Wir Menschen gehen leicht den Versprechen schneller Geldvermehrung auf den Leim, mögen diese auch noch so unsinnig sein.

Wie die akrobatischen Figuren der Vorstadtathleten und die künstlichen Hutfrüchte von Madame Lamort in der *Fünften Elegie* repräsentiert der lärmige Jahrmarkt den leeren Kulturbetrieb der Moderne mit oberflächlichen Zerstreuungen, hinter denen sich in letzter Beziehung eine Flucht vor der menschlichen Endlichkeit ausmachen lässt. Mit Hilfe ihres bunten Rummels gelingt es den Bürgern der modernen Zivilisation, den Tod abzudrängen.

## Auf den Wiesen

Trotz allen Wissens um die eigene Sterblichkeit leben wir häufig so, als ob es unaufhörlich weiterginge. Im Alltag ist jeder von seiner Unsterblichkeit überzeugt. Es ist die Ungewissheit der Todesstunde, die uns in der Illusion irdischer Unsterblichkeit wiegt. Zu sagen, das Leben endet vermutlich in einigen Jahren oder erst Jahrzehnten, bedeutet soviel wie:

Es hört niemals auf! Irgendwann zu sterben heißt nämlich: nie zu sterben. Dementsprechend klebt auf den Plakaten der letzten Zaunplanke am Ausgang des Volksfestes die Werbung für ein Bier mit dem Etikett *Todlos*. Dieses Bier schmeckt an sich *bitter*, weil es ein fürchterliches Gebräu ist, das schnell beduselt, also den Schluckspecht zum Narren hält, indem es ihm etwas vormacht. Aber den Trunkenbolden kommt es *süß* vor, wenn sie dazu *frische Zerstreuungen kaun*, wie sie ihnen der Jahrmarkt bietet. Auf dem Rummelplatz schmeckt das bittere Bier süß, weil es über den allgemeinen Tod hinwegtäuscht und von der eigenen Sterblichkeit ablenkt.

Doch hinter der Umfriedung des Jahrmarkts läuft die glamouröse Scheinwelt aus. Hier *ists wirklich*. Abseits des Jahrmarkts beginnt die ernste, wahre Wirklichkeit. Dort treffen wir auf Personengruppen, die – wie aus vorherigen Elegien bekannt – ein von Wirklichkeit gesättigtes Leben führen: spielende *Kinder* und *Liebende*. Doch treiben sich hier auch streunende *Hunde* herum, vielleicht wilde Goldschakale, womöglich Füchse oder Wölfe, die das Natürliche repräsentieren, das den Menschen den richtigen Weg zu weisen vermag. Der *Jüngling*, der nach Verlassen des Jahrmarkts dorthin gerät, bewegt sich hier auf *ärmlichem Gras*.

Sein Weg führt aber von dort über üppige Wiesen zu gewaltigen Landschaften mit hohen Bergen, Bäumen und Burgen. Offenbar wird die Vegetation immer reicher und sein Blickhorizont immer weiter. Zweierlei veranschaulicht die durchwanderte Pflanzenwelt und Landschaft: zum einen das unterschiedliche Maß an Bedeutung, das wir Menschen Leid, Not und Tod zuerkennen; zum anderen die verschiedenen Grade unserer Bejahung dieser Nachtseiten des Lebens. Mit anderen Worten spiegeln die biologischen und geologischen Sachverhalte bestimmte Emotionen in der Frage wider, welchen Sinn und Wert das Leidvolle für die Moderne hat. Kurzum, sie sind äußere Entsprechungen innerer Gefühlszustände. Dabei wird das erlittene Leid, das durch Schmerz und Tod hervorgerufen wird, durchgängig personalisiert. Schon zu Beginn der Elegie werden qualvolle Nächte *Schwestern* genannt. Deren Geschwister heißen hier *Klagen*. Diese wecken Assoziationen an Klageweiber, sollen aber lediglich die erlittenen Schmerzen der Menschen symbolisieren. Die Allegorie der Klage verkörpert den Jammer, der uns befällt, wenn wir von den dunklen Mächten des Lebens heimgesucht werden. In der Geschichte gibt es so viele Generationen an Klagen, wie es Menschen gibt.

Nach dem Dargelegten ist das Gras außerhalb des Jahrmarkts noch spärlich. Weit davon entfernt, Schmerz und Tod eine zustimmungswürdige Erhabenheit zuzuerkennen, werden auf der dürftigen Weide beide nach wie vor verdrängt. Wir sind noch zu dicht am Jahrmarkt. Aber den Jüngling, den es hinter die Begrenzung verschlagen hat, zieht es weiter. Als nächstes gerät er auf üppige *Wiesen*, wo der Boden lauter Blumen trägt, auf denen sich das Leid deutlicher zeigt als auf dem *ärmlichen Gras* zuvor. Obwohl alles Elend grausam ist, wird es hier bereits als Teil des Lebens ein wenig bejaht. Dementsprechend trifft der Jüngling auf der Wiese eine *junge Klage*, der er freiwillig folgt, weil er sie *vielleicht liebt.* Offenbar hat er Sinn für die Schwere des Daseins. Seinem melancholischen Trüb- und Tiefsinn geht er nicht aus dem Wege. Doch gibt ihm die Klage zu verstehen, dass sie und ihre Familie noch weiter draußen wohnen und im Grunde viel gewaltiger sind, als er hier auf der Wiese vermuten wird. Allerdings lässt sich der Jüngling von dieser Warnung nicht einschüchtern. Die Klage beeindruckt ihn so sehr, dass er ihr weiterhin freiwillig folgt. Ihn rührt ihre aufrechte *Haltung*, ihre *Schulter, der Hals –, vielleicht ist sie von herrlicher Herkunft.* Mit anderen Worten, eventuell adelt ja das Leid den Menschen, weil seinem Elend eine besondere Würde zukommt, weshalb es höchste Achtung verdient. Aber schon bald regen sich Zweifel im Jüngling. Eigentlich kann er menschlichem Jammer nur wenig Größe und Sinn abgewinnen. Daraufhin verlässt er die Klage, *kehrt um, wendet sich, winkt* noch einmal zum Abschied.

Der Preis für ein Leben, das Leid und Tod im Zuge einer allgemeinen Bejahung und Rühmung der Erde mit entschiedener Zustimmung auf sich nimmt, ist dem Jüngling zu hoch. Lieber kehrt er zur Scheinwelt des Jahrmarkts zurück. Diese ist zwar oberflächlich, sinnlos und unecht, aber vergnüglich. *Was solls?* Er lässt doch nur eine *Klage* zurück und somit Gefühle, die man gar nicht haben möchte, mögen sie noch so kostbar sein.

# Im Land der Klage

Unsere Wanderung geht auch ohne den Jüngling weiter. Erst jetzt kommen wir ins Land der Klage. Allerdings ist hiermit nichts Jenseitiges, ein Fegefeuer oder gar die Hölle gemeint. Solche Horrorszenarien verfälschen von vornherein den Tod. Deshalb erteilen wir ihnen eine klare Absage. Sie spielen hier keine Rolle. Wir bleiben im Diesseits. Das Land der Klage ist für uns ja lediglich ein Bild, anhand dessen wir uns klarmachen, wie wir Heutigen im Gegensatz zu unseren Ahnen schwere Lebenslagen bewerten.

Im Unterschied zum Jüngling, der zum Jahrmarkt zurückkehrt, treffen wir im Land des Leids als erstes auf *junge Tote*. Diese folgen *liebend* der Klage, was soviel heißt: Gerade für jüngere Menschen ist es nicht leicht, aus dem Leben zu scheiden, dessen Verlust sie deshalb unendlich beklagen würden, wenn sie es könnten. Trotzdem wollen wir einmal annehmen, dass sie sich dem Unvermeidlichen mit unerschütterlicher Gemütsruhe, *zeitlosem Gleichmut*, ergeben hätten, während sie sich allmählich dem Erdenleben *entwöhnen würden*. Hierbei muss unterschieden werden zwischen Mädchen und Jungen.

Mädchen bedürfen fürsorglicherer Betreuung durch die Klage als Jünglinge. Aber die Klage drängt sich den jungen Frauen nicht auf. Sie wartet, bis die Betroffenen mit ihrem Leid auf sie zukommen. Dann lässt sie diese untereinander Freundschaft schließen, sich gegenseitig trösten. Anschließend zeigt die Klage ihnen die eigene äußere Aufmachung, durch welche sie sich selbst besser aushalten kann: Die Klage trägt als Schmuck funkelnde *Perlen des Leids*. Hierunter sind Tränen zu verstehen. Im Zustand höchster Not in Tränen auszubrechen, ist eine Ausdrucksbewegung eigenen Rechts, die spürbar Linderung bringt. Weinen gehört zum Klagen. Zwar tröstet das Weinen die Mädchen nicht, es kann aber eine befreiende Wirkung für sie haben. Darum sollten sie es nicht unterdrücken.

Als zweites zeigt die Klage den Mädchen ihr prächtiges Gewand: *die feinen Schleier der Duldung*. Mit ihnen bemäntelt die Klage gleichsam ihr Leid. So rät sie den Mädchen zu stiller Ergebung statt jammervoller Verzweiflung – gemäß der Aufforderung: Lerne zu leiden, ohne laut zu klagen!

Mit den Jünglingen geht die Klage rabiater um, eigentlich gar nicht. Ihnen muss sie nichts mehr beibringen. Da kann sie *schweigen.* Von jungen Männern darf sie Tapferkeit und Standhaftigkeit erwarten. Die Klage der Jünglinge bleibt stumm.

Das gezeichnete Land des Leids ist ein Reich der Lebenden, in dem die Menschen dem Tod auf unerbittliche Weise begegnen, so dass sich ihnen zwangsläufig die Frage aufdrängt, wie sie hiermit umgehen möchten.

Setzen wir unsere Wanderung fort und dringen noch tiefer ins imaginäre Land der Klage ein, so kommen wir in ein Tal, wo die Klagen wohnen. Dort stoßen wir auf eine ältere Klage, die sich gleichfalls eines *Jünglings* annimmt, der mehr über die Geschichte der Klagen erfahren möchte: *Wir waren, sagt sie, ein großes Geschlecht, einmal wir Klagen.* Das heißt im Umkehrschluss: Dies sind die Klagen mittlerweile nicht mehr. Damit ist gemeint, dass wir Heutigen in einer Zivilisation leben, in der die Klagen verhältnismäßig schwach gegenüber ihren Vorfahren ausgeprägt sind.

Beispielsweise war das tragische Zeitalter der antiken Griechen viel beklagenswerter, in dem Dichter wie Aischylos, Sophokles und Euripides schicksalsschwere Tragödien schufen, die sie dem täglichen Leben abgeschaut hatten. Man denke etwa an den Muttermord von Orest und seiner Schwester Elektra, welche auf diese Weise die Ermordung ihres Vaters Agamemnon rächten. Ihre Mutter, Klytaimnestra, hatte ihren Ehemann, Agamemnon, den Vater Elektras und Orests, umgebracht, nachdem dieser wiederum deren Schwester Iphigenie geopfert hatte, um günstigen Wind für den Kriegszug nach Troja zu bekommen. Solcherart tragische Erzählungen gab es in der Antike zuhauf. Ihnen trauert die alte Klage nach. Damals ließen die düsteren Stürme der Leidenschaft die Menschen regelmäßig in unersättliche Raserei stürzen, in der ihr aufbrausendes Temperament die dunkle Seite menschlichen Begehrens auskosten durfte. Die abgründige Nachtseite des Lebens wurde trotz aller damit verbundenen Leiden vorbehaltlos bejaht. Solchen Zeiten weint die alte Klage nach. In der Antike konnte sie sich noch voller Hingabe an ihr Weh und Ach verschwenden. Mittlerweise sind jedoch die persönlichen und sozialen Kontrollstandards so hoch, dass es kaum noch eine Gelegenheit zu großem Schmerz gibt. Die unterschiedlichen

Versorgungs- und Sicherungssysteme schränken die Möglichkeiten hierzu erheblich ein.

Nachdem wir das ärmliche Gras und die üppigen Wiesen durchstreift haben, kommen wir im hohen Gebirge an, in dem die *Väter* einst *Bergbau* trieben, wie die ältere Klage betont. Sie bauten dort großes Leid ab, das frühzeitliche Heroen wie Prometheus, Ödipus und Herakles auferlegt bekamen und tapfer trugen. Freilich gibt es auch heute noch furchtbare Tragödien. Ein ums andere Mal findest du noch *ein Stück geschliffenes Ur-Leid* aus dem Bergwerk oder *schlackig versteinerten Zorn aus altem Vulkan* bei uns, sagt die alte Klage. Dies sei der Fall, wenn etwa Eifersucht und Rachegelüste aufgebrachte Menschen ergreifen und sie wahnhaft werden lassen. *Ja, das stammte von dort* aus dem Totengebirge, wodurch deutlich werden soll: *Einst waren wir reich.* Damals hatte ein leidvolles Leben noch wahrhaft tragisches Gewicht. Es war nicht so oberflächlich, flach und läppisch wie heute.

Anschließend leitet die Wanderführerin den Jüngling *durch die weite Landschaft der Klagen.* In dieser Gegend demonstriert sie erneut an aufschlussreichen Gegenbeispielen wie äußerlich und gehaltlos unser heutiges Dasein ist. Sie zeigt ihm die *Säulen* von Tempelruinen oder die *Trümmer jener Burgen, von wo Klage-Fürsten das Land einstens weise beherrscht.* Auch hier liegt die Betonung auf der Vergangenheit der klagenden Schicksalsmächte. In der durchwanderten Landschaft trifft der Jüngling auf *Tränenbäume*, also Trauerweiden und Trauerbuchen, aber auch auf Blumen und Gräser voller Trübsinn: *Felder blühender Wehmut.* Wir kennen solche Gewächse nur noch mit *sanftem Blattwerk*, was erneut andeuten soll: Auf der Erde gibt es keine große Trauer mehr.

Dann zeigt die alte Klage dem Jüngling weidende *Tiere der Trauer.* Doch gibt es im Land der Klage auch geflügelte Wesen. Ab und an fliegt plötzlich ein *Vogel* mit *vereinsamtem Schrei* dicht vor den Augen des Jünglings vorüber. Der Vogel fliegt durch sein Gesichtsfeld. Dabei zeichnet sein Schrei eine sichtbare Gestalt in die Luft. Der durch den offenen Raum gezogene Vogelschrei gleicht einem *schriftlichen Bild,* einem Schriftzug, durch den der Vogellaut für den Jüngling anschaulich wird. Es kommt zu einer synästhetischen Kreuzung der Sinne.

# Am Grabmal

Am Abend besuchen der Jüngling und seine Wanderführerin die Gräber des alten Klagegeschlechts. Es sind die Gräber der griechischen *Sibyllen*, welche die Zukunft weissagten, und der alttestamentarischen Propheten, der *Warn-Herrn*, die als solche zwar nicht die Zukunft voraussagten, aber deutliche Warnungen aussprachen, welche die Zukunft betrafen. Als nach der blauen Stunde die Nacht heraufzieht, beschleicht den Jüngling und die Klage eine andächtige Stimmung, so dass sie nun *leiser wandeln*, als ob gleich etwas Besonderes geschehen würde. Tatsächlich erhebt sich auf einmal in der imaginären Trauerlandschaft, die der nächtliche Mond bescheint, ein *über Alles wachendes Grab-Mal*, wie man solche aus dem Land des Totenkultes, aus Ägypten, kennt. Dieses hier ist *brüderlich* mit der monumentalen Grabkunst *am Nil* verbunden. Die *erhabene Sphinx* mit ihrem Menschenkopf auf einem liegenden Löwenkörper bildet die äußere Seite der Grabkammer, in der ein König liegt. Sie ist der *verschwiegenen Kammer Antlitz*, also deren Außenfassade. Der Jüngling und die Klage *staunen* vor dieser mächtigen Grabkunst, die sich mit der berühmtesten und größten Sphinx auf Erden, der von Gizeh, vergleichen lässt.

Speziell dem bekrönten Haupt der Sphinx bezeigen die beiden Wanderer allergrößten Respekt. Denn dieses Haupt befreit *der Menschen Gesicht* ohne Worte, also *schweigend*, von seiner Banalität, die im gewöhnlichen Alltag darauf ausgebreitet ist. Das Grabmal legt das menschliche Antlitz auf die *Waage der Sterne*, um seine Bedeutsamkeit zu wiegen und zu wägen. Im normalen Leben liegt ein Schleier auf dem notgeplagten Angesicht der Menschen, wodurch es eher selbstverständlich, unspektakulär, ja platt wirkt. Das Antlitz des Grabmals hebt dagegen das menschliche Gesicht hinauf zu den Sternen, und das heißt: Die Sphinx hebt das menschliche Antlitz aus seiner Trivialität heraus.

Der Anblick der gigantischen Sphinx überwältigt den Jüngling. Er vermag das gewaltige Grabmal nicht vollständig zu begreifen. Sein Blickhorizont ist zu gering, um es in vollem Umfang erblicken zu können. Es sprengt die Grenzen seiner Fassungskraft. Ihm wird geradezu schwindelig von den kolossalen Eindrücken des Grabmals, was bedeutet: Kurz vor dem Dahinscheiden, gerade wenn man vielleicht noch mitten im Leben steht, fehlt einem nicht selten der Sinn für die Majestät des Todes und die Kraft zu seiner Bejahung, so sehr überfordert er den Einzelnen.

Aber *ihr*, des Jünglings und der Klage, eindringliches *Schaun* auf die Sphinx scheucht hinter dem Rand ihrer ägyptischen Herrscherkrone, dem *Pschent*, eine *Eule* hervor. Die Eule ist zwar als Symbol der Klugheit und Weisheit bekannt, im Altertum gilt sie aber auch als gespenstischer Todesvogel, der Unheil verkündet. Die aufgescheuchte Eule streift mit ihrem langsamen Flug *die Wange* der Sphinx entlang, deren vollkommene *Rundung* sie in der Luft wie mit einem *weichen* Bleistift in das *neue Totengehör* zeichnet. Das neue Gehör ist das des Jünglings, der offenbar gleich sterben wird oder soeben gestorben ist, weshalb das Gehör neu genannt wird. Das Totengehör gleicht *einem doppelt aufgeschlagenen Blatt,* das heißt den beiden Seiten eines aufgeschlagenen Buches, in das die gefürchtete Eule die Wangenrundung der Sphinx zeichnet. Deren Umriss wird lediglich *über* das doppelt aufgeschlagene Blatt gezogen, da die zwei Buchseiten offenbar die beiden Ohren des Totengehörs repräsentieren, welche die Zeichnung vernehmen können. Wie der Jüngling zuvor den langgezogenen Schrei des Vogels sah, so hört er jetzt den *unbeschreiblichen Umriss* der Wange einer Sphinx. Er vernimmt die lautlosen Linien des Eulenflugs. Die Hörbarkeit des über dem doppelt aufgeschlagenen Blatt nachgezeichneten Umrisses der Wange ist aufgrund der synästhetischen Qualität dieses Vorgangs so unbeschreiblich wie zuvor die Sichtbarkeit des Schreis. Es ist ein zweites synästhetisches Erlebnis, in dem der Unterschied zwischen Hören und Sehen, aufgehoben ist.

## Bejahung des großen Todes

Der Aufbau des Klagereichs spiegelt den Aufbau unserer sichtbaren Welt wider. Hierzu gehört der gestirnte Himmel, den es auch über dem Leidgebirge, den Tränenbäumen, Wehmutfeldern und Grabmälern gibt. Aber es sind *neue* Sterne, mögen sie auch bekannte Namen tragen. Langsam zeigt und nennt die Klage dem Jüngling die *Sterne des Leid-*

*lands*. Siehe hier den *Reiter*, dort den *Stab*. Es lassen sich am Himmel des Klagelands auch *Sternbilder* ausmachen. Das eine sieht aus wie ein *Fruchtkranz*, andere haben das Aussehen einer *Wiege*, eines *Weges* oder eines *Brennenden Buches*, wieder andere gleichen einer *Puppe* oder einem *Fenster*. Auffällig an diesen Bildern ist, wie stark sie den Dingen unseres Erdendaseins gleichen. Besonders aber möchte ich, ältere Klage, ein Sternbild am *südlichen Himmel* hervorheben, dessen Gestalt einem *M* ähnelt, was soviel wie *Mütter* bedeutet. Ein solches M können wir *im Innern einer gesegneten Hand* entdecken: Öffne deine linke Hand und sogleich bekommst du auf ihrer Innenseite ein M zu sehen. Verbinde nur die beiden Hauptfalten, die sich am seitlichen Handrand zwischen Zeigefinger und Daumen treffen, mit der rechts daneben liegenden Falte durch eine imaginär oder tatsächlich nach oben gezeichnete Linie gedanklich. Dann entsteht auf der linken Handfläche das Bild eines M. Aufgrund ihrer schützenden Fürsorge gleichen Mütter gesegneten Händen.

Doch spiegelt das Land der Klage nicht nur den Aufbau unserer sichtbaren Welt wider, es hält ihr auch einen Spiegel vor. Im Kern lehrt das Leidland zum einen die Größe des Todes, den wir gerne kleinmachen; zum anderen die vorbehaltlose Bejahungswürdigkeit des Todes, den wir gerne verdrängen. Aber die Endlichkeit gehört zum unwiederbringlichen Hiersein des Menschen, wie schon die *Zweite Elegie* betont. Die Vergänglichkeit verwandelt unser Leben in eine singuläre Kostbarkeit, worauf die *Neunte Elegie* aufmerksam macht. Eine ernsthafte Vergegenwärtigung der Befristung des eigenen Daseins vermag den Einzelnen bereits aus seiner naiven Alltäglichkeit herauszureißen. Nicht selten geben solche Überlegungen wertvolle Anstöße zu einer bewussteren Daseinsführung. Unser Leben ist als die einzige Chance, die wir haben, logischerweise auch unsere letzte Chance. Aber diese Chance haben wir. Allerdings bleibt der Preis hierfür das Bewusstsein unserer Kurzlebigkeit und Verletzlichkeit. Da wir in der Regel dennoch leben möchten, sollten wir fähig werden, den durch das Leben entstandenen Tod anzunehmen. Wir sollten uns mit dem eigenen Hinschwinden nicht nur abfinden, sondern anfreunden, uns nicht bloß mit unserer Endlichkeit arrangieren, sondern sie auch akzeptieren. Alles in allem kommt es darauf an, den Tod so ins Dasein zu integrieren, dass man seiner wahren Größe gerecht wird. Darum sollten wir ihm nicht gleichgültig und nachlässig begegnen, sondern seiner fürstlichen Herrscherkraft die nötige Achtung entgegenbringen. Das Bewusstsein der eigenen Sterblichkeit vermag einen wesentlichen Beitrag zur Intensivierung unseres Hierseins zu leisten.

## Vorstoß ins ewige Schweigen

Der von der Klage durchs Land des Leids geführte Jüngling kann dort nicht bleiben, sondern muss auch von hier fort: *schweigend bringt ihn die ältere Klage bis an die Talschlucht, wo es schimmert im Mondschein.* Das Schimmern rührt von der *Quelle der Freude* her, die im Klageland entspringt. Ehrfürchtig nennt sie die ältere Klage beim Namen, und fügt hinzu, dass der im Klageland entsprungene schmale Bach der Freude im Reich des menschlichen Lebens bis zu einem *tragenden Strom* anschwillt. Hiermit ist mehr als nur die schon in der *Vierten Elegie* vorgetragene Erkenntnis gemeint, dass sich menschliches Leben wie alles auf der Erde zwischen Gegensätzen vollzieht: Leben und Tod, Freude und Trauer. Es wird damit auch mehr als die fragwürdige Vorstellung zum Ausdruck gebracht, dass tief empfundenes Leid zu einer Quelle der Freude werden kann, weil es uns das Leben und die Welt intensiver spüren lässt. Wie Ordnung dem Chaos entwächst, Licht aus dem Dunkel hervortritt, der Verstand aus der Verwirrung emporsteigt, ist die Freude dort besonders groß, wo der Weg zuvor durchs Leid ging. Hauptsächlich geht es hier also um die Einsicht, dass aller Leichtigkeit eine ursprüngliche Beschwerlichkeit zugrunde liegt. Jedes Dasein hat seine Plagen, die das Herz beschweren. Aber das traurigste Tier, der Mensch, ist zugleich das freudigste. Der Mensch rebelliert gegen die Despotie des Beklagenswerten. Er steht gegen die Tyrannei des Leidvollen auf und findet sich nicht mit der erdrückenden Last seines Lebens ab. Der Einzelne arbeitet hart daran, sein schweres, scheinbar unerbittliches Schicksal in ein leichteres, freudigeres Geschick zu verwandeln. Jeder versucht, dem drückenden Joch der Verzweiflung zu entfliehen. Im Land der Klage entsteht diese Auflehnung gegen die Bedrückung. In diesem Sinne entspringt dem Land des Leids die wahre Quelle der Freude.

Inzwischen sind die ältere Klage und der Jüngling an der Grenze des Klagelands angekommen. Sie stehen am Fuß eines ganz anderen Gebirges, wo sie endgültig Abschied voneinander nehmen müssen. Da *umarmt* die Klage *weinend* den Jüngling. Sie verlässt ihn, wie uns das Leben im Tod verlässt. Denn die Klage war eine tragende Sinnschicht seines Daseins, das er nun für immer verlieren wird. Seine Wanderschaft führt ihn am Ende noch einmal in ein anderes Land. *Einsam steigt er dahin, in die Berge des Ur-Leids.* Erst jetzt gelangt er ins wirkliche Totenreich, aus dem niemand mehr zurückkehrt. Nachdem der Tod eingetreten ist, verstummt der Verstorbene endgültig: *nicht einmal sein Schritt klingt aus dem tonlosen Los.*

Aber sollten die auf immer Verstorbenen, *die unendlich Toten*, in Gleichnissen über ihr Nichtmehrsein reden, weil wir sie darum baten, so würden sie auf die *Kätzchen* der *leeren Hasel* hinzeigen. Haselnusssträucher sind insofern leer, als sie zur Zeit der Blüte noch keine Blätter tragen. Die Kätzchen sind die Blüten des Haselstrauchs. Sie wachsen nicht freudig nach oben, sondern *hängen* eher traurig herab. Sie baumeln gleichsam am Strauch, von dem sie nach unten gezogen werden. Diese Bewegungsrichtung steht für Trauer, Schwermut, Leid, die auch uns Menschen herabziehen. Der Tod ist eine traurige Angelegenheit. Aber was wie Trauer aussieht, ist möglicherweise der Beginn einer neuen Freude. Denn die Kätzchen sind ja Blüten, aus denen Haselnüsse entstehen werden.

In einem zweiten Gleichnis würden die auf ewig entschwundenen Toten auf den Regen hinweisen, dessen Weg wie die Richtung der Kätzchen von oben nach unten geht. Deshalb spricht man von Niederschlag. Der Regen *fällt* vom Himmel und macht die Erde nass. Die Kätzchen hängen herab, der Regel fällt herab. Niederschlag steht für Niedergeschlagenheit. Herabfallen und Herabhängen symbolisieren Trauer und Tod. Aber der Regen *fällt auf dunkles Erdreich im Frühjahr*, aus dem dann neues Leben erwächst wie aus der Blüte die Frucht: dem Kätzchen die Haselnuss.

Üblicherweise verbinden wir mit dem Ausdruck Glück eher Aufstieg als Abstieg. Wir freuen uns über *steigendes Glück*. Absteigendes

Glück macht uns traurig. Aber übertragen wir beide Gleichnisse aufs Leben, *wenn ein Glückliches fällt*, also ein Mensch stirbt. Vergleichen wir dessen traurigen Absturz mit dem Herabfallen des Regens und dem Herabhängen der Kätzchen, so gelangen wir zu einer *rührenden*, ja geradezu aufwühlenden, *bestürzten* Vermutung. Vielleicht existieren wir ja – wenn auch ohne persönliche Unsterblichkeit – in der All-Natur, dem Einen, Offenen weiter, das sich in immer wieder neuen Lebewesen offenbart wie das Licht in den Spektralfarben, sobald es prismatisch gebrochen wird. Behalten am Ende die Lebensphilosophie und damit der Pantheismus doch das letzte Wort?

Nur, so fragen wir abschließend über Rilke hinaus, was hätten wir mit solcherart Fortexistenz gewonnen, wenn unser individuelles Bewusstsein sowieso ausgelöscht wäre? Man wagt es kaum auszusprechen: Nichts!

## Anregungen

- Zur Elegie allgemein: Rilkes Verklärung von Schmerz bewegt sich in der Traditionslinie von Nietzsches dionysischer Bejahung von Leid.
- Zur Elegie allgemein vgl. Novalis *Das Lied der Toten.*
- Es ist zwar richtig, dass Haselnusssträucher zur Zeit der Blüte noch keine Blätter tragen (S. 199), aber dies trifft eigentlich auf alle Laubsträucher und Laubbäume zu.

# Der Zyklus auf einen Blick

Es mag vermessen scheinen, doch nach der detailgenauen Nachzeichnung und verständlichen Nacherzählung aller zehn Elegien soll der Zyklus auf einen Blick erfasst und ein Resümee gewagt werden, in dem die wesentlichen Punkte auf eine kurze Form gebracht und zu einem übersichtlichen Ganzen vereinigt seien:

„Wer spricht von Siegen? Überstehn ist alles", so Rilkes *Requiem für den Grafen Wolf Kalckreuth.* Denn zu leben ist anstrengend, kräftezehrend und schweißtreibend. Wir alle sind nicht einfach nur da, sondern müssen viel dafür tun, um auch da sein zu können. Gerade dies fällt uns bisweilen schwer, weil wir hierauf schlecht vorbereitet und hierfür nur unzureichend ausgebildet sind. Das Leben, wie es uns nicht bloß geschenkt, sondern auch auferlegt und zugemutet wird, ist eine strapaziöse Angelegenheit. Mit allerlei Sorgen beladen, fristen wir ein mühseliges, ungesichertes Dasein.

Seit jeher sind die Menschen damit befasst, ihre ursprüngliche Heimatlosigkeit und Verletzlichkeit gegen eine Lebenswelt einzutauschen, deren Konventionen sie stützen und deren Institutionen sie schützen mögen. Kinder wachsen in eine Gesellschaft hinein, deren kulturelle Verhaltensmuster, Gewohnheiten und Zeichensysteme sie mehr oder weniger reflektiert übernehmen, manchmal vielleicht kritisch hinterfragen. Gesellschaftliche Einrichtungen geben tragenden Halt und sichere Orientierung. Nicht selten aber brechen die Menschen auch gerne aus ihren Routinen aus. Das Bedürfnis nach aufregenden Abenteuern und kurzlebigen Zerstreuungen ist weit verbreitet. Jedoch macht man sich hierbei gerne etwas vor. Zwar lassen flache Vergnüglichkeiten die Glücksjäger kurzfristig ihre Nichtigkeit, Not und Sterblichkeit vergessen. Allerdings verkennen die meisten bei dieser Gelegenheit leicht die

Wertigkeit von Leben, Tod und Natur – jene Dreh- und Angelpunkte, die im Fadenkreuz der Elegien stehen. Wir Menschen bezahlen unsere glamouröse Oberflächlichkeit und scheinbaren Sicherheiten mit kurzsichtiger Engstirnigkeit. Der Weg von geistloser Benommenheit zu reflektierter Besonnenheit ist weit.

Genauer betrachtet gleichen wir Nomaden. Unser Dasein ist so rastlos und flüchtig wie das Leben sogenannter Fahrender. Wie athletische Gaukler bei ihren akrobatischen Figuren bleiben auch wir bei unseren alltäglichen Verrichtungen auf uns selbst gestellt. Verlassen und sich selbst überlassen führen wir das Leben von Straßenkünstlern. Denn unser Dasein ist genauso mühsam, vergänglich und sinnleer wie das ihre. Da wir ursprünglich weder behaust noch gesichert sind, kommen wir nicht umhin, den letztlich unsinnigen Kampf mit dem Leben aufzunehmen, sofern wir es halbwegs unversehrt überstehen möchten.

Diese prekäre Ausgangslage unseres Hierseins folgt aus der schlichten Tatsache, dass wir im Unterschied zu allen übrigen Lebewesen über Selbstbewusstsein verfügen. Dadurch sind wir zwar einerseits ausgezeichnet, andererseits aber auch gezeichnet. Auf unserem Selbstbewusstsein gründen ebenso unsere Würde wie unser Elend. Es ist Segen und Fluch zugleich. Zwangsläufig führt es zur Subjekt-Objekt-Spaltung, mit der eine Reihe durchschlagender Differenzen einhergeht: die Erfahrung von Vergangenheit, Gegenwart und Zukunft sowie Kategorien und Ordnungsbegriffe, mit denen wir die Wirklichkeit um uns herum strukturieren. Menschliches Bewusstsein denkt in Gegensätzen. Doch schwerer wiegt, dass es anfänglich die außermenschliche Wirklichkeit als bedrohlich und befremdlich erschließt. Wir Menschen sind von Natur aus Fremdlinge in der Fremde. Darum müssen wir uns mit der Wirklichkeit auseinandersetzen, wenn sie uns vertraut und heimisch werden soll. Die Bewältigung unseres Hierseins bleibt eine lebenslängliche Herausforderung.

Aber nur weil wir so beschaffen sind, können wir auch Außergewöhnliches leisten. Die aufreibende, mühevolle Seite unserer Existenz ist der Preis, um sich im Ganzen der Wirklichkeit privilegiert fühlen zu dürfen. Dieser Adel unseres Daseins liegt in der einzigartigen Chance, ein in vielerlei Hinsicht intensives Leben führen zu können, in dem es vorübergehend von seiner sonst eher drückenden Beschwerlichkeit und Belanglosigkeit befreit wird.

Im Figurenkabinett der Virtuosen gelebter Intensität treffen wir auf sexuell dranghafte Jünglinge, tapfere Helden und mystische Heilige. Alle Drei verbinden miteinander Leidenschaften, in denen sie gänzlich aufgehen. Dabei fällt auf: Obgleich sie sich einer begehrten Person, höheren Aufgaben oder ihrem angebeteten Gott voll hingeben, bleiben sie in erster Linie doch auf sich selbst bezogen. Selbst in ihrer Besessenheit kreisen sie hauptsächlich um sich, unfähig, von den eigenen Interessen, Wünschen und Begierden abzusehen. Sie sind außerstande, von sich loszulassen, um sich auf die sichtbaren Dinge ohne eigennützige Erwartungen einzulassen. Interessegeleitetes Spähen führt nicht unweigerlich zu interessefreiem Schauen! Zu Letzterem wären Liebende in der Lage, wenn sie sich nicht dauernd miteinander befassten, sondern im Moment höchster Gefühlsseligkeit auch mal über den anderen hinaus in die Natur blickten. Außerdem wären spielende Kinder und versonnene Sterbende dazu imstande, wenn sie schon bzw. noch ein voll entwickeltes Wachbewusstsein hätten.

Die stickige Alltagsluft bringt fast jeden Keim des Staunens zum Absterben. Wie viele Menschen fühlen sich aber in ihren bewährten Gewohnheiten wohl. Sie ziehen das Behagliche dem Ungeheuren, das Gemütliche dem Prickelnden vor. Die meisten möchten den Boden, auf dem sie stehen, gar nicht lockern, weil hierdurch ihre bewährten Sicherheiten ins Wanken gerieten. Doch bereits die ausgiebige Beschäftigung mit unglücklich Verliebten und jungen Toten lässt nachdenkliche Gemüter von ihren gewohnten Pfaden abkommen. Nun bedarf es nur noch eines kleinen Schritts, bis ein Blick verändernder Sturz der vertrauten Sicht auf die Dinge erfolgt. Mit einem Male werden alle geläufigen Sinnbezüge außer Kraft gesetzt. Der fürsorglichen Geborgenheit der Mutter entwachsen und den besorgten Erwartungen des Vaters entronnen, wird jetzt eine interesselose, poetische Betrachtung der sichtbaren Dinge möglich. Bildhaft formuliert kann nun endlich eine Drehbewegung zur Wirklichkeit erfolgen, der wir bis dahin hauptsächlich den Rücken zukehrten.

Hierin liegt die wahre Bestimmung des Menschen – nicht etwa in der Suche nach Glück, das ohnehin brüchig und flüchtig wäre. Wie oft schon haben sich dessen große Versprechen als bloße Versprecher erwiesen! Weder das aktive noch exzessive, sondern das kontemplative Leben ist die höchste Daseinsform. In der Sprache der Mythologie gesprochen steht Rilke weniger auf der Seite von Prometheus, für den es aufs Handeln ankommt, als vielmehr auf der Seite seines Bruders Epimetheus, dem es vorrangig ums Verstehen geht. Im übertragenen Sinne erteilt nach Rilke die Erde uns Menschen den Auftrag, ein von Augenblick zu Augenblick gesteigertes Leben zu führen, in dem wir uns von dem eigenen Dasein, den sichtbaren Dingen und dem unausweichlichen Tod in Staunen versetzen lassen sollen. Diese geschauten und gefühlten Realitäten sollen bis zur äußersten Bewusstheit gebracht und mit dem Herzen vernommen werden. Auf der Grundlage verfeinerter Beobachtungen sollen wir unsere gelebte Existenz, die betrachteten Dinge und den unaufhaltsamen Tod, die alle Drei nach lyrischen Ausdrücken drängen, dankbar preisen, ja überschwänglich rühmen. Wir sollen poetisch einfangen, wovon wir prosaisch umfangen sind. Der Mensch, der wahrnehmen, streben und rühmen kann, möchte gerne ein Wesen sein, das von der Erde zum Schauen und Rühmen bestimmt wurde. Natürlich ergeht eine solche Forderung der Erde an uns Menschen nicht. Es gibt keine Verpflichtung zu ihrer bedächtigen Vergegenwärtigung.

Dennoch rebellieren die Menschen seit jeher gegen die Gleichgültigkeit der Welt, die nicht nur ohne sie vollständig ist, sondern auch an ihrem Geschick keinerlei Interesse, geschweige denn Anteilnahme zeigt. Das Schicksal des Einzelnen lässt die Wirklichkeit unberührt. Im Gegensatz zu den Dingen, die ihre Vollständigkeit nicht erst noch erringen müssen, muss sich der Mensch selbst vervollständigen und ins Ganze einfügen. Allerdings ist nach Rilke nicht bloß der Mensch unfertig, sondern die Welt ringsum ebenfalls. Diese benötigt zur eigenen Komplettierung begeisterte Zeugen ihrer bewundernswerten Gestaltenfülle, die ohne solche „Ergänzung des Ganzen" wäre, als bestünde sie gar nicht.

Nüchtern formuliert: Als einziges Lebewesen auf der Erde verfügt der Mensch über die besondere Gabe, seinem Dasein eine hohe Intensität und den sichtbaren Dingen eine starke Gegenwärtigkeit zu verleihen. Nur der Mensch vermag die Wirklichkeit *als solche* interessefrei, das heißt, besinnlich zu vergegenwärtigen und ehrfürchtig zu feiern.

Man kann gar nicht genug darüber verblüfft sein, dass sich in der Natur dereinst eine Stelle auftat, an der sie eine gewisse Durchsichtigkeit für sich selbst zu erlangen vermag. Da diese Chance des Menschen einzigartig ist, sollte sie von ihm auch genutzt werden. Nichts anderes meint Rilkes poetischer Grundbegriff Auftrag. Demnach heißt, den Auftrag zu erfüllen, die singuläre Gelegenheit bewussten Selbst- und Welterlebens dankerfüllt zu ergreifen. Allerdings wird diese hohe Auszeichnung des Menschen in der sinnleeren Tretmühle alltäglicher Anstrengungen und platter Routinen zumeist übersehen. Der Sensationswert der Wirklichkeit wird allzu häufig unterschätzt.

Freilich setzt die Erfüllung solchen Auftrags ein von den üblichen Sorgen entlastetes Dasein voraus, was mitnichten selbstverständlich ist. Denn es gibt genug Gründe, misstrauisch gegen das Leben zu bleiben. Andererseits kommen selbst in einem armseligen Leben lichte Momente vor, in denen die Dinge ringsum als solche bewusst werden, ja frappieren und zum Fragen, Staunen oder Rühmen anregen.

Hierbei muss nicht gleich an große Phänomene gedacht werden. Es genügen schon unscheinbare, einfache Gegenstände. Faszinierendes lässt sich auch an kleinen, eher unauffälligen Dingen entdecken, wie es überhaupt mehr auf intensive denn auf extensive Erlebnisse ankommt. Nichts sei fraglos hingenommen. Erst dann kann selbst im Trivialen das Geniale wahrgenommen werden. Besonders jedoch eignen sich die steinernen Wunder der Kulturgeschichte zum dankbar schauenden Lobpreis: alte Denkmäler, Tempel, Kathedralen, Grabstätten. Es gibt zwar keine Gebäude, in deren Grundstein nicht schon ihr Zerfall angelegt wäre. Aber wie viele Monumente aus fernen Epochen, deren Zeit längst abgelaufen ist, behalten noch über Jahrhunderte eine Gestalt, die zum Rühmen anregt. Ehrfurcht gebietend ragen sie aus der Vergangenheit in die Gegenwart. Nicht selten umgibt sie ein Kraftfeld, das eine ungeheure Anziehung auf ihre Betrachter ausübt.

Dagegen wird die moderne Technik mit ihren funktionalen Apparaten vom Rühmen ausgenommen. Im technischen Zeitalter geht mit der Zerstörung anschaulicher Weltbilder die innige Verbundenheit der Menschen mit den Dingen verloren. Die kalte Maschinenwelt besitzt keine Aura. Sie lädt nicht zu andächtiger Betrachtung ein. Es triumphiert die nüchtern kalkulierte Nutzanwendung. Der prosaischen Gesinnung der verwissenschaftlichten Moderne ist sogar alles Poetische zuwider. Im Gegensatz dazu werden hier ältere, einfache, vortechnische Gegenstände gewürdigt und gemeinsam mit der sichtbaren Natur ins Lob des poetisch-sachlichen Schauens einbezogen: Wie einzigartig sind doch die vielfältigen Pflanzen, Bäume und Tiere! Wie überwältigend die Berge, Seen und Landschaften! Wie grandios die Tages- und Nachtzeiten! Wie famos der verheißungsvolle Frühling, die lauen Sommernächte, regnerischen Herbststürme und verschneiten Wintertage! Wie gewaltig der klare Sternenhimmel bei Nacht!

Das physikalisch erfasste Universum mit seiner gekrümmten Raum-Zeit, seinen Milliarden Galaxien, Schwarzen Löchern und ähnlichen Merkwürdigkeiten sei dagegen ausgespart. Das Gleiche gilt für alle naturwissenschaftlichen Formeln und Theorien. Ebenfalls bleibe das rätselhafte Faktum, dass überhaupt etwas existiert und nicht vielmehr nichts, außer Betracht. Unsere rühmenden Augen mögen sich ausschließlich ans sichtbare „Was" der Dinge heften, an deren Farben und Formen, aber deren verblüffendes „Dass", die Frage, warum überhaupt etwas ist und nicht vielmehr nichts, auf sich beruhen lassen. So gelangt in den unsichtbaren Innenraum des Betrachters lediglich ein Ausschnitt der Wirklichkeit – und hiervon auch nur deren wahrnehmbare Seite. Die poetischen Reflexionen der Elegien verbleiben in einem vorkopernikanischen Kosmos. Doch so eingeschränkt ihre geozentrische Perspektive ist, alles, was ihre innigen Betrachtungen hymnisch verklären, wird von seiner unauffälligen Selbstverständlichkeit erlöst. Die sichtbaren Dinge ringsum rücken als bemerkenswerte Sensationen in den Lichtkegel dichterischen Sagens.

Darin treten sie als Erscheinungsformen des Offenen hervor. Rilkes enthusiastisches Erderleben trägt pantheistische Züge. Es ist lebensphilosophisch-monistisch geprägt: Wenn es einen Gott gibt, dann wohnt er nicht im Jenseits, sondern in Wellen, Wind und Wolken, in üppigen Blumen, Büschen und Bäumen, aus denen das Gezwitscher von Vögeln und das Zirpen von Zikaden ertönt. Diese vielfältigen Phänomene sind Ausdrucksformen des Einen, der All-Natur, die Rilke das Offene nennt. Hierzu habe das Tier einen besseren Zugang als wir Menschen. Das Offene übersteige die Grenzen unserer Vorstellungskraft. Es sei für uns nur ansatzweise erfass- und beschreibbar. Metaphorisch gesprochen enthält das Offene alle sichtbaren Dinge wie das eine Licht die vielen Farben, die bei prismatischen Brechungen zum Vorschein kommen. In diesem Sinne gehört alles Wahrnehmbare ins Offene, das Viele ins Eine, das Bunte ins Licht.

Das Offene gehört zum sogenannten Unsäglichen. Denn es ist genauso überwältigend wie unaussprechlich. Aufgrund unserer Subjekt-Objekt-Spaltung sind wir im Unterschied zum Tier gezwungen, in Sprachformen, Kategorien und Schemata zu denken. Im Offenen aber sind alle Differenzen und Grenzen aufgehoben. Dort ist alles eins. Darin gibt es nicht einmal den Unterschied zwischen Leben und Tod, mag auch im Augenblick des Dahinscheidens unser individuelles Bewusstsein erlöschen und somit spurlos verschwinden. Das Offene besitzt eine dem menschlichen Auge verborgene Tiefe, in die wir selbst bei voller Aufbietung unserer Erkenntniskräfte nicht angemessen eindringen können. Doch erhebt Rilkes poetische Weltsicht auch gar nicht den Anspruch, alle Dimensionen der Wirklichkeit zu erfassen.

Alles vergeht: die Blume, der Sommer, das Jahr. Doch nur der Mensch erfährt aufgrund seines Zeitbewusstseins das Vergehen ringsum als solches. Auch sein Bewusstsein schwindet dahin. Dank einer ursprünglichen Vertrautheit mit sich selbst weiß der Einzelne nicht bloß um Ich und Welt, sondern im Unterschied zum Tier auch um die eigene Endlichkeit. Im Laufe seines Lebens muss jeder mehrfach Abschied von Liebgewonnenem nehmen, seien es Jugend, Leidenschaft, Schönheit, zuletzt sogar von sich selbst. Mit Musik vermag sich der Mensch ein bisschen über seine Sorgen und Nöte hinwegzutrösten. Einen jenseitigen Gott gibt es so wenig wie persönliche Unsterblichkeit. Am Ende unseres Daseins kehren wir ins Offene, die namenlose All-Natur zurück. Der Majestät des Todes wird der heutige Mensch nur unzureichend gerecht. Zum einen wird der Tod als natürlicher Feind des Lebens verdrängt, zum anderen in trostlosen Hospitälern zur schäbigen Farce herabgewürdigt. Dabei gehört das Dahinscheiden zum Leben wie der Schmerz zur Freude. Deshalb schließt die Bejahung des Lebens auch eine Zustimmung zu Schmerz und Tod ein. Das eigene Ableben sollte man nicht bloß widerwillig hinnehmen, nicht einmal nur geduldig annehmen. Wir sollten uns damit sanft anfreunden. Denn das Ende reift im Laufe des Lebens zu einer Frucht heran, die – weil sie zum Leben gehört – dem Einzelnen nicht fremd bleiben darf. Mag der Tod unser Hiersein unwiederbringlich beenden, so vollendet er es doch auch zugleich.

Hiersein ist herrlich. Hiersein ist viel. Aber Bleiben ist nirgends: Der Clou jedoch, ein Mal auf der Erde gewesen zu sein, lässt sich nicht widerrufen. Als besonders spektakulär erscheint das einmalige Leben, wenn es die kostbare Gelegenheit ergreift, die Dinge ringsum bewusst in Augenschein zu nehmen und sie sich innerlich anzuverwandeln. Der damit einhergehende Lobpreis des Hiesigen ist so ohne alles Maß, dass zur Kennzeichnung seiner Wertigkeit außeralltägliche Maßstäbe herangezogen werden müssen. Das Rühmen der Erde und das Preisen des Hiesigen lassen sich nicht mit alltäglichen Maßen vermessen. Darum nehmen die hochwertigen Kulturleistungen der Menschen auch Maß an Sternen, Sternbildern, ja am Weltall. Allerdings sind hiermit weder astronomische noch astrologische Erscheinungen gemeint. Die hohen, fernen, weiten Mächte des Kosmos werden hier lediglich als Statthalter des Gewaltigen, Vollkommenen, Großartigen eingesetzt, durch die auf die Wertigkeit menschlicher Kultur und auf die Bedeutsamkeit kontemplativer Lobgesänge aufmerksam gemacht werden soll.

Ähnliches gilt für den allem Menschlichen entrückten Engel – Inbegriff des Vollkommenen und Schönen –, der uns *zum einen* überfordert, so dass wir in seiner Nähe zugrunde gingen, der aber *zum anderen* unsere kulturellen Errungenschaften guthieße, wenn er sie begutachten könnte. Wie mit dem Bezug auf die Sterne und das Weltall soll auch hiermit zum Ausdruck gebracht werden, dass der flüchtige Mensch bemerkenswerte Dinge vollbringen kann, obgleich doch gerade der zeitlose Engel uns die Vergänglichkeit alles Menschlichen spüren lässt. Der Engel spielt ganz unterschiedliche Rollen. Denn schließlich ist er auch der Puppenspieler. Als solcher steht er für die günstigen Umstände bei der Erfüllung des Auftrags, wenn die kontemplative Betrachtung, gesammelte Verinnerlichung und begeisterte Rühmung alles Hiesigen mal ausnahmsweise gelingen. Hierzu bedarf es der andächtigen Hingabe an die sichtbaren Dinge, in der wir uns selbst zugunsten der Erde zurücknehmen, um uns ohne Neugier, Begehren, Nutzabsicht und Besitzanspruch elegisch und hymnisch im Angeschauten zu verlieren: Werde, der du nicht bist! Rilkes oberstes Gebot fordert von uns, sich diese einzigartige Chance nicht ohne zwingende Notwendigkeit entgehen zu lassen.

## Kritik

Gibt es nicht wichtigere Dinge als schöne Poesie, zum Beispiel Politik und Ökonomie? Obwohl Anhänger der Münchner Novemberrevolution 1918/19 sieht Rilke die Welt nicht mit den Augen eines Rebellen oder Sozialreformers. Die Adressaten seiner Gedankenlyrik sind nicht die Überforderten und Unterdrückten, die schwer an ihrem Leben tragen. Obwohl sich der Dichter als Weltbürger, später als Kriegsgegner, zeitweilig als Kommunist, jedoch auch als Anhänger Mussolinis verstand und zu Beginn des Ersten Weltkriegs sogar einen Hymnus an den Krieg dichtete, war er doch nie ein politischer Schriftsteller. Rilke ist eher ein unpolitischer Ästhetizist, der jeden sozialen Nutzen seiner Dichtkunst bestreitet. Existenzielle Ergriffenheit zieht er politischem Engagement vor! Seine zarten Elegien mit ihrem ausgeprägten Sinn für den Sensationswert der Wirklichkeit lassen die sozialen Verhältnisse weitgehend außer Acht. Die Elegien sind aufgrund fehlender sozialkritischer Impulse politisch unerheblich. Wenn man bedenkt, wie sehr die damalige Welt im Argen lag, kann deshalb Rilkes Dichtkunst auch leicht unter Rechtfertigungsdruck geraten. Wer ohne Rücksicht auf gesellschaftliche Missstände die Natur als Sensation feiert, auf den fällt schnell ein schlechtes Licht. Aber die Kehrseite kontemplativer Weltfrömmigkeit ist nun mal politische Weltfremdheit.

Rilkes ästhetische Technikkritik ist zwar poetisch gut nachvollziehbar, alles in allem aber überholt, unzeitgemäß, ja naiv. Mit der modernen Technik verbinden wir heute andersartige Probleme, als Rilke bedrängten, und die heutigen Fragen haben ein größeres Gewicht, weil es darin um die Gefährdung der Menschheit und der gesamten Biosphäre geht. Zugleich jedoch sollten wir niemals die Verdienste der wissenschaftlich-technischen Zivilisation übersehen. Sie bringen ungeheure Existenzerleichterungen und Wohlstand, wenn auch leider nur für einen Teil der Menschheit.

Das Gleiche wie für Rilkes ästhetische Technikkritik gilt für seine nostalgische Verklärung untergegangener Kulturen. Auch wir Heutigen können uns der Bewunderung alter Grabmäler, Tempel und Kathedralen schwerlich entziehen. Bildungsbürger vermögen hieraus Kraft und Trost zu schöpfen. Doch werden bei solch sentimentaler Idealisierung vergangene Geistesepochen häufig in einer Weise verherrlicht, die so niemals Gegenwart war. Rückwärts gewandte Sehnsüchte nach der guten alten Zeit führen zu retrospektiven Verformungen des Gewesenen. Der schwermütige Betrachter des Alten hängt oft einer Zeit nach, die es zu keiner Zeit gab. In diesem Sinne verzerrten schon Romantiker das von ihnen beschönigte Mittelalter wie Klassiker die von ihnen bewunderte Antike.

In unserer gendergeprägten, postheroischen Gesellschaft ist Rilkes Frauenbild genauso rückständig wie seine Anschauung über Männer und Helden. Beides ist anachronistisch. Dies ist so offenkundig, dass es kaum der Erwähnung, jedenfalls nicht mehr eines Kommentars bedarf.

Zwar trifft Rilkes Feststellung zu, dass Schmerz und Tod zum Leben gehören, weshalb sie auch von uns angenommen werden sollten, grundsätzlich aber geht seine Bejahung von Schmerz und Tod zu weit. Niemand hakt sein Leben ohne weiteres ab. Rilkes Romantisierung von Leid und Tod ist eine poetische Pose, die der Brutalität dieser Realitäten in keiner Weise gerecht wird. Daran ändert auch seine berechtigte Kritik an der modernen Verdrängung des Todes nichts und dessen Herabwürdigung zu einem beiläufigen Vorfall im Krankenhausalltag. Rilke musste die Widerlegung seiner Schmerz- und Todespoesie am eigenen Leibe erfahren. Er durfte erleben, wie schwer es ist, sich bei noch vorhandener Vitalität mit dem Tod auszusöhnen. Besonders hierauf passt sein berühmter Ausspruch: „Wer spricht von Siegen? Überstehn ist alles." An Leukämie erkrankt, wollte der Dichter weder Diagnose noch Prognose wissen. Seinen Arzt fragte er niemals hiernach. Bis wenige Tage vor seinem Ende war er davon überzeugt, wieder zu genesen. Die bloße Vorstellung von Sterben und Tod war für ihn so fürchterlich, dass er sie nicht zur Kenntnis nehmen mochte. Der Poet war weit davon entfernt, seine Verletzlichkeit, Schmerzen und Endlichkeit mit einer Wertschöpfung gleichzusetzen. Er vermochte seinen Leiden keinen Mehrwert in Form einer wahreren, tieferen, wacheren Lebensweise zu entlocken. Stattdessen fragte er verzweifelt, woher er nur den Mut und die Kraft nehmen solle, dies alles auszuhalten.

Rilkes Apotheose der Natur ist wiederum faszinierend und schön. Sie lässt sich gut nachempfinden. Aber ohne ein nüchternes Korrektiv führt seine Naturbegeisterung, deren Reichweite er ja geflissentlich einschränkt, leicht in die Irre. Seine ästhetische Wahrnehmung der Dinge bleibt an deren Oberfläche haften, obwohl der sensible Lyriker meinte, mit seinen anrührenden Worten ans Herz der Welt zu rühren.

Wie angedeutet, bewegt sich Rilke noch im vorkopernikanischen Zeitalter. Er vertritt ein geozentrisches Naturverständnis, das die Wirklichkeit auf die Welt unserer Wahrnehmung reduziert. Rilke traute seiner Beobachtungsgabe und dachte mit den Sinnen. Nun liegt freilich auch dem Augenscheinlichen die Wirklichkeit an sich als jenes Etwas zugrunde, auf das sich unsere Wahrnehmungs-, Sprach- und Bewusstseinsvorgänge beziehen. Doch repräsentieren sie diese häufig falsch und verzerrt. Unsere Wahrnehmung ist zwar relativ zuverlässig bei der Bewältigung lebensnotwendiger Aufgaben. Denn das menschliche Gehirn ist so an die nähere Umwelt angepasst, dass es mit den Abläufen und Wechselwirkungen ringsum halbwegs zurechtkommt, was nicht nur für unser Überleben von zentraler Bedeutung ist, sondern auch für eine gewisse Übereinstimmung unserer Erfahrungen mit der Wirklichkeit spricht. Gleichzeitig aber sind unsere Sinne, Logik und Grammatik anfällig für Täuschungen.

Wider besseres Wissen lassen wir rund ein halbes Jahrtausend nach Kopernikus die Sonne weiter auf- und untergehen; im leuchtenden Mond sehen wir nicht den geborgten Glanz, den die Sonne ihm leiht. Die Geschwindigkeiten, mit denen sich die Erde durchs All bewegt, nehmen wir nicht wahr. Wie viele Sterne haben bereits aufgehört zu existieren, während sie für uns noch da sind, weil ihr Licht aufgrund der endlichen Lichtgeschwindigkeit weiterhin sichtbar ist. Wie viele Milliarden Himmelskörper existieren, ohne von uns jemals geschaut zu werden, von der Dunklen Materie und Dunklen Energie ganz zu schweigen, die nicht mal sichtbar sind. Die mathematischen Naturwissenschaften lassen keinerlei Zweifel daran aufkommen, dass die Wirklichkeit nicht so beschaffen ist, wie sie sich Rilke in der interessefreien Betrachtung zeigt. Die Ergebnisse der modernen Astrophysik über Entwicklung,

Aufbau und Beschaffenheit des Universums im Großen wie im Kleinen kommen in seinen poetischen Darlegungen nicht vor.

Rilkes Bewunderung gilt ausschließlich dem „Was“ des Sichtbaren. Dabei stößt der Dichterphilosoph ebenfalls nicht zur Verwunderung über das „Dass“ der Wirklichkeit vor. Das Rätsel der Existenz des großen Ganzen, das sich uns in der Frage offenbart, warum überhaupt etwas existiert und nicht vielmehr nichts, hat in den Elegien keinen Platz. Offenbar fesselte das Hiesige das Augenmerk des Dichters so stark, dass er gar nicht mehr zum großen Ganzen und dessen Überhauptsein vordringen konnte. Die Erde wurde von ihm als so aufregend und schön empfunden, dass er keine Notwendigkeit sah, das Hiesige zu überschreiten. Rilke denkt das große Ganze ohne das ganz Große! Er zog den Erdball dem Weltall vor!

Seine Hinwendung zu den Dingen jeglicher Art, jeder Gestalt und Farbe bleibt oft schwärmerisch. Sie ist nicht selten enthusiastisch, gewissermaßen romantisch. Allerdings fehlt seinem Lobpreis der Natur die typisch romantische Sehnsucht nach dem Unendlichen, Göttlichen, Geheimnisvollen, die träumerische Suche nach der blauen Blume. Trotz aller Kritik an der flügellahmen Prosa des Alltags findet seine Poesie nicht wieder Gefallen an der flügelschlagenden Deutung der Natur als Chiffre Gottes. Seine Verherrlichung der Natur ist so klar, begrenzt und wohlgeformt wie die antike Verehrung des Kosmos als eines harmonischen Ordnungsgebildes – nur dass Rilke weniger den gestirnten Himmel über sich als vielmehr die irdischen Dinge vor sich bestaunt. Mit detailgenauer Sachlichkeit verleiht er dem Alltäglichen die Würde des Besondern, dem Bekannten ein außergewöhnliches Aussehen. Dagegen trauert er voller romantischer Wehmut dem vortechnischen Zeitalter wie überhaupt versunkenen Epochen der Kulturgeschichte nach, deren handwerklich verfertigten Bauwerke noch bis in die Gegenwart hineinragen.

Über alles Trennende hinweg hat Rilke wie die *Frühromantiker* seine Naturvorstellungen überwiegend ins helle Licht gebaut. Er zeichnet Bilder von berückender Schönheit, in denen sogar die Nachtseiten des Lebens – Schmerz, Vergänglichkeit und Tod – glanzvoll koloriert sind. Selbst sie tragen noch lichtvolle Züge. Die finsteren, zwiespältigen, gefährlichen Mächte der Natur bleiben eher im Hintergrund. Obgleich seine Meisterstücke Elegien heißen, wird darin nur selten eine Wende vom Lichten, Verständigen, Maßvollen zum Finsteren, Irrationalen, Regellosen vollzogen. Sie wechseln selbst dort häufig nicht ihre hymnische Grundfarbe, wo sie sich mit traurigen Facetten des menschlichen Daseins befassen. Das *spätromantische* Chaos überschäumender Naturkräfte, die schrecklichen Fratzen des Wilden, Verstandeslosen und Ordnungswidrigen verschwinden zumeist hinter dem bestrickenden Zauber der Dinge. In den Elegien spricht sich eine große Weltbejahung aus, die dem Hiesigen mit andächtiger Verehrung und überschwänglicher Hingabe begegnet. Die Elegien möchten weniger die grauenhaften Abgründe der Erde beklagen, als vielmehr Rang und Würde des Hiesigen im Grundton pantheistischer Weltfrömmigkeit feiern.

Rilkes lebensphilosophischer Pantheismus des Offenen bleibt faszinierend. Überzeugt davon, dass sich dem andächtigen Betrachter die Harmonie und Einheit der Natur schemenhaft zu erkennen gebe, wenn sein Blick nur tief genug in sie eindringe und sich mit ihr vereinige, bezweifelt Rilke dennoch, dass sich das All-Eine angemessen erfassen lasse. Gleichwohl werde eine großartige Verwandlung mit demjenigen geschehen, der sich so weit wie möglich ins Offene begebe. Allerdings ist Rilkes schöne Weltanschauung nur im Rahmen seines geozentrischen, vorkopernikanischen Naturverständnisses plausibel. Auf dem Hintergrund der modernen Evolutionsbiologie und Kosmologie besitzt diese Deutung der Wirklichkeit kaum noch Überzeugungskraft. Deren pantheistische Farbe blättert gleichsam von den sichtbaren Dingen ab, die, naturwissenschaftlich erforscht, für diesen Anstrich zu wenig saugfähig, zu glatt oder bröselig sind. Rilkes lebensphilosophischer Pantheismus lässt sich genauso schwer aufrechterhalten wie seine Aufwertung des Tiers als Durchbruchstelle zum Offenen. Die Türen und Fernstern von Tieren führen mitnichten ins Offene; im Gegenteil wirkt das Tier eher in sich verschlossen. Allein der Mensch vermag die Wirklichkeit *als solche* zu vergegenwärtigen.

## Würdigung

Nach der herben Kritik an dem 100-jährigen Meisterwerk drängt sich die bange Frage auf: Was bleibt?

Rilkes Darlegungen über die zwiespältige Beschaffenheit des Menschen in der Natur erheben die *Duineser Elegien* in den Rang eines poetischen Klassikers. Die bedürftige Heimatlosigkeit und gefährliche Schutzlosigkeit des Einzelnen in der befremdlichen Welt liefern bis heute genügend Gründe zur Klage. Doch ist die mit der menschlichen Gebrechlichkeit und Ausgesetztheit verbundene Weltoffenheit notwendige Voraussetzung dafür, die sichtbaren Dinge rühmen zu können. Bis heute sensibilisieren die Elegien den Leser für sein extraordinäres Talent, der Wirklichkeit wach und ehrfürchtig innewerden zu dürfen. Im Alltag sind wir meist Getriebene, die geradezu blind vor sich hinleben, ohne darauf zu achten, was um sie herum alles geschieht. Erst nachdem wir wacher gegenüber der Wirklichkeit geworden sind, ist es möglich, unsere Aufmerksamkeit interessefrei auf die Dinge ringsum zu richten. Die Elegien verwandeln dieses Erwachen in Hymnen, die bunte Facetten der Erde vor den Augen ihrer Leser entfalten. Rilkes Klagegesänge sind zu einem erheblichen Teil auch Loblieder, welche ihre Leser das Staunen über die sichtbare Welt lehren möchten. Steckt man erst einmal mitten in solchem Sagen, Wundern und Rühmen, so kann man nicht mehr verstehen, warum andere hierfür kaum empfänglich sind.

Die Aufnahmebereitschaft zu solcherlei Entzücken erfordert keineswegs, dass man das Universum im Ganzen realitätsgetreu durchschauen und detailgenau nachzeichnen kann. Natürlich bleibt der größte Teil der Wirklichkeit für uns unsichtbar und gibt das für uns Sichtbare die Tatsachen nicht angemessen wieder. Trotzdem haben sich die Elegien nicht in eine poetische Traumwelt eingesponnen, die jeder Fühlung mit der Wirklichkeit entbehrt. Denn das sinnlich Wahrnehmbare bleibt für uns Menschen immer noch der stärkste Zeuge von dem, was es gibt. Aufgrund ihrer Unzulänglichkeit und Unvollständigkeit führt die sinnliche Betrachtung zwar unweigerlich zu Fehlurteilen und Täuschungen, mag die poetische Reflexion auch noch so genau und stimmig sein. Doch selbst wenn die Wahrnehmung nicht aus dem Labyrinth ihrer unvermeidlichen Irrtümer herausgeführt wird, kommt sie der Wirklichkeit äußerst nahe. In der interesselosen Sinneserfahrung haben wir sie ganz dicht vor uns. Denn unsere nachdenkliche Betrachtung verleiht den Dingen eine Gegenwärtigkeit, die sie so kompakt weder in der alltäglichen Routine noch in der abstrakten Theorie erlangen kann.

Darin liegt der Vorzug von Rilkes Poesie einerseits vor der konkreten Alltagssprache, in der die angesprochenen Dinge selbstverständlich und unauffällig bleiben, andererseits vor den abstrakten Begriffsgebilden der Wissenschaften, die in ihren Formeln auf die erlebbare Pracht der Erscheinungen oftmals verzichten müssen. Auf diese Weise halten die Elegien spezielle Merkmale der Umwelt präsent, die in der alltäglichen und wissenschaftlich-technischen Auseinandersetzung mit der Natur notwendigerweise ausgeblendet bleiben. Die Natur oder Erde im Auge des besonnenen Betrachters sensibilisiert für Aspekte der Wirklichkeit, die Alltag, Naturwissenschaft und Technik logischerweise außer Acht lassen. Die Elegien machen lebendig, was die modernen Versachlichungen beiseitelassen, ja ohne überdehnte Wissenschaftsansprüche auch gar nicht berücksichtigen können.

Die alltägliche und wissenschaftliche Herangehensweise einerseits, die poetische Sichtweise andererseits passen zwar nicht unbedingt zueinander, aber sie ergänzen sich. Doch aus wieder anderer Perspektive betrachtet hängen sie sogar eng miteinander zusammen. Denn das Rühmen des klaren Vogelgezwitschers, des duftigen Frühlingswindes, der bunten Wiesen, bewaldeten Hügel, des farbigen Prunks der sonnenbeschienenen Natur oder der nächtlichen Stille des klaren Sternenhimmels bezieht sich doch auf genau die Wirklichkeit, die auch wissenschaftlich erforscht und alltäglich genutzt wird. Nicht bloß Zahlen und geometrische Figuren sind der Schlüssel aller Kreaturen! Die hymnischen Elegien rühmen die Dinge, die sonst als verwertbare Sachen und erforschbare Sachverhalte wahrgenommen werden. Sie lassen ihren farbenfrohen Gestaltenreichtum in einer Art gegenwärtig werden, dass sie nahezu zwangsläufig als schön empfunden und für erstaunlich gehalten werden. So entsteht leicht der Eindruck, dass sie von uns gepriesen werden möchten. Dabei dringen die Elegien nicht mit Erklärungen in die Welt ein, sondern lassen sie umgekehrt in Anschauungen aufgehen, die ihre Bindung ans menschliche Drängen und Streben soweit gelockert haben, dass sich die Dinge von sich selbst her zeigen können.

Die *Duineser Elegien* verdienen ernst genommen zu werden. Gerade wo Wissenschaft und Technik dominieren, spielen sie mehr als nur die Rolle einer schönen Nebensache, obgleich sie sich jeder ökonomischen, sozialen und politischen Verwertung verweigern. Große Poesie steht für sich selbst und lädt zum geduldigen Verweilen an ihren Werken ein. Die erfüllten Augenblicke, welche sie schenkt, enthebt ihre Leser der Anstrengung, sich für ihre Beschäftigung erklären zu müssen. Ergriffenheit bewahrt vor Zweifeln am Sinn eigenen Tuns! Nur wer sich den Elegien nicht anzuvertrauen vermag, wird sie für unsinnig, überflüssig und die Befassung damit für Zeitverschwendung halten. Hier gerät die Kunst leicht unter Rechtfertigungszwang. Wer sich aber in die Elegien hineinziehen lässt, wird bald merken, dass sie durch das, was sie den aufmerksamen Lesern zu verstehen geben, wirklicher werden können als die sogenannte Alltagswelt. Weit davon entfernt, Entbehrliches zu offerieren, reden die Elegien von Dingen, die sich selbst imponieren. Hierauf gründet ihre die Zeiten überdauernde Faszination. Das macht sie klassisch, was ihre Leser nicht selten dazu anregt, einzelne Sätze, ja ganze Passagen auswendig zu lernen. Intensive Leseerfahrungen sind spezielle Lebenserfahrungen, die stärker, aufregender und gehaltvoller sein können als zahlreiche andere Geschehnisse des sogenannten wirklichen Lebens.

Damit wiederum stimmt überein, dass die Elegien nicht nur allergrößten Wert aufs genaue Schauen und andächtige Lauschen legen, sondern auch aufs treffende Wort. Rilkes Arbeit an der Verbalisierung seiner Erfahrungen geht nicht bloß über eingeschliffene Sprachgewohnheiten hinaus. Seine Poesie zelebriert die Sprache aber auch nicht als Selbstzweck. Im Gegenteil zeugt seine Arbeit an der Sprache von einer starken Ernsthaftigkeit bei der Suche nach angemessenen Worten für seine Wahrnehmungen und Einfälle. Im Vertrauen auf die vergegenwärtigende Kraft des Wortes hofft er, alltägliche Phänomene im welteröffnenden Raum der Sprache aus ihrer Verschlossenheit herausholen zu können. Hierbei gelingt es ihm, das Vertraute von seiner Banalität, das Bekannte von seiner Belanglosigkeit zu befreien. Wissenschaftliche Entzauberung der Welt bedeutet nicht automatisch das Ende jeden faszinierten Staunens! Im Gegenteil schärfen die Elegien den Sinn für die Bewunderungswürdigkeit unserer Erde und die Außergewöhnlichkeit unserer Existenz. Sie vermitteln Erfahrungen eigenen Rechts, die ganz nahe an die Wirklichkeit heranführen und dabei das Verlangen nach der vollen Intensität des Lebens auf poetische Weise befriedigen.

Hierauf zielt der seltsame Auftrag, der so merkwürdig gar nicht ist, wie er klingt, wenn man einen Blick auf die Kulturgeschichte wirft. Rilke bewegt sich mit dieser Idee auf einer langen Traditionslinie, die bis in die griechische Antike reicht. So schrieb schon Pindar im 5. Jahrhundert v.Chr. in einem Hymnus, dass Zeus bei seiner Eheschließung mit Hera die göttlichen Hochzeitsgäste stolz befragte, ob sie denn in seiner schönen Welt etwas vermissten, überzeugt davon, dass dies nicht der Fall sein könne. Doch die geladenen Götter fanden eine Lücke. Sie beanstandeten, dass es in der Welt niemanden gebe, der sein Werk rühme. Hierauf erfand Zeus die Musen und Dichter, deren Aufgabe es sei, die sichtbaren Dinge zu preisen.

Im Dienst solchen Auftrags, der ja nichts anderes als die einzigartige Chance meint, das sichtbare Wirkliche *als solches* bewusst anzuschauen, in poetische Worte zu fassen und hingebungsvoll zu loben, steht Rilkes pantheistische Lebensphilosophie. Diese Weltanschauung war für die damalige Zeit typisch. Man denke bloß an Nietzsche, Bergson oder Dilthey, um nur drei Namen zu nennen. Ideengeschichtlich gesehen bewegt sich Rilkes pantheistische Lebensphilosophie sogar noch auf einer viel älteren Traditionslinie: der antiken Kosmotheorie, in der die Göttlichkeit des Alls gepriesen wurde. Er steht aber nicht mehr auf dem Boden der christlichen Schöpfungstheologie.

Bei aller Zweideutigkeit seiner Poesie in der Gottesfrage steht fest, dass für ihn Gott genauso wenig eine transzendente Macht jenseits von Raum und Zeit ist wie die Welt ein schwacher Abglanz außerirdischer Wesenheiten. Nicht dem monotheistischen Gott gilt seine Hochachtung, sondern den kulturellen Werken, die der religiöse Glaube in Jahrtausenden hervorgebracht hat. Darum ist der monotheistische Gott für ihn lediglich ein Kunstwerk, das aus literarischen, musikalischen, bildnerischen und steinernen Zeugnissen besteht, eine Schöpfung des fühlenden, begeisterten, dankbaren, flehenden, leidenden Menschen. Der traditionelle Gott ist für Rilke das älteste Kunstwerk, das in der Gegenwart allerdings nurmehr schlecht erhalten sei. Inzwischen habe der christliche Gott seine liebe Not, noch am Leben zu bleiben, weil er nur in den Herzen der Menschen existiere, in denen er nachgerade verblasse und ermatte. Den jenseitigen Gott hielten nicht mehr kräftige Wurzeln, sondern nur noch träge Gewohnheiten am Leben.

Zwar glaubte Rilke nicht mehr an einen Gott, zu dem er hätte beten können. Doch sein Herz blieb erfüllt von dem Verlangen, sich völlig hingeben zu dürfen. Wie der religiöse Mensch suchte der Poet gesteigerte Gefühlszustände. Rilkes diesseitiger Gott führt zu Erlebnissen von hinreißender Kraft. Nur heißt diese Gottheit nicht mehr Gott, sondern Ding. Gott ist der Inbegriff alles Sichtbaren: das All-Leben, das Offene. So steht Rilke dem griechischen Philosophen Heraklit, der den anfangs- und endlosen Gott mit Tag und Nacht, Sommer und Winter identifizierte, näher als dem Kirchenvater Aurelius Augustinus, für den die Welt das endliche Werk eines außerweltlichen Schöpfers ist. In den Elegien behält die kontemplative Weltbetrachtung der antiken Griechen einen Vorrang vor dem biblischen Geist Jerusalems.

Doch ist inzwischen auch Rilkes Pantheismus veraltet. Löst man allerdings seine schöne Weltanschauung aus ihren überholten lebensphilosophischen Verschalungen heraus, bleibt von dem pantheistisch gefärbten Grundton immer noch die begeisterte Bejahung des Sichtbaren erhalten. Dieses scheinbar so Wenige ist so wenig nicht. Denn hier geschehen Erfahrungen, die auf andere Weise nicht zu erreichen sind. Deren Intensität bereichert das unwiederbringliche Leben auf einmalige Weise. Gleichzeitig leistet es einen wesentlichen Beitrag zur Überwindung des Nihilismus nach dem Tode Gottes.

Der moderne Atheismus, der dem Universum jede Sinngestalt raubt, kann den Menschen leicht in ein Sinnvakuum stürzen, in dem alles als sinnlos, umsonst und vergeblich erscheint. Hierfür steht das Wort Nihilismus. Eine große Zahl neuzeitlicher Philosophen und Literaten thematisierten bereits die gottverlassene Fremde der Welt. Aber es ist ein aufklärbares Missverständnis, dass eine Welt ohne Gott unweigerlich der nihilistischen Verdammung und existenzialistischen Verzweiflung anheimfällt. Diese Einschätzung ergibt sich erst aus der Fehlannahme, dass eine gottlose Welt eines höheren Sinns entbehre, der unbedingt sein müsse, damit die Welt für gut befunden werden könne. Allerdings ist diese Bewertung falsch.

Erst heutigen Naturalisten gelingt es, sich mit einem Weltall ohne höheren Sinn zu versöhnen. Die Möglichkeit hierzu ist an zwei Bedingungen gebunden:

*Zum einen* muss die Erwartung auf einen ersten Grund, höchsten Sinn und letzten Zweck des großen Ganzen aufgegeben werden. Auf diese Weise kann man nicht mehr enttäuscht werden, wenn jene hohen Erwartungen unerfüllt bleiben. Denn erst im Lichte der enttäuschten Erwartung eines ersten Grunds, höchsten Sinns und letzten Zwecks erscheinen die Natur und das Universum als angsterregend, vergeblich, nichtig und umsonst. Für sich betrachtet ist ein Kosmos ohne Grund, Sinn und Zweck aber gar nicht „sinnlos", sondern lediglich „sinnfrei". Im Wort „sinnlos" steckt der unausgesprochene Vorwurf, dass uns ein Sinn vorenthalten wird, auf den wir Anspruch zu haben glauben. Dieser vermeintliche Anspruch erwächst aus der vormaligen religiösen Überzeugung, dass es einen allumfassenden Sinn gibt. Mit dessen Verlust erlischt nicht gleich die Erinnerung hieran und somit auch nicht die Sehnsucht hiernach. Deshalb wird der verlorene Sinn vorerst vermisst. Erst im Lichte dieser schmerzhaften Entbehrung, die weiter am unerfüllbaren Anspruch auf den abhanden gekommenen Sinn festhält, erscheint die Wirklichkeit als nichtig, absurd, „sinnlos". Nur ist sie das an sich gar nicht. So erscheint sie bloß vor dem Hintergrund des ihr vormals zuerkannten, nachmals jedoch aberkannten religiösen Sinns, der aber als Anspruch oder Erwartung einstweilen noch fortlebt. Da beide, Anspruch und Erwartung, allerdings unerfüllt bleiben, wird im Lichte der Entbehrung des verschwundenen allumfassenden Sinns jetzt die Welt im Ganzen als „sinnlos" wahrgenommen. Wer dagegen einen solchen überschwänglichen Sinn erst gar nicht mehr erwartet, kann auch von dessen Ausbleiben nicht enttäuscht werden. Und wer von dieser Enttäuschung verschont bleibt, wird unwillkürlich die Welt nicht mehr als nichtig, vergeblich, „sinnlos" erfahren. Die Wirklichkeit wird für einen solchen Menschen zu einem „sinnfreien", wertneutralen Faktum. Heutige Naturalisten sehen so das große Ganze. Für sie ist die Wirklichkeit weder sinngesättigt noch sinnverlassen.

*Zum anderen* beunruhigt und verängstigt heutige Naturalisten die Wirklichkeit nicht mehr, weil sie ihr Verhältnis zu den sichtbaren Dingen auch gefühlsmäßig weitgehend neutralisiert haben. Es wird so getan, als ob ein zusätzlicher Preis für die Überwindung des Nihilismus ein emotionaler Neutralismus wäre. Das ist aber gleichfalls falsch. Eine solche Auffassung verschenkt ohne Not die Möglichkeit zu einem emotional positiven Weltverhältnis, wie es in Rilkes Lobpreis des Hiesigen hergestellt wird. Der naturalistische Neutralismus beseitigt mit der Furcht vor den Dingen auch die Ehrfurcht vor den Dingen! Nach Auflösung der nihilistischen Grunderfahrung kommt es zwar tatsächlich erst mal zur wertneutralen Erkenntnis eines sinnfreien Universums. Bei genauerem Hinschauen jedoch erweist sich das Weltall ohne Gott als imposanter denn jede monotheistische Schöpfungsidee. Gerade das selbstgenügsame Weltall ist höchster Rühmung und Bewunderung würdig. Erst ein gottloses Universum vermag unsere – auch rational vertretbare – Verblüffung und Ehrfurcht ins Unermessliche zu steigern. Denn was ist seltsamer, sensationeller, ja spektakulärer als das Sosein und Dasein aller Dinge, wenn es sie ohne ersten Grund, höchsten Sinn und letzten Zweck einfach gibt?

Die *Duineser Elegien* sind philosophische Poesie, nach der die Wirklichkeit so wunderbar ist, dass nur ein Höchstmaß an dichterischer Ausdruckskraft ihr gerecht wird. Eine kraftvoll poetische Sprache allein ohne Bezug zur Wirklichkeit genügt nachdenklichen Lesern als Stimulans zur Faszination wohl kaum. Obendrein verlangen sie einen Erlebnisstoff, der es auch verdient, poetisch verwandelt zu werden. Lediglich die Kunst verfügt über geeignete Mittel, einen sakralen Raum zu öffnen, in dem selbst das Gewöhnliche als etwas Besonderes hervorzutreten und uns still zu verzaubern oder zu überwältigen vermag. Alle Einsichten bleiben fade, wenn sie nicht von dem, das durch sie begriffen wird, zugleich ergriffen werden.

Doch lauert unterhalb ehrfürchtiger Gefühle stets die ernüchternde Ahnung der Banalität des andächtig Empfundenen. Bereits Gewöhnung vermag den Sinn für den Attraktionswert von Natur und Kultur zu schwächen. Gerade deshalb soll der Spiegel der Poesie immer wieder die Fülle des Festlichen an den Dingen zum Vorschein bringen und den Verdacht auf ihre Trivialität zerstreuen. Bei alldem geht es Rilke aber keineswegs primär um Augenblicke hochgespannter Intensität zur Steigerung des eigenen Lebensgefühls. Es geht ihm vielmehr um eine Auszeichnung der ungeahnten Bedeutungsfülle des Wirklichen, die sich in solchen Momenten höchsten Gelingens auftut.

Rilkes poetische Versuche, das Hiesige vor seiner alltäglichen und wissenschaftlichen Entzauberung zu schützen, wenden sich ganz bewusst von der spekulativen Metaphysik ab. Mit großem Misstrauen gegen religiöse Metaphysik verbleiben die Elegien gänzlich im Diesseitigen, wo sie, mit Nietzsche gesprochen, gute Nachbarn der nächsten Dinge sein möchten. Und aus Skepsis gegen philosophische Gedankengebäude bringen die Elegien die sichtbare Welt überwiegend mit dichterischen Worten zum Erklingen. Reine Philosophie oder Metaphysik ist für den Poeten ein bloßes Spiel mit zudringlichen Begriffen, ein kaltes Klassifizieren, Analysieren und Deduzieren. Rilke ist weder an rationalen Argumenten noch an allumfassenden Systemen interessiert. Selbst in seinen pantheistischen Ausführungen hält er Fühlung mit der erfahrbaren Wirklichkeit. Alles Rühmen und Klagen soll vom besinnlichen Anschauen und andächtigen Hinhören ausgehen. Im Mittelpunkt stehen dabei die Fragen: Wann ist Gegenwart? Und wie lernt man, dafür ganz geistesgegenwärtig zu sein? Rilkes einfache Antwort hierauf lautet: Gegenwart ist, wenn wir im gleichermaßen elegischen wie hymnischen Daseinsvollzug die dürftigen, vorrangig aber prächtigen Facetten des Hiesigen bewusst leben, überlegt aussprechen, durchdacht beklagen oder sinnig rühmen. Erst hierdurch werden die Dinge, die, vom Vergehen keineswegs ausgenommen, jedes Bestandsschutzes entbehren, für uns voll wirklich, ja wirklicher als sie sonst sind. Das Hiesige hat zu vibrieren begonnen. Es birst nun geradezu vor Wirklichkeit.

Wer im Laufe seines Lebens niemals innehält, um des Hiesigen staunend, grüblerisch oder begeistert innezuwerden, der führt nach Rilke nicht nur ein flaches, ja falsches Leben, sondern verfehlt zudem sich selbst, weil ihm das Wesentliche entgeht. Er begeht Hochverrat an seinem Dasein. Wie überraschend, wie seltsam ist doch das menschliche Privileg, verständig über die sichtbaren Auslagen der Welt sinnieren zu dürfen!

## Rilkes Selbstdeutung

Rilke schrieb am 13. November 1925 einen Brief an seinen polnischen Übersetzer Witold von Hulewicz, der ihn um Erläuterungen zu den *Duineser Elegien* gebeten hatte. Im Brief, in dem Rilke selbst die Elegien als sein „größtes Werk“ bezeichnet, kommen wesentliche Aspekte seines Hauptwerks zur Sprache.

Zunächst betont er, einen Weg von der Beschwerlichkeit des Daseins zu dessen allgemeiner Bejahung gegangen zu sein. Dann fokussiert er die lebensphilosophische Idee des All-Einen, Offenen, in dem alles Entstehen und Vergehen aufgehoben sei. Damit zusammenhängend deutet er den Tod als Schatten des Lebens. In diesem Zusammenhang vollzieht er eine Abkehr von allen monotheistischen Jenseitsvorstellungen, welche die Erde zu sehr verfinstert und das Hiesige zu stark entwertet hätten. Das All-Eine, das sich ins Mannigfaltige entfalte, sei nicht der eine Gott, der aus dem Himmel die Welt regiere. Außerdem erfolgt im Brief die bekannte Verklärung einfacher Gebrauchsdinge, die in den begeisterten Lobpreis des Sichtbaren aufgenommen werden. Hieran anknüpfend verwirft Rilke erneut die moderne Technik, weil sie keine Aura besitze. Die religiöse Idee von Auferstehung und Unsterblichkeit weist er ausdrücklich zurück. Dagegen würdigt er den Engel abermals als Inbegriff des Vollkommenen.

Aus dem Brief an Witold von Hulewicz:
… Und bin ich es, der den Elegien die richtige Erklärung geben darf? Sie reichen unendlich über mich hinaus. Ich halte sie für eine weitere Ausgestaltung jener wesentlichen Voraussetzungen, die schon im „Stundenbuch“ gegeben waren, die sich, in den beiden Teilen der „Neuen Gedichte“, des Welt-Bilds spielend und versuchend bedienen und

die dann im *Malte*, konflikthaft zusammengezogen, ins Leben zurückschlagen und dort beinah zum Beweis führen, daß dieses so ins Bodenlose gehängte Leben unmöglich sei. In den „Elegien" wird, aus den gleichen Gegebenheiten heraus, das Leben wieder möglich, ja es erfährt hier diejenige endgültige Bejahung, zu der es der junge Malte, obwohl auf dem richtigen schweren Wege „des longues études", noch nicht führen konnte. Lebens- und Todesbejahung erweist sich als Eines in den „Elegien". Das eine zuzugeben ohne das andere, sei, so wird hier erfahren und gefeiert, eine schließlich alles Unendliche ausschließende Einschränkung. Der Tod ist die uns abgekehrte, von uns unbeschienene Seite des Lebens: wir müssen versuchen, das größeste Bewußtsein unseres Daseins zu leisten, das in beiden, unabgegrenzten Bereichen zu Hause ist, aus beiden unerschöpflich genährt … Die wahre Lebensgestalt reicht durch beide Gebiete, das Blut des größesten Kreislaufs treibt durch beide: es gibt weder ein Diesseits noch Jenseits, sondern die große Einheit, in der die uns übertreffenden Wesen, die „Engel", zu Hause sind. Und nun die Lage des Liebes-Problems in dieser so, um ihre größere Hälfte erweiterten, in dieser nun ersten ganzen, nun ersten heilen Welt. Es nimmt mich wunder, dass Ihnen die „Sonette an Orpheus", die mindestens ebenso „schwer" sind, von der gleichen Essenz erfüllt, nicht hilfreicher sind zum Verständnis der Elegien. Diese sind 1912 (auf Duino) begonnen, in Spanien und Paris – fragmentarisch – fortgeführt bis 1914; der Krieg unterbrach diese meine größeste Arbeit vollständig; als ich 1922 (hier) diese wieder aufzunehmen wagte, kamen den neuen Elegien und ihrem Abschluß die, in wenigen Tagen, stürmisch sich auferlegenden „Sonette an Orpheus" (die nicht in meinem Plane waren) zuvor. Sie sind, wie das anders nicht sein kann, aus derselben „Geburt" wie die „Elegien", und daß sie plötzlich, ohne meinen Willen, im Anschluß an ein frühverstorbenes Mädchen, aufkamen, rückt sie noch mehr an die Quelle ihres Ursprungs; dieser Anschluß ist ein Bezug mehr nach der Mitte jenes Reiches hin, dessen Tiefe und Einfluß wir, überall unbegrenzt, mit den Toten und Künftigen teilen. Wir, diese Hiesigen und Heutigen, sind nicht einen Augenblick in der Zeitwelt befriedigt, noch in sie gebunden; wir gehen immer fort über und über zu den Früheren, zu unserer Herkunft und zu denen, die scheinbar nach uns kommen. In jener größesten „offenen" Welt sind alle, man kann nicht sagen „gleichzeitig“, denn eben der Fortfall der Zeit bedingt, daß sie alle sind. Die Vergänglichkeit stürzt überall in ein tiefes Sein. Und so sind alle Gestaltungen des Hiesigen nicht nur zeitbegrenzt zu gebrauchen, sondern, so weit wirs vermögen, in jene überlegenen Bedeutungen einzustellen, an denen wir Teil haben. Aber nicht im christlichen Sinne (von dem ich mich immer leidenschaftlicher entferne), sondern, in einem rein irdischen, tief irdischen, selig irdischen Bewußtsein gilt es, das hier Geschaute und Berührte in den weiteren Umkreis einzuführen. Nicht in ein Jenseits, dessen Schatten die Erde verfinstert, sondern in ein Ganzes, in das Ganze. Die Natur, die Dinge unseres Umganges und Gebrauchs, sind Vorläufigkeiten und Hinfälligkeiten; aber sie sind, solang wir hier sind, unser Besitz und unsere Freundschaft, Mitwisser unserer Not und Froheit, wie sie schon die Vertrauten unserer Vorfahren gewesen sind. So gilt es, alles Hiesige nicht nur nicht schlecht zu machen und herabzusetzen, sondern gerade, um seiner Vorläufigkeit willen, die es mit uns teilt, sollen diese Erscheinungen und Dinge von uns in einem innigsten Verstande begriffen und verwandelt werden. Verwandelt? Ja, denn unsere Aufgabe ist es, diese vorläufige, hinfällige Erde uns so tief, so leidend und leidenschaftlich einzuprägen, daß ihr Wesen in uns „unsichtbar“ wieder aufersteht. Wir sind die Bienen des Unsichtbaren. Nous butinons éperdument le miel du visible, pour lác cumuler dans la grande ruche d'or de l'Invisible. Die „Elegien“ zeigen uns an diesem Werke, am Werke dieser fortwährenden Umsetzungen des geleibten Sichtbaren und Greifbaren in die unsichtbare Schwingung und Erregtheit unserer Natur, die neue Schwingungszahlen einführt in die Schwingungs-Sphären des Universums. (Da die verschiedenen Stoffe im Weltall nur verschiedene Schwingungsexponenten sind, so bereiten wir, in dieser Weise, nicht nur Intensitäten geistiger Art vor, sondern wer weiß, neue Körper, Metalle, Sternnebel und Gestirne). Und diese Tätigkeit wird eigentümlich gestützt und gedrängt durch das immer raschere Hinschwinden von so vielem Unsichtbaren, das nicht mehr ersetzt werden wird. Noch für unsere Großeltern war ein „Haus“, „ein Brunnen“, ein ihnen vertrauter Turm, ja ihr eigenes Kleid, ihr Mantel: unendlich mehr, unendlich vertraulicher; fast jedes Ding ein Gefäß, indem sie Menschliches vorfanden und Menschliches hinzusparten. Nun drängen, von Amerika her, leere gleichgültige Dinge herüber,

Schein-Dinge, Lebens-Attrappen … Ein Haus, im amerikanischen Verstande, ein amerikanischer Apfel oder eine dortige Rebe, hat nichts gemeinsam mit dem Haus, der Frucht, der Traube, in die Hoffnung und Nachdenklichkeit unserer Vorväter eingegangen war … Die belebten, die erlebten, die uns mitwissenden Dinge gehen zur Neige und können nicht mehr ersetzt werden. Wir sind vielleicht die Letzten, die noch solche Dinge gekannt haben. Auf uns ruht die Verantwortung, nicht allein ihr Andenken zu erhalten (das wäre wenig und unzuverlässig), sondern ihren humanen und larischen Wert. („Larisch", im Sinne der Haus-Gottheiten.) Die Erde hat keine andere Ausflucht, als unsichtbar zu werden: in uns, die wir mit einem Teil unseres Wesens am Unsichtbaren beteiligt sind, Anteilscheine (mindestens) haben an ihm, und unseren Besitz an Unsichtbarkeit mehren können während unseres Hierseins, – in uns allein kann sich diese intime und dauernde Umwandlung des Sichtbaren in Unsichtbares, vom sichtbar- und greifbar-sein nicht länger Abhängiges vollziehen, wie unser eigenes Schicksal in uns fortwährend zugleich vorhandener und unsichtbar wird. Die Elegien stellen diese Norm des Daseins auf: sie versichern, sie feiern dieses Bewußtsein. Sie stellen es vorsichtig in seine Traditionen ein, indem sie uralte Überlieferungen und die Gerüchte von Überlieferungen für diese Vermutung in Anspruch nehmen und selbst im ägyptischen Totenkult ein Vorwissen solcher Bezüge heraufrufen. (Obwohl das „Klageland", durch das die ältere „Klage" den jungen Toten führt, nicht Ägypten gleichzusetzen ist, sondern nur, gewissermaßen, eine Spiegelung des Nillandes in die Wüstenklarheit des Toten-Bewußtseins.) Wenn man den Fehler begeht, katholische Begriffe des Todes, des Jenseits und der Ewigkeit an die Elegien oder Sonette zu halten, so entfernt man sich völlig von ihrem Ausgang und bereitet sich ein immer gründlicheres Mißverstehen vor. Der „Engel" der Elegien hat nichts mit dem Engel des christlichen Himmels zu tun (eher mit den Engelgestalten des Islam) … Der Engel der Elegien ist dasjenige Geschöpf, in dem die Verwandlung des Sichtbaren in Unsichtbares, die wir leisten, schon vollzogen erscheint. Für den Engel der Elegien sind alle vergangenen Türme und Paläste existent, weil längst unsichtbar, und die noch bestehenden Türme und Brücken unseres Daseins schon unsichtbar, obwohl noch (für uns) körperhaft dauernd. Der Engel der Elegien ist dasjenige Wesen, das dafür einsteht, im Unsichtbaren einen höheren Rang der Realität zu erkennen. – Daher „schrecklich" für uns, weil wir, seine Liebenden und Verwandler, doch noch am Sichtbaren hängen. – Alle Welten des Universums stürzen sich ins Unsichtbare, als in ihre nächsttiefere Wirklichkeit; einige Sterne steigern sich unmittelbar und vergehen im unendlichen Bewußtsein der Engel, andere sind auf langsam und mühsam sie verwandelnde Wesen angewiesen, in deren Schrecken und Entzücken sie ihre nächste unsichtbare Verwirklichung erreichen. Wir sind, noch einmal sei's betont, im Sinne der Elegien, sind wir diese Verwandler der Erde, unser ganzes Dasein, die Flüge und Stürze unserer Liebe, alles befähigt uns zu dieser Aufgabe (neben der keine andere, wesentlich, besteht). (Die Sonette zeigen Einzelheiten aus dieser Tätigkeit, die hier unter den Namen und Schutz eines verstorbenen Mädchens gestellt erscheint, deren Unvollendung und Unschuld die Grabtür offenhält, so daß sie, hingegangen, zu jenen Mächten gehört, die die Hälfte des Lebens frisch erhalten und offen nach der anderen wundoffenen Hälfte zu.) Elegien und Sonette unterstützen einander beständig –, und ich sehe eine unendliche Gnade darin, daß ich, mit dem gleichen Atem, diese beiden Segel füllen durfte: das kleine rostfarbene Segel der Sonette und der Elegien riesiges weißes Segel-Tuch.

Möchten Sie, lieber Freund, hier einigen Rat und Aufschluß erkennen und, im Übrigen, sich selber weiterhelfen. Denn: Ich weiß nicht, ob ich je mehr sagen könnte.

Ihr
R.M. Rilke

## Tabellarischer Lebenslauf

| | |
|---|---|
| 1875 | Am 4. Dezember wird Rilke in Prag geboren. |
| 1882-1884 | Besuch der katholischen Ordensschule der Piaristen in Prag. |
| 1886-1892 | Besuch von Militärschulen in St. Pölten und Mährisch-Weißkirchen. |
| 1891-1892 | Besuch der Handelsakademie in Linz. |
| 1892-1895 | Private Vorbereitung aufs Abitur in Prag. |
| 1895-1897 | Abitur und Studium in Prag und München. |
| 1897 | Erste Begegnung mit Lou Andreas-Salomé. |
| 1898 | Italienreise. |
| 1899-1900 | Zwei Russlandreisen mit Lou Andreas-Salomé (und ihrem Ehemann) mit Besuchen bei Tolstoi. |
| 1900 | In der Künstlerkolonie Worpswede Bekanntschaft von Clara Westhoff. |
| 1901 | Heirat von Clara Westhoff. Geburt der Tochter Ruth. |
| 1902 | Übersiedlung nach Paris. |
| 1903 | Aufenthalt in Italien und erste Begegnung mit Auguste Rodin. |
| 1904 | Aufenthalt in Schweden. |
| 1905 | Aufenthalt in Worpswede. |
| 1905-1906 | Sekretär Auguste Rodins in Meudon bei Paris. |
| 1906-1909 | Aufenthalt in Frankreich, Belgien, Italien, Deutschland, Österreich. |

| | |
|---|---|
| 1909 | Erste Begegnung mit der Fürstin Marie von Thurn und Taxis-Hohenlohe. |
| 1910 | Erster Aufenthalt auf Schloss Duino bei Triest auf Einladung der Fürstin Marie von Thurn und Taxis |
| 1911 | Ägyptenreise |
| 1911-1912 | Zweiter Aufenthalt auf Schloss Duino: Beginn der Duineser Elegien – anschließend Venedig. |
| 1912-1913 | Aufenthalt in Spanien. |
| 1914 | Aufenthalt in Frankreich und Deutschland. |
| 1915 | Musterung in München |
| 1916 | Militärdienst im Wiener Kriegsarchiv. Entlassung. |
| Ab 1919 | Aufenthalt in der Schweiz |
| 1921 | Werner Reinhat mietet Schloss Muzot in der Schweiz und stellt es dem Dichter als Wohnsitz zur Verfügung. Erste Begegnung mit Paul Valéry. |
| 1922 | Vollendung der Duineser Elegien und Sonette an Orpheus. |
| 1923-1924 | Wiederholte Aufenthalte im Sanatorium Valmont. |
| 1925-1926 | Paris, Schloss Muzot, Sanatorium Valmont. |
| 1926 | Am 29. Dezember stirbt Rilke an Leukämie. |
| 1927 | Am 2. Januar Begräbnis in Rarogne im Wallis. |

# Ausgewählte Literatur


Bollnow, Otto Friedrich: Rilke, Stuttgart 1951.

Brecht, Franz Josef: Schicksal und Auftrag des Menschen. Philosophische Interpretationen zu Rainer Maria Rilkes Duineser Elegien, München 1949.

Czernin, Monika: Duino, Rilke und die Duineser Elegien, München 2004.

Engel, Manfred (Hrsg.): Rilke-Handbuch. Leben – Werk – Wirkung, Stuttgart 2013.

Fülleborn, Ulrich / Engel, Manfred (Hrsg.): Materialien zu Rainer Maria Rilkes Duineser Elegien, Frankfurt/M. 1980.

Fürstin Marie von Thurn und Taxis-Hohenlohe: Erinnerungen an Rainer Maria Rilke, Frankfurt/M. 1994.

Guardini, Romano: Rainer Maria Rilkes Deutung des Daseins. Eine Interpretation der Duineser Elegien, München 1953.

Kippenberg, Katharina: Rainer Maria Rilkes Duineser Elegien und Sonette an Orpheus, Passau 1948.

Leppmann, Wolfgang: Rilke. Sein Leben, seine Welt, sein Werk, Bern/München 1993.

Raddatz, Fritz J.: Rilke, Hamburg 2017.

Schmidt-Pauli, Elisabeth von: Hiersein ist herrlich, Konstanz 1948.

Solbrig, Ingeborg H. / Joachim W. Storck: Rilke heute, Frankfurt/M. 1975.

Steiner, Jacob: Rilkes Duineser Elegien, Bern/München 1962.

Franz Josef Wetz

## Rebellion der Selbstachtung

Gegen Demütigung

193 Seiten, kartoniert, Euro 16.-
ISBN 978-3-86569-177-4

Alle kennen das Gefühl: Irgendetwas stimmt gerade nicht. Irgendwie werde ich soeben unkorrekt behandelt und spüre einen Widerstand in mir, den Drang aufzubegehren. Aber wie lässt sich dieses Bauchgefühl genauer fassen?
Ausgehend vom fragwürdigen Begriff Menschenwürde beleuchtet Wetz unser Selbstwertgefühl anhand zahlreicher Alltagsbeispiele – ohne auf althergebrachte Vorstellungen wie „Gottebenbildlichkeit des Menschen" zurückgreifen zu müssen. Sein alternatives Konzept knüpft am biologisch erklärbaren Selbsterhaltungsstreben an. Wetz zeigt, wie Selbstachtung definiert, begründet und gelebt werden kann – auch in extremen Lebenssituationen.
Welche gesellschaftlichen und persönlichen Voraussetzungen müssen erfüllt sein, damit sich Selbstachtung entwickelt? Wodurch wird sie bedroht? Wann ist es gerechtfertigt, sich gedemütigt zu fühlen und dagegen anzugehen? Wann schlägt Selbstachtung in Überheblichkeit um?
Fazit: Selbstachtung ist eine „orthopädische Herausforderung": Sie ist die Kunst, aufrecht zu gehen!

Franz-Josef Wetz

## Exzesse

Wer tanzt, tötet nicht

261 Seiten, Klappenbroschur, Euro 18.-
ISBN 978-3-86569-197-2

Auch in modernen Gesellschaften lässt sich bei vielen Menschen exzessives Verhalten beobachten. Offenbar lassen sich unsere wilden Leidenschaften nur bedingt eindämmen, obwohl unbändige Ausschweifungen sozial geächtet sind. Die zivilisierte Gesellschaft tritt ihnen mit pädagogischen Maßnahmen und Strafandrohungen entgegen. Im Gegenzug empfiehlt der Philosoph Franz Josef Wetz, ausgelassen mit dem prallen Leben zu experimentieren. Den Menschen sollten genügend sozialverträgliche Wege zurück „in den Urwald ihrer sonst gebändigten Begierden" offenstehen. Das Buch gibt der dunklen Seite unseres Begehrens ein helles Gesicht.

Franz Josef Wetz

## Tot ohne Gott

Eine neue Kultur des Abschieds

309 Seiten, Klappenbroschur, Euro 20.-
ISBN 978-3-86569-249-8

Der Wunsch, dem Tod ein Schnippchen zu schlagen, findet sich zu allen Zeiten und in allen Kulturen. Die meisten Religionen reagieren auf die menschliche Furcht vor dem Ende mit dem Angebot eines ewigen Lebens. Doch wie geht der moderne Mensch, für den Gott längst tot ist, mit der Unausweichlichkeit des eigenen Todes und dem Ableben seiner Nächsten um?
Viele Zeitgenossen behaupten, zwar Angst vorm Sterben, aber keine Angst vorm Tod zu haben. Der Philosoph Franz Josef Wetz sieht darin ein Ausweichmanöver. Wer am Leben hängt, findet sich nicht so leicht mit seiner Vergänglichkeit ab. Gerade für diesseitsorientierte Menschen bedeutet das eigene Ende größtmöglichen Verlust. So natürlich der Tod biologisch auch ist, die Rückkehr ins Nichts erteilt uns allen eine bittere Lektion.
Franz Josef Wetz reflektiert die Facetten unserer Endlichkeit. Er setzt sich mit dem Prozess des Alterns auseinander, begibt sich an den Rand des Abgrundes einer tödlichen Krankheit und in die Grauzone zwischen Leben und Tod. Ohne sich auf religiöse Illusionen einzulassen und ohne sich voreilig mit rationalen Beschwichtigungen oder philosophischen Ratschlägen zu beruhigen, sucht Wetz nach Möglichkeiten eines Trostes in unserer säkularen Kultur.

Franz Josef Wetz

## Keine Liebe ohne Lüge

Wie viel Ehrlichkeit verträgt eine Beziehung?

151 Seiten, kartoniert, Euro 12.-
ISBN 978-3-86569-300-6

Dauerhafte Leidenschaft gibt es im wirklichen Leben fast genauso wenig wie zeitlich unbegrenzte erotische Anziehung. Gefühle kommen und gehen. Selbst radikale Liebesgeschichten wie Romeo und Julia sind nur außeralltägliche Affären und nicht das Vorspiel zu einer lediglich missglückten lebenslangen Intensität.
Ausgehend von dieser Grundthese reflektiert der Philosoph Franz Josef Wetz die Rahmenbedingungen und Möglichkeiten von Leidenschaft und Liebe. Dabei lässt er zahlreiche Figuren der Weltliteratur zu Wort kommen, die seine Überlegungen anschaulich werden lassen.

**Alibri Verlag, Postfach 100 361, 63703 Aschaffenburg**
**Fon (06021) 62 62 560, www.alibri.de**